Für meine Mama

Ohne dich hätte ich nie den Mut gehabt, meinen Traum zu verwirklichen.
Danke für alles.

Prolog

Blut. Überall war Blut.

Obwohl sein Blick verschwommen war und sein Kopf von einem heftigen Schwindel heimgesucht wurde, konnte er dennoch rötliche Farbe erkennen und einen süßen metallischen Geruch wahrnehmen.

Die warme Flüssigkeit bedeckte seine Finger, zog sich über die Handflächen und drang sogar bis in das weiße Leinen seines Hemdes vor.

Hatte er sich verletzt? Er wusste es nicht. Falls es so war, ließ der Schmerz ungewöhnlich lang auf sich warten.

Erneut begann sich alles um ihn herum zu drehen, helle Lichter flackerten vor seinen Augen auf und ließen ihn benommen aufstöhnen.

Wo war er nur und wie war er hierhergekommen? Seine Schläfen pulsierten unter einem heftigen Druck, der sich von seiner Stirn bis in den Nacken ausbreitete.

Er hatte keinerlei Erinnerungen an die letzten Stunden, alles schien verworren und schleierhaft. Dort war nichts, keine Bruchstücke, keine Gedankenfetzen, nur eine gähnende tiefschwarze Leere.

Ein dumpfes Geräusch durchbrach die Stille. Es klang, als wäre plötzlich eine Tür aufgestoßen worden, gefolgt von einem hellen Aufschrei, der ihn umgehend ins Hier und Jetzt zurückbeförderte.

»Er … er hat ihn umgebracht! Er hat ihn umgebracht, Hilfe, zu Hilfe! Prinz Dereck … er hat … er hat seinen Bruder ermordet!«

Die hysterische Stimme des Kammermädchens durchdrang ihn bis ins Mark und hallte schmerzhaft in seinen Ohren wider.

Er versuchte, ihre Worte einzuordnen, den Sinn dahinter zu erkennen, doch sein Verstand schien von einem dichten Nebelschleier umhüllt. Alles wirkte dumpf und durcheinander, er konnte keinen klaren Gedanken fassen.

»Was zum ...«, stammelte er verwirrt und richtete den Blick abermals auf seine blutverschmierten Hände.

Was, um alles in der Welt, war hier geschehen?

Die schleichende Erkenntnis, keinerlei Antwort auf jene Frage zu haben, bescherte Dereck den ersten Anflug von Panik. Sie bahnte sich einen Weg durch seinen Körper, durchfuhr ihn wie eine geifernde Welle und zerschlug sich in seinem Geist.

Ruckartig versuchte er sich aufzurichten. Taumelnd griff er nach dem erstbesten Gegenstand, um daran Halt zu finden. Während seine Beine ihm nur widerwillig gehorchen wollten, vernahm er ein lautes Rauschen in den Ohren, welches ihn an das tosende Meer erinnerte.

Angespannt kniff Dereck die Lider zusammen und versuchte tief durchzuatmen. Er musste sich zusammenreißen und endlich zu sich kommen, um den verfluchten Worten dieses Dienstmädchens auf den Grund zu gehen.

Als er erneut die Augen öffnete, nahm er als erstes die enorme Unordnung um ihn herum wahr. Das polierte Silberbesteck lag auf dem Boden verteilt. Mehrere Stühle waren umgestoßen worden. Sogar die dunkelblauen Samtvorhänge hingen teilweise in Fetzen herab. Wie in Trance wanderte Derecks Blick durch den Raum, auf der Suche nach einer möglichen Erklärung für all das Durcheinander, nach irgendeiner Erinnerung, die ihm Aufschluss über die letzten Stunden geben könnte. Doch da war nichts.

Nichts bis zu jenem Moment, in dem er einen menschlichen Arm hinter einem umgekippten Beistelltisch vor dem Kamin entdeckte.

Das Rauschen in seinen Ohren wich dem wilden Trommeln seines Herzens. Er konnte regelrecht spüren, wie das Blut durch seine Venen schoss und seine Sinne wiederbelebte. Mit einer hektischen, geradezu unkontrollierten Bewegung trat Dereck an den kleinen Tisch heran und schaffte ihn mit einem achtlosen Wisch zur Seite, nur um daraufhin wie erstarrt an Ort und Stelle zu verweilen.

»Elric«.

Im ersten Augenblick glaubte er, lediglich zu träumen. Innerlich schickte er ein Stoßgebet gen Himmel und hoffte, Opfer seines eigenen Verstands geworden zu sein.

Doch der plötzliche Schmerz in seinem Inneren verhieß das schreckliche Gegenteil.

Mit bebenden Händen fiel er vor dem blutüberströmten Körper seines jüngeren Bruders auf die Knie und wünschte sich nichts sehnlicher, als endlich aus jenem grausamen Traum zu erwachen.

»Elric, wach auf«, flüsterte Dereck mit brüchiger Stimme und blickte fassungslos auf den regungslosen Körper des jungen Prinzen hinab. Sämtliche Farbe war seinem Gesicht entwichen. Die Haut wirkte fahl, beinahe gräulich. Mit blankem Entsetzen besah der Ältere die tiefen Stichwunden an Brust und Bauch, die den einst hellbraunen Stoff des Hemdes dunkelrot färbten.

»Verdammt, Elric, mach die Augen auf!«

Wut und Verzweiflung entsprangen Derecks Stimme und verbanden sich mit einem Gefühl von Hilflosigkeit und panischer Angst. Er konnte nicht verstehen, was er vor sich sah, es schien ihm unbegreiflich.

»Hilfe! Wir brauchen sofort Hilfe!«

Derecks Rufe hallten von den steinernen Mauern wider und dröhnten wie Donnerschläge durch Gänge und Flure.

Ganz Stormarc erzitterte.

***

Es erschien ihm wie eine gefühlte Ewigkeit, bis er endlich die Geräusche herannahender Schritte vernahm. Erneut wurde die schwere Holztür zurückgeschlagen und gab den Blick auf ein bekanntes Gesicht frei.

Varian, der Bruder seines verstorbenen Vaters, stürmte hastig in den Raum und blieb erst wenige Schritte vor seinem Neffen stehen.

»Wir brauchen einen Wundarzt, schnell«, schrie Dereck, während er Elrics Kopf vorsichtig auf seine Knie bettete.

Doch Varian rührte sich nicht. Stumm blickte er auf den rechtmäßigen Thronerben von Rokarien herab und verzog die Lippen zu einer schmalen Linie.

»Worauf wartest du denn noch? Wir brauchen sofort Hilfe!« Dereck spürte eine rasende Wut in sich aufflammen.

Wieso tat sein Onkel nichts? Jeder sinnlos verstrichene Augenblick konnte seinem Bruder das Leben kosten.

»Dereck, was hast du getan?«

Varians Stimme glich dem Hauch des eisigen Nordwindes.

Kein Mitgefühl war darin zu finden, kein Anzeichen von Wärme. Eine unsichtbare Hand legte sich um Derecks Kehle und hinderte ihn daran, zu atmen. Er konnte nicht glauben, was seine Ohren doch so klar und deutlich vernahmen.

»W–Was?«

»Wie konntest du das tun? Wie konntest du nur deinen eigenen Bruder umbringen?«

Es fühlte sich an, als würde ihm jemand das blanke Schwert in die Brust rammen und sein Herz darin zerfetzen.

Derecks Gedanken begannen zu rasen, sie überschlugen sich, doch nichts ergab einen Sinn.

Er musste irgendetwas erwidern, sich umgehend verteidigen, doch kein Ton kam über seine Lippen.

»Was hat der Krieg doch für ein Monster aus dir gemacht«, sprach Varian kalt und trat einen Schritt zu Seite. Geschwind beugte er sich hinab und hob etwas vom Boden auf. »Wahrscheinlich wäre es für uns alle besser gewesen, wenn du niemals zurückgekehrt wärst.«

»Wie kannst du es wagen?«, wisperte der Thronerbe nach einem Moment der Stille, doch vernahm er seine eigene Stimme nur aus weiter Ferne.

»Wie ich es wagen kann? Diese Frage gebührt wohl einem anderen«, entgegnete sein Onkel emotionslos und zog die Stirn in Falten.

»Oder ist dies etwa nicht dein Dolch?«

Im Schein des Kaminfeuers hob Varian die edle Waffe empor und drehte sie bedächtig in der Hand. Obwohl die Klinge fast vollständig mit Blut bedeckt war, wies die metallische Oberfläche darunter dennoch einen goldenen Schimmer auf. Zwei leuchtend rote Rubine zierten den kupferfarbenen Griff und umrahmten zwei grazil eingearbeiteten Initialen.

D. und R., Dereck de Roux.

Ein Beben ungekannter Stärke durchfuhr den Thronerben und erschütterte ihn bis ins Mark. Er konnte es nicht glauben, es war schier unmöglich, es durfte einfach nicht wahr sein.

Wie zur Steinsäule erstarrt, betrachtete Dereck die Waffe, seine Waffe, und spürte, wie etwas tief in seinem Inneren zerbrach.

»Nein«, hauchte er ungläubig und schüttelte fassungslos den Kopf.

»Es tut mir leid, Dereck«, sprach Varian nun eine Spur wärmer und kniete sich neben seinen ältesten Neffen.

»Viele gute Männer sind auf dem Schlachtfeld dem Wahn verfallen ... und du warst so lange fort. Auch wenn ich niemals gewagt hätte, zu glauben, dass du zu solch einer Tat fähig wärst, habe ich dennoch keine andere Wahl. Du bist sowohl eine Gefahr für uns, als auch für dich selbst. Die Ermordung eines Familienmitglieds, eines Mitglieds der königlichen Familie, muss mit der Höchststrafe geahndet werden.«

»Ich habe meinen Bruder nicht getötet.«

Nur unter größter Anstrengung schaffte es Dereck, diesen einen Satz auszusprechen, den wohl wichtigsten seines bisherigen Lebens.

»Ich weiß, dass du das glauben möchtest, doch die Beweise sprechen leider gegen dich«, erwiderte Varian und hielt erneut den Dolch empor.

»Es tut mir leid, doch es ist vorbei. Du musst jetzt loslassen.«

Mit einer raschen Bewegung kam Varian zurück auf die Beine und richtete den Blick entschlossen gen Tür.

»Wachen!«

Mit tränenverschleierten Augen blickte Dereck vom leblosen Körper seines Bruders hinauf zu seinem Onkel. Dabei sog er jedes noch so kleine Merkmal in sich auf und brannte es in seinen Verstand. Varians funkelnd graue Augen, die gerade spitzzulaufende Nase und seine schmalen, zu einem unscheinbaren Lächeln verzogenen Lippen.

Und noch während er ihm ins Antlitz sah, bemerkte Dereck einen inneren Impuls in sich entflammen.

Er durchdrang jede Faser seiner Selbst und ließ ihn hastig nach Luft schnappen.

Nein, so konnte es nicht enden. Er durfte es nicht zulassen. Was auch immer hier geschehen war, er würde nicht auf jene Art und Weise sterben. Nicht hier, nicht jetzt.

Ein letztes Mal blickte er zu seinem jüngeren Bruder hinab, sah den friedlichen Ausdruck auf seinem Gesicht und fasste einen folgenschweren Entschluss.

In jenem Moment, als erneut das Geräusch heranstürmender Schritte durch die Gänge hallte, kam Dereck mit einem Satz auf die Beine, blickte seinem überraschten Onkel in die Augen, stieß ihn kraftvoll zur Seite und stürmte hinaus.

Er musste fliehen.

1. Ein ungebetener Gast

Danielle

»Danielle, wo bleibt meine Bestellung? Bis ich bei dir etwas zu trinken bekomme, bin ich längst verdurstet«, brüllte ein korpulenter Mann mit fettigem Haar, während er seinen leeren Tonbecher lautstark auf den Tisch schlug.

»Du bist gleich dran, Angus«, antwortete eine junge Frau mit gereizter Stimmte und balancierte ein volles Tablett mit leeren Krügen und Tellern durch eine dichte Menschenmenge.

»Und außerdem benötigst du bei deinem Bierverbrauch mindestens eine Woche, um zu verdursten«, fügte sie flüsternd hinzu und stolperte hinter den alten Holztresen.

»Du musst schneller sein, Danielle. Wir können es uns nicht leisten, Kundschaft zu verlieren«, sprach ein älterer Mann von kräftiger Statur und füllte die leeren Krüge nacheinander auf. Der Wirt des Gasthauses war seit jeher ein strenger und disziplinierter Mann. Er tolerierte weder Müßigkeit noch eine nachlässige Arbeitsweise.

»Ich weiß, Vater«, erwiderte die Wirtstochter unter zusammengebissenen Zähnen und wischte sich mit dem Ärmel die Schweißperlen von der Stirn. Das dichte, braune Haar hatte sie ursprünglich zu einem festen Zopf zusammengebunden, doch fielen ihr dank Hitze und Gedränge bereits die ersten Strähnen zurück ins Gesicht.

Der warme Sommer neigte sich seinem Ende entgegen, was bedeutete, dass die Jagdsaison innerhalb Silvarons allmählich ihren Höhepunkt erreichte. Nun machte sich der Fürst mitsamt seinem Gefolge auf, um in großangelegten Hetzjagden allerlei Wild zu erlegen. Dabei ging es jedoch bei weitem nicht nur um das Jagen zur bloßen Nahrungsversorgung, sondern vielmehr um Ansehen, Ruhm und eine nicht zu unterschätzende Portion Hochmut.

Die Silvaron Region umfasste das größte Gebiet Rokariens. Sie befand sich im mittleren Teil des Landes und wurde von der nördlichen Cliffhall Region und der südlichen Veldun Region begrenzt. Im Gegensatz zu den anderen Gebieten konnte das Klima hier als mild bezeichnet werden, denn die Sommer erschienen nie zu heiß und die Winter nicht zu streng. Unzählige Tierarten fanden hier ein Zuhause und teilten sich den Lebensraum auf weiten Feldern, saftigen Wiesen und tiefen Wäldern.

Das gutbesuchte Gasthaus befand sich am Rande eines kleinen Dorfes, welches an einer nahegelegenen Handelsstraße lag, die alle Regionen miteinander verband. Somit galt es seit jeher als ein vortrefflicher Stützpunkt, um Menschen unterschiedlicher Herkunft zu beherbergen und ihnen Speis und Trank zu gewähren.

Danielle war in jenem Haus geboren und aufgewachsen, sie lebte und arbeitete darin, solang sie denken konnte.

Hier hatte ihr Leben vor einundzwanzig Sommern begonnen und würde vermutlich ebenso hier enden.

Das Gasthaus »Zum goldenen Hirsch« befand sich seit unzähligen Generationen im Besitz der Familie Durand und Danielles Vater, Maxime Durand, schien fest entschlossen, diese niemals enden wollende Tradition anstandslos fortzuführen.

»Wo bleibt unser Braten, Herr Wirt? Jäger im Dienste des Fürsten sollte man nicht zu lang warten lassen.«

Eine gereizte Stimme übertönte den allgegenwärtigen Lärm und drang bis an den Tresen heran. Danielles Blick fiel umgehend auf einen Tisch in der hinteren Ecke, an dem sich mehrere Männer lautstark unterhielten. Ihre Kleidung wirkte feiner als die der einfachen Dorfbewohner und war bezeichnend für ihre Tätigkeit. Gedeckte Grün- und Brauntöne zierten sowohl Mäntel als auch Hosen, lediglich das aufgestickte Wappen des Fürsten erstrahlte wie ein leuchtender Stern auf den robusten Stoffen.

Fürst Lingus verwaltete bereits seit vielen Jahren die Silvaron Region. Eingesetzt durch den König von Rokarien oblag es seiner Verantwortung, sich um das Wohl der dort lebenden Menschen zu kümmern und die vom Herrscher gestellten Gesetze durchzusetzen. Man konnte nicht leugnen, dass er zu Zeiten seines Amtsantritts ein durchaus fähiger und strebsamer Mann gewesen war, doch brachten ihn Wohlstand und Reichtum dazu, seine Interessen in andere, persönlichere Richtungen zu lenken. Heute galten seine Vorlieben ausschließlich der Jagd und dem eigens angebauten Wein, denen er ausgiebig und mit inbrünstiger Leidenschaft beiwohnte.

»Das Essen kommt sofort«, antwortete der Wirt knapp und sah zu einer sich hinter dem Tresen befindlichen Schwingtür.

Ein seichter Luftzug reichte bereits aus, um zu erahnen, dass sich hinter ihren Flügeln die Küche des Hauses befand. Der Geruch von gebratenem Fleisch und deftigem Eintopf sickerte wie ein Nebelschleier durch sie hindurch und verbreitete sich im gesamten Gastraum.

»Wenn das so weitergeht, werden unsere Vorräte bald aufgebraucht sein«, stellte Danielle besorgt fest und ließ ihren Blick über Tische und Bänke schweifen. Sie zählte gut fünfzig hungrige Mäuler und war sich sicher, dass die Zahl Dank des stürmischen Wetters noch ansteigen würde.

Mittlerweile begann sich der angenehme Geruch aus der angrenzenden Küche mit dem herben Aroma des Bieres und einer strengen, männlichen Note zu vermischen. Die Luft wurde zunehmend stickiger und machte ein tiefes Durchatmen bald unmöglich.

»Ich weiß«, erwiderte Maxime schnaufend und füllte einen weiteren Krug mit dunklem Gerstensaft.

»Deshalb musst du auch morgen früh auf den Markt gehen, während ich versuche, hier halbwegs Ordnung zu schaffen.«

»Ist gut«, antwortete Danielle knapp und atmete hörbar aus. Jedes Jahr aufs Neue zählten diese Wochen zu den schwersten im gesamten Spätsommer, doch brachten sie der Wirtschaft im besten Fall den halben Jahreslohn ein. Es erschien ihr daher frevelhaft, sich über die viele Arbeit und die langen Nächte zu beklagen, denn andere, so war sie sicher, hatten es noch weitaus schwerer.

»Und wenn wir Glück haben, wird es uns in diesem Winter an nichts fehlen«, sprach der Wirt hoffnungsvoll und schenkte seiner Tochter einen zuversichtlichen Blick, bevor er mit einem gefüllten Tablett in der Menge verschwand.

Auch wenn Maxime ein durchaus strenger und überaus traditionsbewusster Vater war, so bewunderte Danielle ihn doch für seine Ausdauer und eiserne Willenskraft.

Er war ein guter Mann, der schwer und hart für das Überleben seiner Familie arbeitete.

»Hier Angus, damit du mir nicht verdurstest.«

Mit einem dumpfen Geräusch stellte die Wirtstochter einen großen Krug Bier auf den alten Holztisch und betrachtete ihren Stammgast mit einer Mischung aus Belustigung und Abneigung. Seine blutunterlaufenden Augen glänzten gierig beim Anblick des geliebten Tranks, während sich ein breites Grinsen auf seinem Gesicht ausbreitete und eine Reihe gelber Zähne offenbarte.

»Das wurde aber auch Zeit. Du musst dich wirklich mehr anstrengen«, lallte der Betrunkene und nahm sogleich einen großzügigen Schluck. Nur mit Mühe konnte Danielle den Ekel hinunterschlucken, den sie beim Anblick dieses Mannes empfand. Das Bier lief ihm in Rinnsalen die Mundwinkel hinab und benetzte sowohl den ungepflegten Bart, als auch sein mit Flecken übersätes Hemd.

»Ich glaube kaum, dass ich einen Ratschlag in Sachen Tüchtigkeit von dir gebrauchen kann«, gab sie spöttisch zurück und machte bereits auf dem Absatz kehrt.

»Aber dennoch, vielen Dank.«

»Sei lieber nicht so frech, Mädchen. Männer wollen keine Frauen, die ihnen Widerworte geben.«

Die Wirtstochter konnte und wollte dieser Aussage keinerlei Antwort schenken. Was wusste dieser Mann schon vom Leben? Zeit seines Lebens war er Junggeselle und vertrank sein gesamtes Geld im Wirtshaus. Es war müßig, mit ihm ein Gespräch zu führen. Es erschien ihr daher wesentlich sinnvoller, ohne ein weiteres Wort zu gehen und seine Reden, so gut es eben ging, zu ignorieren.

Als Danielle durch die hölzerne Schwingtür in die Küche trat, wurde sie umgehend von einer Woge heißer Luft empfangen. Sie vernahm das Knistern des Feuers, welches von einem kniehohen Herd an der hinteren Wand herrührte und sah den Dampf aus den darauf befindlichen Töpfen aufsteigen. Sämtliche Wände waren mit einer Vielzahl unterschiedlicher Regale bestückt, die sowohl gusseiserne Kessel als auch Pfannen und verschiedenes Geschirr beherbergten. Ein großer aus massivem Holz gefertigter Eichentisch bildete das Herzstück des kleinen Raumes, an dessen Ende eine zierliche Gestalt mit geröteten Wangen saß. Ihr hellbraunes Haar versteckte sie unter einem weißen Leinentuch, das sie mit einem Knoten am Hinterkopf befestigte. Mit geschickten Händen und konzentriertem Blick schälte und zerkleinerte sie Unmengen an Möhren, Kartoffeln und Zwiebeln, die sie anschließend in einen Topf mit brodelndem Wasser warf.

Seit gut sieben Jahren ging Catia im Gasthaus ihrer Anstellung als Küchenmagd nach und zählte bereits seit ihrer Kindheit zu Danielles engsten Freunden. Sie war ein junges aufgewecktes Ding, dessen Mundwerk oftmals schneller reagierte als ihr Verstand, doch besaß sie in ihrer Brust ein Herz aus Gold. Vor einigen Monaten hatte sie sich mit dem Sohn des ansässigen Dorfschmieds verlobt und konnte es seitdem kaum mehr erwarten, endlich von diesem geehelicht zu werden. Sie gehörte ebenso zur Familie wie ihre Köchin Binette, die in jenem Moment vor dem kniehohen Herd stand und energisch ein großes Stück Fleisch in der Pfanne briet.

»Dein Vater soll zukünftig zusehen, wie er so viele Gäste an einem Abend bedienen will«, wetterte die ältere Frau und blickte über ihre Schulter zu Danielle hinüber.

»Entweder stellt er mehr Leute ein, oder ich suche mir eine neue Anstellung. Das ist für eine einzige Person einfach nicht zu schaffen!«

Es kostete Danielle viel Willensstärke, ihre unschuldige Miene aufrechtzuerhalten und sich ein Schmunzeln zu verkneifen. Jedes Jahr aufs Neue schimpfte Binette beim Ansturm der vielen Gäste, doch noch nie hatte sie ihre Drohung wahrgemacht. Die alte Köchin arbeitete schon viele Jahre für die Familie Durand. Danielle kannte sie von Kindesbeinen an und wusste genau, wie sie mit ihrer herrischen Art umzugehen hatte.

Mit geübten Griffen nahm sie sich einen Teller aus dem Regal, tat ein paar Kartoffeln sowie Gemüse darauf und tänzelte leichtfüßig um Binette herum, damit sie das saftige Stück Fleisch aus der Pfanne entgegennehmen konnte.

»Ich werde es Vater ausrichten«, sprach sie schmunzelnd und schenkte Catia einen vielsagenden Blick, bevor sie mit ihrer Hüfte die Tür aufstieß und erneut in den Gastraum trat.

Dereck

Ein schneidender Wind zog über die Felder und Ebenen Silvarons. Er jaulte und stöhnte wie ein hungriges Tier auf Beutezug. Obwohl der Herbst bisweilen lediglich seine ersten Vorboten schickte, wurden die Nächte bereits kälter und trugen nicht selten kräftige Regengüsse und eisige Sturmböen mit sich. Weder Mensch noch Tier verließen zu solch einer ungemütlichen Stunde ihr warmes Heim.

So geschah es, dass niemand die vermummte Gestalt erblickte, welche in Windeseile über schlammige Wege und dunkle Pfützen ritt. Der Reiter verbarg sein Gesicht unter einer tiefhängenden Kapuze, die lediglich seichte Dunstwolken seines tiefen Atems offenbarte.

Mit festem Griff hielt er die Zügel in der linken Hand und wischte sich mit der rechten ein paar verirrte Regentropfen aus dem Gesicht.

Seine Muskulatur fühlte sich aufgrund der Kälte bereits steif an, die Schmerzen in seinen Gliedmaßen gewannen mit jeder Stunde an Intensität und machten ihm bewusst, dass er zumindest für diese Nacht ein Dach über dem Kopf benötigte.

Dereck konnte sich nicht daran erinnern, wann er das letzte Mal derart gefroren hatte. Seit nunmehr einem Jahr zog er heimatlos durch die Regionen, stets darauf bedacht, so viel Abstand wie irgend möglich zwischen sich und Stormarc zu bringen.

Hier, in den ländlichen Gebieten Rokariens, kannte ihn niemand und wahrscheinlich, so vermutete er, hatte man sein Gesicht sogar bereits in den größeren Städten vergessen. Einsam und verbittert wandelte er wie ein Schatten durch die Lande, unbeachtet und zumeist ungesehen. Zwiespalt und ein immerwährender Zorn waren ihm im Laufe der Zeit die einzigen Begleiter geworden. Sie trieben ihn an, entfachten das Feuer in seinem Inneren und brachten ihn in Momenten der Schwäche beinahe um den Verstand.

Sie erinnerten ihn immerzu an jenen Tag, der sein Leben von Grund auf veränderte. Niemals würde er den Anblick seines leblosen Bruders vergessen, all das viele Blut und den unaufhörlichen Schmerz. Er konnte die Worte seines Onkels noch immer vernehmen, sie suchten ihn des nachts in seinen Träumen heim und raubten ihm den Schlaf.

So viele Fragen verlangten seit jener Nacht eine Antwort.

Es herrschte so viel Unsicherheit und noch mehr Zweifel. Zweifel an sich selbst, an seinen Taten und schlussendlich sogar an seiner Zurechnungsfähigkeit.

Ja, vielleicht war es sogar besser so. Schließlich hatte er niemals König werden wollen. Seine Welt bestand seit seiner Jugend lediglich aus Krieg und dem fortwährenden Ziel, so viele Heldentaten wie möglich zu vollbringen.

Doch nun zählte all dies nicht mehr. Nichts von alledem schien länger von Belang.

Nun lebte er Tag für Tag von der Hand im Mund, blieb niemals lange an einem Ort und verdiente sich lediglich den ein oder anderen Taler durch den Verkauf seiner eigens erlegten Jagdbeute.

Es gab niemanden, dem er noch vertraute.

Kein Regionsfürst durfte wissen, dass er sich in seinem Gebiet aufhielt, denn Varian hatte seine Finger überall im Spiel und zog die Menschen reihenweise auf seine Seite.

Nein, niemand würde zu ihm stehen oder seinen Worten Glauben schenken. Er war allein.

Ein Frösteln durchfuhr Derecks Körper und befreite ihn von jenen düsteren Gedanken. Ein weiteres Mal wischte er sich mit dem Handrücken über die müden Augen und versuchte in der Dunkelheit einen Orientierungspunkt ausfindig zu machen.

Er brauchte dringend einen Unterschlupf, irgendeine Behausung, die ihn und sein Pferd vor Regen und Kälte zu schützen vermochte.

Sein Blick wanderte über die dunklen Silhouetten des Waldes und schweifte über flache Felder und Wiesen. Es dauerte eine gefühlte Ewigkeit bis er endlich glaubte, zwischen einigen Baumzeilen ein schwaches Licht wahrzunehmen.

Es flackerte warm und einladend und gehörte wahrscheinlich zu einer Herberge.

Selbst wenn sich alles in Dereck dagegen sträubte, war dieser Anhaltspunkt doch der einzige, den er in dieser pechschwarzen Nacht erkannte und somit seine einzige Möglichkeit, die restlichen Stunden an einem warmen und vor allem trockenen Ort verbringen zu können.

Danielle

Danielle spürte die unangenehme Hitze der Männer, welche sie immer wieder streifen musste, um an die hinteren Tische des Gastraums zu gelangen. Die Gerüche wurden mit jeder Stunde intensiver und der beißende Pfeifenrauch, der mittlerweile das ganze Haus in Nebelschwaden hüllte, trieb ihr immerzu Tränen in die Augen.

Das Bier floss längst in Strömen und ließ die Gäste nicht nur lauter, sondern ebenso anstößiger werden.

»Wir müssen Catia aus der Küche holen, damit sie hier helfen kann«, sprach Danielle an ihren Vater gewandt, der mit hochrotem Kopf und schwitzigen Händen ein Bier nach dem anderen zapfte. Ein Nicken genügte als Antwort und kurz darauf begannen sich die Wirtstochter und ihre Freundin die Arbeit zu teilen.

»Ich dachte immer, dass die Dienerschaft des Fürsten ein besseres Benehmen an den Tag legen würde«, sprach Catia an Danielle gewandt und blickte verstohlen zum Tisch der Jäger hinüber.

»Diesem Glauben habe ich schon vor Jahren abgeschworen«, antwortete die Wirtstochter und lächelte mitleidig.

»Wenn Cedric gehört hätte, was mir einer dieser Kerle gerade angeboten hat ...«, fuhr Catia fort und verzog angewidert das Gesicht.

»Versuch es zu überhören und denke nicht weiter darüber nach«, entgegnete Danielle und rieb sich erschöpft den Oberarm. Sie spürte die Schwere ihre Glieder und ein unangenehmes Ziehen in den Schultern. Sie hoffte inständig, dass dieser Abend ein baldiges Ende finden würde.

Doch leider vergebens.

Ein kühler Luftzug streifte über ihre erhitzten Wangen und verdrängte die stickige Atmosphäre für einen kurzen Moment. Sie hörte, wie die Glocke über dem Eingangsbereich schellte und die Tür anschließend kraftvoll zugeschlagen wurde.

»Grundgütiger, nicht noch einer«, dachte Danielle und seufzte leise. Erschöpft griff sie nach einem abgenutzten Leinentuch und wischte über den Tresen, der bereits entsetzlich klebte und unzählige Wasserränder aufwies.

»Einen Becher Wein und eine warme Speise, egal, was.«

Dort, wo Danielle soeben noch geputzt hatte, tropften nun die nassen Mantelärmel des Fremden auf das Holz und hinterließen dunkle Flecken.

Er trug einen verschlissenen, völlig durchnässten Wollmantel, dessen Kapuze sein Gesicht komplett verbarg.

Der Statur nach zu urteilen, schien er kräftig gebaut, während seine raue Stimme gereizt und ziemlich unfreundlich klang.

Irritiert zog Danielle eine Augenbraue hinauf und beäugte den Unbekannten mit abfälliger Miene.

Was bildete der sich ein?

»Euch auch einen guten Abend«, erwiderte sie spöttisch und lächelte gespielt.

»Wein haben wir nicht mehr, nur noch Bier und die Küche ist bereits kalt. Ich kann euch lediglich ein paar Reste anbieten.«

Ein entrüstetes Schnaufen drang unter der Kapuze hervor.

»Dann eben das sowie ein Nachtlager für mich und einen Stallplatz für mein Pferd.«

Danielle musterte den neuen Gast mit einer Mischung aus Misstrauen und dem Anflug einer leisen Empörung. Dieser Mann war nicht nur unfreundlich, sondern auch überaus fordernd. Darüber hinaus lag da ein Klang in seiner Stimme, der ihr merkwürdig erschien und ein Kribbeln in ihrem Nacken hinterließ. Sie wollte bereits zu einer Antwort ansetzen, doch kam ihr Maxime diesmal zuvor.

»Alle Zimmer sind belegt und der Stall ist bis unters Dach mit Pferden gefüllt.«

Der Wirt trat an die Seite seiner Tochter, schob sie ein wenig zur Seite und betrachtete den Neuankömmling skeptisch.

»Habt ihr euch das Wetter da draußen angesehen? Nicht mal einen Hund schickt man jetzt noch vor die Tür«, sprach der Fremde gereizt und schnaufte verärgert.

Maximes Blick schweifte zu einem kleinen Fenster am anderen Ende des Raums, welches aufgrund der vorherrschenden Hitze fast gänzlich beschlagen war, doch das Prasseln des Regens war ohnehin so laut, dass es keiner weiteren Blicke bedurfte. Man mochte dem alten Wirt vieles nachsagen, doch der Sinn nach einem Mindestmaß an Gastfreundschaft gehörte definitiv nicht dazu.

»Na meinetwegen«, antwortete er missmutig.

»Sucht euch einen Platz im Stall und schlaft bei eurem Pferd. Bezahlen müsst ihr aber trotzdem für Stellplatz und Essen.«

Mit diesen Worten endete für Maxime die Diskussion und er ging ohne einen weiteren Blick zurück an seine Arbeit.

»Gastfreundschaft wird wohl in diesem Teil des Landes nicht sehr großgeschrieben«, sprach der Fremde und sah dem Wirt kopfschüttelnd hinterher.

»Wir passen uns eben unseren Gästen an«, erwiderte Danielle trocken und stellte beiläufig einen gefüllten Krug auf den Tresen. Sie hatte weder Zeit noch das Verlangen danach, sich weiterhin mit dem Unbekannten auseinanderzusetzen, denn seine üble Laune färbte allmählich auf sie ab.

»Catia, hol unserem neuen Gast doch bitte ein paar Reste aus der Küche. Ich muss meinem Vater helfen«, sprach sie an ihre Freundin gewandt und verschwand mit einem letzten Blick auf den Fremden in der Menschenmenge.

Danielle

»Angus, geh endlich nach Hause, du verträgst nichts mehr.« Danielle wirbelte mit ausgestreckten Armen vor dem völlig betrunkenen Mann herum und hoffte, dass er sie in seinem Delirium zumindest ansatzweise hören konnte.

Der Abend hatte sich inzwischen zur Nacht gewandelt, doch waren Tische und Bänke nach wie vor zur Genüge gefüllt. Niemand wollte bei diesem Wetter vor die Tür treten und das unverständliche Lallen ihres Stammgastes gab der Wirtstochter zu verstehen, dass ihm ebenfalls nicht der Sinn danach stand. Vermutlich musste sie ihn eigenhändig oder mit der Hilfe ihres Vaters vor die Tür setzen.

Es wäre nicht das erste Mal in dieser Woche.

»Das kann doch wohl nicht wahr sein«, fauchte sie erbost und musste mit ansehen, wie Angus seine letzten Schlucke wieder nach oben beförderte und über seine Kleidung ergoss.

Ekel und Wut stiegen in ihr empor und ließen sie die Hände zu Fäusten ballen, doch ihr blieb keine andere Wahl.

Gerade wollte sie erneut anfangen, auf ihn einzureden und irgendwie zum Aufstehen zu bewegen, als plötzlich ein lautes Klirren an ihre Ohren drang und sie zusammenzucken ließ. Eine laute, männliche Stimme brachte die meisten Gespräche sogleich zum Erliegen.

Danielles Blick schnellte zum Tresen, während sie gleichzeitig versuchte, sich einen Weg durch die Menschenmasse zu bahnen. Alle rückten nun näher zusammen und drängten sich dicht aneinander.

Niemand wollte eine mögliche Schlägerei verpassen.

Dies war allerdings das Letzte, was Danielle und ihr Vater an diesem Abend gebrauchen konnten. Viel zu oft hatten sie aufgrund von Prügeleien und blinder Zerstörungswut ungemein hohe Geldsummen aufbringen müssen, die sie kaum mehr ausgleichen konnten.

Endlich am Tresen angekommen, fand sich die Wirtstochter umringt von einer Traube Gaffer wieder, die ihr nur unter erschwerten Bedingungen einen Blick auf das Geschehen erlaubten. Doch allein das, was sie sah, reichte bisweilen aus, um ihr Herz zum Pochen zu bringen.

Einer der Jäger hatte sich drohend vor dem fremden Gast aufgebaut, der nach wie vor seelenruhig auf seinem Stuhl am Tresen saß. Es brauchte nicht viel, um zu erkennen, dass der Diener des Fürsten reichlich betrunken war, denn egal, wie sehr er auch das Gegenteil versuchte, er schwankte wie ein Schiff bei hohem Wellengang.

»Ich sage es nochmal. Wegen dir habe ich meinen Krug fallengelassen und mein Bier verschüttet. Also wirst du dich jetzt bei mir entschuldigen und es mir ersetzen«, sprach der Jäger mit funkelnden Augen und einem schmierigen Grinsen auf den Lippen. Ein leises Raunen ging durch die Menge und heizte die Spannung an. Danielle wusste nur zu gut, wie leichtfertig Männer in solch einer Verfassung einen Streit vom Zaun brachen. Das Bier ließ sie übermütig werden.

Sie suchten regelrecht nach einem Grund zur Auseinandersetzung, ganz gleich, wie belanglos er auch schien.

»Und ich habe gesagt, du sollst dich wieder zu deinen Freunden setzen und es gut sein lassen«, erwiderte der Fremde und wirkte zu Danielles Überraschung vollkommen gelassen. Er sah seinen Kontrahenten nicht einmal an.

Ein übermütiges Lachen entwich dem Jäger, während er angriffslustig zu seinen Kumpanen blickte.

»Hast wohl Angst, ich könnte dich einen Kopf kürzer machen, was? Du armseliger Feigling!«

Danielle besah die Szenerie mit klopfendem Herzen und traute sich kaum zu atmen. Sie ahnte bereits, worauf das Ganze hinauslaufen würde.

Der Fremde hatte sich nach wie vor nicht von seinem Platz erhoben, doch konnte sie beobachten, wie er seine Finger langsam zu Fäusten ballte, sodass die Knöchel weiß hervortraten.

»Sag das noch einmal«, forderte er mit einer Stimme, die so ruhig wie dunkel wirkte.

»Ich sagte«, wiederholte der Jäger und beugte sich ein Stück zu seinem vermeintlichen Opfer hinunter, »dass du ein dreckiger Feigling bist.«

Ein dumpfes Geräusch ertönte und im nächsten Augenblick schlug der Jäger mit dem Kopf voran auf den knarrenden Holzdielen auf. Danielle wusste kaum, wie ihr geschah, denn alles vollzog sich plötzlich in rasender Geschwindigkeit. Der unbekannte Gast hatte sich derart rasch von seinem Stuhl erhoben und so präzise zugeschlagen, dass ein Abwehren vollkommen unmöglich schien.

Für den Bruchteil eines Herzschlags lag das Gasthaus in vollkommenes Schweigen gehüllt. Ungläubige Blicke schwankten zwischen dem Fremden und dem am Boden liegenden Mann umher, bis die aufgebrachten Schreie der anderen Jäger schließlich wie Paukenschläge durch die Reihen hallten.

Mit vereinten Kräften stürzten sie sich auf den Fremden, schlugen und traten um sich, kurzum, es brach das blanke Chaos aus.

So schnell sie nur konnte, hastete Danielle hinter den Tresen und zog Catia mit sich. Immer mehr Gäste nutzten nun die Gunst der Stunde und mischten sich ins Kampfgeschehen ein. Es dauerte nur wenige Momente, bis die ersten Stühle als Waffen umfunktioniert und Krüge polternd zu Boden geworfen wurden.

»Geh in die Küche und bleib mit Binette dort, bis wir euch holen. Ich muss meinen Vater finden«, sprach Danielle mit zittriger Stimme und schob Catia kurzerhand durch die hölzerne Schwingtür.

Im nächsten Augenblick zerschnitt ein ohrenbetäubender Knall die Luft und brachte die maroden Wände des Hauses zum Beben. Sämtliche Geräusche verstummten schlagartig, während jeder Kampfesmutige in seiner Bewegung innehielt.

»So, nun ist Schluss mit lustig.«

Unter polternden Schritten trat Maxime die Treppe zum Gastraum hinab, welche hinauf in den ersten Stock führte. Dabei umfasste seine rechte Hand den hölzernen Kolben einer Muskete, aus dessen Lauf noch immer seichte Rauchschwaden emporstiegen.

»In meinem Haus dulde ich weder Ärger und noch weniger eine Schlägerei. Und jeder, der sich nicht an meine Regeln hält, fliegt raus oder fängt sich eine Kugel ein«, rief er mit donnernder Stimme und richtete die geladene Waffe auf die prügelnde Meute.

»Es liegt also ganz bei euch.«

Eine feine Spur der Unsicherheit breitete sich auf den Gesichtern der Männer aus, doch noch schien ihre Angriffslust nicht gänzlich abgeebbt.

Angespannt beobachtete Danielle jede Regung, blickte von einem Gesicht zum nächsten, bis ihre Augen unverhofft an einem haften blieben.

Dem Fremden war im Zuge der Schlägerei die Kapuze vom Kopf geglitten, wodurch es ihr erstmalig gelang, seine stechend blauen Augen und das wilde, schwarze Haar zu erblicken. Seine Züge wirkten hart und markant, doch es war allein sein Blick, der sich ihr unwiderruflich ins Gedächtnis brannte. Es lag keinerlei Furcht darin, sondern lediglich Wut und eine Entschlossenheit, die ihr bis zu jenem Moment gänzlich unbekannt erschien.

»Der Abend, meine Herren, ist hiermit beendet. Jeder, der sein Zimmer bereits bezahlt hat, tut nun besser daran, sich ein wenig Schlaf zu gönnen«, sprach Maxime erneut und riss Danielle aus ihren Beobachtungen.

»Und ihr da«, fügte er hinzu und deutete mit dem Lauf seiner Muskete auf die Jäger des Fürsten, »verschwindet sofort aus meinem Haus oder ich lasse meinen Worten Taten folgen.«

Noch einmal tauschten die Männer vielsagende Blicke untereinander aus und schienen abzuwägen, welches wohl das kleinere Übel wäre. Letztendlich gewann jedoch das letzte Tröpfchen Vernunft, denn ohne ein weiteres Wort griffen sie nach ihrem Hab und Gut, bedachten den Wirt mit einem letzten abwertenden Blick und traten in die kalte Nacht hinaus.

»Und du kannst ihnen gleich folgen«, sprach Maxime an den Fremden gewandt, welcher als einziger nach wie vor an Ort und Stelle verweilte.

»Er hat den Streit nicht begonnen, Vater.«

Danielle hörte ihre eigene Stimme verdächtig laut in den Ohren widerhallen und fragte sich schlagartig, ob sie nun vollkommen den Verstand verlor. Hatte sie jene Worte gerade tatsächlich laut ausgesprochen? Umgehend spürte sie die Hitze in ihre Wangen steigen und traute sich kaum, ihrem Vater in das verwunderte Gesicht zu blicken.

Bei den Göttern, irgendwann würde ihre vorlaute Art sie wohl den Kopf kosten.

2. Nächtliche Ereignisse

Dereck

Dereck betrachtete das Schankmädchen überrascht, doch verfinsterte sich seine Mine erneut, als sein Blick zurück auf die Waffe ihres Vaters fiel. Warum um alles in der Welt setzte sie sich für ihn ein? Sie hatte keinerlei Grund dazu. Vielleicht wollte sie lediglich eine gute Tat vollbringen oder es lag womöglich an den verbliebenen Resten seiner einstigen Ausstrahlung. Schließlich hatte es Zeiten gegeben, in denen die Frauen ihm reihenweise zu Füßen lagen.

Zu seinem Bedauern musste er nun allerdings feststellen, dass der Wirt gegen die Vorzüge seines Aussehens mehr oder minder resistent zu sein schien.

»Es ist mir vollkommen gleich, wer damit begonnen hat. Ich will keine Störenfriede in meinem Haus ... und dieser hier«, sprach der kräftige Mann verärgert und deutete mit dem Lauf seiner Muskete auf den Fremden, »sieht mir ganz nach dieser Sorte aus.«

Derecks Blick glitt abermals zu dem Mädchen hinüber, dessen Augen noch immer wachsam auf ihm ruhten.

Leider konnte er weder einen schmachtenden noch mitleidigen Ausdruck darin erkennen. Alles was er sah, wirkte auf ihn wie reine Neugierde.

»Verzeiht, ich wollte lediglich ein Nachtlager für die nächsten Stunden. Mir stand weder der Sinn nach Ärger noch nach einer Prügelei«, sprach er versöhnlich und versuchte es auf die diplomatische Art. Mit ein wenig Verhandlungsgeschick und einem entschlossenen Auftreten konnte schließlich jedem Fußvolk Einhalt geboten werden.

»Lasst uns diesen kleinen Vorfall doch einfach vergessen. Jetzt, da Ihr diese Bauerntrampel rausgeworfen habt, könnt Ihr mir doch einfach eines Eurer Zimmer überlassen. Ich lege meinetwegen sogar ein paar Münzen obendrauf.«

Dereck konnte beobachten, wie sowohl dem Wirt als auch seiner Tochter die Gesichtszüge entglitten. Er verstand allerdings nicht, wieso dies der Fall war. Diese Wald- und Wiesenmenschen sollten sich lieber darüber freuen, dass er ihnen ein paar Münzen zusätzlich anbot, schließlich schien dieses Wirtshaus seine besten Jahre längst hinter sich gelassen zu haben.

Der Wirt tauschte mit seiner Tochter einen irritierten Blick aus, bevor er den Lauf seiner Waffe erneut auf ihn richtete.

»Hör zu, ich bin nicht in Verhandlungsstimmung. Verlass mein Haus, nimm dein Pferd und verzieh dich. Das ist mein letztes Wort.«

Dereck schnaufte verärgert auf, schüttelte missbilligend den Kopf und fuhr sich mit den Fingern über das unrasierte Gesicht. Erst jetzt bemerkte er, dass er aus der Nase blutete. Diese halbstarken Möchtegernjäger hatten ihn tatsächlich verletzt. Er hätte sie auf der Stelle totschlagen sollen. Erneut keimte eine Woge des Zorns in ihm auf, doch beschloss er diesmal, dass es wohl für alle Beteiligten das Beste wäre, den Worten des Wirtes Folge zu leisten. Ganz gleich wie erschöpft und ausgelaugt er sich auch innerlich fühlte, er würde niemals um ein Nachtlager betteln. Niemals.

»Nun, ich kann mich nur wiederholen, die Gastfreundschaft in eurem Haus lässt sehr zu wünschen übrig«, sprach er mit einem überspitzten Lächeln und blickte dem Wirt ein letztes Mal angriffslustig in die Augen.

»Hinaus!«, brüllte Maxime als Antwort auf diese Unverschämtheit, sodass seine Tochter unweigerlich zusammenzuckte.

»Hinterwäldler«, murmelte Dereck abwertend und riss die Eingangstür mit einem kräftigen Ruck auf. Wind und Regen peitschten ihm sogleich ins Gesicht und ließen ihn frustriert aufstöhnen. Womöglich wäre eine einfache Entschuldigung doch die bessere Wahl gewesen.

Danielle

»Hast du sowas schon einmal erlebt?«, fragte Maxime entrüstet und schüttelte verständnislos den Kopf.

»Nein … nein noch nie«, gab Danielle ehrlich zurück, während ihr Blick noch immer dem Hauseingang galt. So ein Mann war ihr tatsächlich noch nie untergekommen, doch sie musste zugeben, dass er einen gewissen Eindruck hinterließ.

»Nun, wie dem auch sei. Jetzt sind wir ihn und den Rest der Meute los«, sprach der Wirt und legte die Muskete auf den Tresen. »Jetzt wird es Zeit, aufzuräumen.«

Danielles Rücken brannte wie Feuer, sie konnte kaum noch aufrecht stehen. Seit ungefähr einer Stunde kniete sie gemeinsam mit Catia auf dem alten Holzboden und versuchte Schlamm und Dreck aus den Dielen zu schrubben.

»Eigentlich ist die Mühe doch vergebens. Solange der Regen nicht nachlässt, bringt das doch alles nichts«, seufzte die Küchenmagd erschöpft und warf ihre abgenutzte Bürste in den Eimer mit schmutzigem Wischwasser.

»Ich weiß, aber es ist eben Vaters Wunsch«, erwiderte Danielle und fuhr sich mit der nassen Hand über die verschwitzte Stirn.

»Wahrscheinlich, weil Mutter immer so erpicht auf einen sauberen Boden war.«

Ein unangenehmer Druck begann sich in Danielles Brust auszubreiten. Jedes Mal, wenn das Gespräch auf ihre Mutter fiel, verspürte sie dasselbe bedrückende Gefühl. Es glich einer bittersüßen Erinnerung, die sie aus dem Alltag riss und in die Vergangenheit entführte.

»Tja, wenigstens wird uns so niemals langweilig.«

Eine warme Hand legte sich auf ihren Unterarm und holte die Wirtstochter ins Hier und Jetzt zurück. Sie blickte in die grünen Augen ihrer Freundin und erwiderte ihr sanftes Lächeln.

»Aber dieser Fremde, der war schon recht eigenartig«, bemerkte Catia beiläufig, doch verformten sich ihre Lippen zu einem schalkhaften Lächeln.

»Findest du?«, erwiderte Danielle und wendete sich erneut den Holzdielen zu.

»Ich vermute ja, dass er mit seiner unangebrachten Art und Weise lediglich eine gewisse Unsicherheit überspielen wollte.«

»Meinst du? Also ich fand, dass er schon recht überzeugend klang.«

»Also Catia, wenn Cedric dich so hören könnte«, antwortete Danielle mit gespielter Empörung und wollte das Thema gezielt beenden. Schließlich war dieser fremde Mann einer der Gründe, weswegen sie in der heutigen Nacht doppelt so viel aufräumen mussten.

»Na hör mal! Ich sage nur, was ich gesehen und gehört habe! Cedric ist diesem Mann doch meilenweit überlegen. Es gibt keinen besseren Mann im Dorf«, erwiderte die Küchenmagd unter geröteten Wangen und widmete sich ohne weitere Worte der restlichen Arbeit zu.

***

»So, ich glaube, das Gröbste haben wir geschafft«, sprach Danielle schnaufend und hob den letzten Stuhl auf einen der Tische. Zufrieden blickte sie auf einen gewischten Boden und auf saubere, von sämtlichen Speiseresten befreite Oberflächen. Der Schlägerei waren glücklicherweise nur zwei Stühle und drei Krüge zum Opfer gefallen, Schäden, die sich ohne größere Probleme ersetzen ließen. Während Maxime noch damit beschäftigt war, die übrigen Vorräte im Kellerraum zu zählen, durfte Binette bereits nach Hause gehen.

»Geh jetzt auch Heim und schlaf noch ein wenig. Morgen wird wieder ein langer Tag.«

»Davon können wir wohl ausgehen«, schnaufte Catia entkräftet, zog sich das helle Leinentuch vom Kopf und ließ ihr hellbraunes Haar über die Schultern gleiten.

»Bis morgen früh.«

Als der Wirt nach einer weiteren halben Stunde endlich die Treppen vom Keller emporstieg, löschte Danielle bereits die letzten Kerzen.

»Wir haben heute ganze Arbeit geleistet«, verkündete er und zog zufrieden die Mundwinkel hinauf.

»Allerdings«, erwiderte Danielle zustimmend und trat ihrem Vater entgegen. Sie besah den ergrauten Bart und die vielen kleinen Fältchen unter seinen Augen. Das einst so dichte, dunkelbraune Haar wurde nun von vielen hellen Strähnen durchzogen und verlor zunehmend an Fülle.

Als Maxime schließlich die Treppen zum ersten Stock hinaufstieg, um sich dort seiner wohlverdienten Nachtruhe hinzugeben, konnte Danielle nicht anders, als ihm hinterherzusehen. Die leisen Spuren des Alters zeichneten sich nun immer deutlicher ab. Sie glaubte sogar, dass es in den letzten Monaten immer schneller vonstatten ging. Wie lange wäre es ihrem Vater noch möglich, das Gasthaus zu führen? Wann würde er von den vielen harten Jahren kapitulieren müssen? All diese Fragen beschäftigen Danielle zunehmend, doch sie fürchtete die Antworten.

Ein leises Seufzen glitt über ihre Lippen, es war wahrlich zu spät, um sich solcherlei Gedanken hinzugeben.

Mit schweren Beinen schleppte sie sich zu einem nahestehenden Tisch, um dort die letzte verbliebene Kerze zu löschen, als plötzlich ein lautes Geräusch die Stille durchbrach.

Die Eingangstür schlug schwungvoll auf und wurde durch den kräftigen Wind beinahe aus den Scharnieren gerissen.

Danielle stieß einen erstickenden Schrei aus und spürte sogleich, wie der Schreck sie bis ins Mark durchfuhr. Instinktiv trat sie mehrere Schritte nach hinten und stieß dabei geräuschvoll ein paar Stühle zur Seite. Das Herz schlug ihr bis zum Hals, sämtliche Müdigkeit schien auf der Stelle verflogen.

Mit weit aufgerissen Augen blickte sie dem Eingang entgegen, hörte den prasselnden Regen und spürte einen kalten Luftzug durch den Raum ziehen.

»Danielle? Danielle, ganz ruhig, ich bin es!«

»Catia? Was um alles in der Welt tust du denn noch hier?«, fragte die Wirtstochter und sah verunsichert die Treppen hinauf. Ob ihr Vater sie möglicherweise gehört hatte?

»Das erkläre ich dir später! Komm jetzt rasch und bring eure Laterne mit«, erwiderte die Küchenmagd mit einer Stimme, bei der sich Danielles Nackenhaare sträubten. Ohne weitere Fragen zu stellen, lief sie zu einem Regal an der Wand, nahm eine Laterne heraus und entzündete die Kerze in ihrem Inneren.

»Was ist denn passiert?«, fragte sie nervös, während sie ihrer Freundin auf den Hof folgte.

Der starke Wind trieb ihr sogleich Tränen in die Augen und löste auch die letzten Strähnen ihres geflochtenen Zopfes. Im Nu war ihre Schürze mitsamt dem darunter befindlichen Kleid durchnässt und die ledernen Schuhe in Matsch getränkt. Mit schmatzenden Schritten folgte sie Catias Silhouette, bis sie endlich vor dem Pferdestall zum Stehen kamen.

»Als ich gegangen bin, habe ich Stimmen gehört. Ich wollte sie erst ignorieren, doch dann bin ich nochmal umgekehrt. Als ich zurückkam, habe ich sie nur noch wegreiten sehen. Ich dachte, sie hätten womöglich etwas gestohlen, doch dann ...«

»Doch dann was?«, hakte Danielle ungehalten nach und kniff angestrengt die Augen zusammen. Doch ohne eine weitere Erklärung schob die Küchenmagd die schwere Stalltür auf und gab den Blick ins Innere frei.

Im ersten Moment konnte Danielle nichts Ungewöhnliches erkennen. Sie vernahm lediglich den üblichen Geruch von Pferden und Heu, welcher mit einer hölzernen Note einherging.

Unsicher trat sie einige Schritte in den Stall hinein, hielt die Laterne ein Stückchen höher, nur um im nächsten Augenblick den Atem anzuhalten.

»Du liebe Güte.«

Inmitten der unruhigen Pferde erblickte sie den leblosen Körper eines Mannes. Er lag auf dem Bauch, sodass sein Gesicht unkenntlich blieb, doch nahm das Heu unter ihm herum bereits eine rötliche Färbung an. Der leise Hauch einer Vorahnung durchfuhr ihren Verstand und hinterließ einen bitteren Geschmack auf der Zunge. Danielle konnte sich durchaus denken, um wen es sich hier handelte.

»Lauf zurück ins Haus und hole das Kästchen auf meinem Nachttisch. Sei leise und pass auf, dass mein Vater dich nicht hört«, sprach Danielle an Catia gewandt und ging bereits ein Stück weiter.

Vorsichtig stellte sie die Laterne auf einen Holzbalken und trat langsam an die unruhigen Pferde heran. Sie musste versuchen, die großen Tiere so weit wie möglich von dem Mann fernzuhalten.

Langsam hob sie ihre Hände und strich dem ersten Pferd behutsam über den Rücken. Sie zwang sich, mit ruhiger Stimme auf die Tiere einzureden, doch konnte sie ein nervöses Zittern nicht unterdrücken.

Es dauerte einen Augenblick, bis die Pferde sich auf ihre Worte einließen, doch schaffte sie es schließlich, die kräftigen Tiere ein Stück von dem Mann wegführen und an einen naheliegenden Balken binden.

Mit klopfendem Herzen kniete sie sich vor dem leblosen Körper nieder und traute sich kaum, ihn zu berühren.

Sie hoffte inständig, dass ihr Vater dem Ruf seines tiefen Schlafs weiterhin die Treue hielt und nichts von alledem mitbekam. Nur mit Mühe schaffte sie es, einen tiefen Atemzug zu nehmen und ihre bebenden Hände unter Kontrolle zu bringen. Zaghaft beugte sie sich ein wenig tiefer über den Verwundeten und stellte zu ihrer Erleichterung fest, dass er noch atmete, jedoch arg mitgenommen schien.

Als Catia endlich zurückkehrte und neben sie trat, tauschten beide Frauen einen unschlüssigen Blick miteinander aus.

»Du musst mir helfen, ihn umzudrehen«, sprach Danielle knapp und biss sich dabei auf die Innenseite ihrer Unterlippe.

Gemeinsam packten sie ihn an Oberarm und Taille und zogen ihn vorsichtig herum. Ein leises Stöhnen verließ die Lippen des Mannes und bewahrheitete Danielles Vermutung. Es schien Ironie des Schicksals zu sein, dass ihr Vater ihn soeben noch in den Regen hinausgejagt hatte und er nun verwundet in ihrem Stall lag.

»Das müssen die Jäger gewesen sein«, flüsterte Catia nachdenklich und richtete ihren Blick auf die geschlossene Stalltür.

»Vermutlich. Wahrscheinlich haben sie hier auf ihn gewartet und ihn dann so zugerichtet«, antwortete Danielle leise und besah den Verwundeten genauer. Seinen Nasenrücken zierte ein langer, senkrechter Schnitt, während seine Unterlippe auf der rechten Seite aufgeplatzt war. Aus beiden Wunden quoll noch immer ein wenig Blut, welches ihm in kleinen Rinnsalen die unrasierten Wangen hinablief. An der linken Schläfe konnte sie eine recht große Platzwunde erkennen, die nach wie vor stark blutete.

»Sie haben ihm bestimmt auch ein paar Rippen gebrochen«, murmelte Catia und zog eine Augenbraue hinauf.

Danielle spürte umgehend ein Ziehen in der Magengegend und schenkte der Küchenmagd einen gereizten Blick.

»Wenn du das glaubst, dann sieh doch nach.«

»Ich? Auf keinen Fall, ich bin immerhin verlobt«, entgegnete Catia und hob abwehrend die Hände.

»Oh Grundgütiger«, fauchte Danielle und schenkte ihrer Freundin einen weiteren vielsagenden Blick.

Worauf hatte sie sich hier nur eingelassen? Sie sollte längst in ihrem warmen Bett liegen, doch stattdessen befand sie sich nun des nachts in einem Pferdestall und legte Hand an einen wildfremden Mann an.

»Wehe, hiervon erfährt jemand«, zischte sie warnend und streckte erneut ihre nervösen Finger aus. Vorsichtig öffnete sie den Mantel des Fremden und fühlte den Stoff eines Jacketts darunter. Mit geschickten Griffen löste sie dessen Knöpfe und tastete nun nach dem Stoff seines Hemdes.

Sein Körper strahlte eine ungewöhnliche Hitze aus.

Danielle musste all ihren Mut aufbringen, um nicht einfach aufzustehen und geschwind davon zu laufen.

Doch plötzlich durchbrach ein schmerzerfüllter Laut die angespannte Stille und ließ die Wirtstochter umgehend zurückschrecken.

»Siehst du, ich habe es dir doch gesagt«, sprach Catia nach einem Moment der Stille und blickte entschuldigend drein.

»Reich mir einfach das Verbandszeug«, antwortete Danielle gereizt und versuchte so emotionslos wie möglich zu wirken. Niemand sollte erahnen, wie heftig sich ihre Gedanken überschlugen oder wie unsicher sie sich fühlte. Die gesamte Situation schien aufregend und beängstigend zugleich.

Sie wusste schließlich nichts über diesen Mann, möglicherweise war er ein Dieb oder Schlimmeres.

Sie wusste lediglich, dass er einen reichlich unfreundlichen Charakter besaß, jedoch zu Unrecht von ihrem Vater hinausgeworfen wurde. Er war nicht für den Streit verantwortlich gewesen und vielleicht wäre dies alles nicht passiert, wenn Maxime anders entschieden hätte.

Nein, sie musste ihm helfen, was blieb ihr auch anderes übrig? Sie konnte ihn doch nicht hier liegen lassen und warten, bis ihr Vater ihn in der Früh entdeckte.

Entschlossen, es endlich hinter sich zu bringen, griff sie also nach dem kleinen Holzkästchen, welches Catia ihr entgegenhielt und nahm ein paar saubere Leinenbinden und ein kleines verkorktes Fläschchen heraus.

Geschickt träufelte sie dessen übelriechenden Inhalt auf einen dünnen Stoffstreifen und begann, vorsichtig die Verletzung an seiner Schläfe zu reinigen.

Ein Ruck schnellte durch Danielles gesamten Körper, gefolgt von einem leisen Aufschrei, in den Catia sogleich mit einstimmte. Mit einer schnellen, unvorhergesehenen Bewegung hatte der Fremde plötzlich ihre Hand gepackt und betrachtete sie mit kaltem, stechendem Blick.

»Was tust du da?«, fragte er mit heiserer Stimme und hielt ihr Gelenk fest umklammert. Danielle fehlten die Worte.

Sie war überrascht und erschrocken zugleich, doch als ihre Finger allmählich zu schmerzen begannen, entzündeten sich kleine Funken der Wut in ihrem Inneren.

»Ich reinige deine Wunde«, gab sie bissig zurück und versuchte sich vergeblich aus seinem Griff zu lösen.

»Warum?«

Sie musste zugeben, dass ihr die Kraft des Fremden imponierte, doch anstatt ihr weiterhin Angst einzujagen, machte er sie allmählich wütend.

»Weil sie blutet«, entgegnete sie trotzig und legte die Stirn in Falten.

»Das habe ich nicht gemeint«, zischte er misstrauisch und ließ sie keinen Moment aus den Augen.

»Du tust mir weh.«

Dereck

Dereck konnte sich beim besten Willen nicht erklären, was all dies zu bedeuten hatte. Wieso lag er auf dem Boden? Warum roch es um ihn herum derart nach Pferdemist? Und weshalb knieten diese beiden Weibsbilder so dicht bei ihm? War eine der beide nicht die Wirtstochter aus dem schäbigen Gasthaus? Mit einer groben Bewegung schlug er die Hand des Mädchens zurück und versuchte im nächsten Moment auf die Beine zu kommen. Ein dumpfer Schmerz pulsierte durch seinen Kopf und paarte sich mit einem starken Stechen in der Brust. Ein Stöhnen entwich seiner Kehle, während sich vor seinen Augen alles zu drehen begann.

»Du solltest vorsichtig sein. Ich glaube, eine deiner Rippen ist gebrochen«, sprach das Schankmädchen zögerlich.

»Ach ja? Und du solltest dich besser um deine eigenen Angelegenheiten kümmern«, antwortete Dereck unwirsch und kniff die Lider zusammen. Wer hatte ihn nur so übel zugerichtet?

Ein empörtes Schnaufen drang an seine Ohren und lenkte die Aufmerksamkeit zurück auf die Wirtstochter. Er sah, wie sie ihrer Begleiterin einen vielsagenden Blick zuwarf, bevor ihre Miene schließlich einen gleichgültigen Ausdruck annahm.

»Gut, dann ist ja unsere Arbeit hier getan. Falls du allerdings noch einmal den Drang danach verspüren solltest, dich mit den Jägern des Fürsten zu prügeln, dann tue dies doch bitte draußen an der frischen Luft. Du erschreckst sonst die Pferde.«

»Was ... was hast du gesagt?«

Mehrere Erinnerungen strömten zeitgleich durch Derecks Verstand und brachten ihn ins Taumeln.

Rasend schnell verbreiteten sich die Bilder in seinem Geist und zwangen ihn erneut, die Augen zu schließen. Er erinnerte sich an die schmierigen Gesichter der Jäger, an die Schlägerei im Gasthaus und wie der Wirt ihn kurzerhand hinausgeworfen hatte. Danach wurden die Bilder undeutlich und verschwammen vor seinen Augen.

Er erinnerte sich lediglich an einen dumpfen Schmerz und an das hämische Gelächter seiner Peiniger. Im Dunkeln hatten sie ihm aufgelauert, ihn hinterrücks gepackt und ohne Unterlass auf ihn eingeschlagen. Selbst wenn

Dereck ihre Fratzen nicht mehr genau vor Augen sah, so war er sich dennoch sicher, dass es dieselben Bastarde aus dem Wirtshaus gewesen sein mussten.

»Diese verfluchten Dreckskerle«, stieß er zornig hervor und musste sogleich eine Hand auf seinen Brustkorb legen.

Der stechende Schmerz zog sich bis in den Rücken und raubte ihm den Atem.

Danielle

»Wenigstens haben sie euch nichts gestohlen«, flüsterte Catia an Danielle gewandt und deutete auf die Pferde.

Die Erstattung von Sattel, Zaumzeug oder gar eines Tieres wäre schier unmöglich gewesen.

Die Wirtstochter nickte zustimmend, doch legte sich ihre Stirn sogleich in Falten, als sie den veränderten Gesichtsausdruck des Fremden bemerkte. Catias Worte schienen irgendetwas in ihm ausgelöst zu haben, denn plötzlich weiteten sich seine glasigen Augen und er schnappte hektisch nach Luft. Unwirsch, beinahe panisch, begann er seinen Mantel und das darunter befindliche Jackett abzutasten. Seine Griffe wurden mit jedem Augenblick ungehaltener, während sein Gesicht sich zu einer gequälten Grimasse verzog.

»Nein ... nein ... nein«, murmelte er immer wieder und schien kurz davor, sich die Haare zu raufen. Seine blauen Augen funkelten fieberhaft, Danielle glaubte beinahe, er würde jeden Moment den Verstand verlieren.

»Suchst du irgendetwas?« fragte sie vorsichtig und trat einen Schritt nach hinten. Sie konnte deutlich die Mischung aus Verzweiflung und Unglauben in seinem Blick erkennen.

»Es ist weg«, hauchte er fassungslos und verharrte an Ort und Stelle.

»Was genau fehlt dir denn?« hakte Catia nach und trat neben Danielle.

»Mein ... mein Geld. Meine gesamten Ersparnisse. Sie haben es gestohlen. Diese diebischen Dreckshunde haben mich bestohlen.«

Seine Stimme gewann mit jedem Wort an Kraft, bis er letztendlich sämtliche Wut hinausschrie. Selbst in seiner jetzigen Verfassung wirkte der Fremde bedrohlich. Zornig ballte er die Hände zu Fäusten, während seine blauen Augen so viel Hass und Verzweiflung ausstrahlten.

Seine Gesichtsfarbe wechselte von Rot zu Weiß und erneut zu Rot, in nur wenigen Augenblicken. Schweißperlen überzogen seine Stirn, während er besorgniserregend schnell atmete. Als er sich zu ihrer Überraschung auch noch anschickte, erneut seinen Wollmantel zu schließen und nach seinem Pferd Ausschau zu halten, war Danielle sich allerdings recht sicher, dass er allmählich den Verstand verlor.

»Was willst du denn jetzt tun? Du kannst ihnen doch so nicht hinterherreiten«, sprach sie fassungslos und deutete auf seine Wunden.

»Die Spuren sind vom Regen ohnehin verwischt und überhaupt sind die Jäger doch längst über alle Berge.«

»Sag du mir nicht, was ich tun kann und was nicht«, entgegnete er wütend und richtete seine funkelnden Augen auf die Wirtstochter.

Danielle versuchte, seinem Blick standzuhalten. Sie zwang sich, nicht die Lider zu senken und ihre entschlossene Haltung zu wahren. Selbst wenn es ihr sämtliche Willenskraft abverlangte. Sie wusste nicht genau, ob sie es sich lediglich einbildete, doch glaubte sie nach einigen Augenblicken merkwürdigerweise eine Veränderung an ihm festzustellen. Das lodernde Feuer in seinem Blick schien langsam an Intensität zu verlieren, während er nunmehr fast hilflos wirkte.

»Du … du verstehst das nicht«, sprach er verunsichert und presste abermals die Hand gegen seinen Brustkorb.

»Diese Bastarde haben mir alles genommen. Alles, was ich besaß. Und niemand …«, seine Stimme begann zu zittern, »absolut niemand bestiehlt mich und kommt mit dem Leben davon.«

Dereck

Die Wirtstochter ließ ihren Blick einen weiteren Moment auf ihm ruhen, bis sie schließlich zu einer Antwort ansetzte. Sie schien ihre Worte genau abzuwägen.

»Glaub mir, ich kann deine Wut auf diese Männer durchaus verstehen«, sprach sie mit gefasster Stimme, »aber mit deinen jetzigen Verletzungen in die Nacht zu reiten, bei diesem Wetter, macht keinen Sinn. Selbst wenn du sie finden solltest, sie würden dich in diesem Zustand erneut zusammenschlagen ... oder Schlimmeres.«

Dereck ließ diese Worte auf sich wirken und stieß anschließend ein leises Schnaufen aus.

»Ziemlich deutliche Worte für ein einfaches Schankmädchen.«

»Einem Mann aus der Cliffhall Region kann man nur mit Deutlichkeit beiwohnen«, erwiderte sie und zog eine Augenbraue hinauf.

»Woher willst du wissen, ob ich aus Cliffhall komme?«

»Die meisten Männer aus dem Norden sind von unfreundlicher und reichlich überheblicher Natur.«

Ein trockenes Lachen erklomm Derecks Kehle, doch als es sich auf seinen Lippen brach, durchfuhr ihn erneut ein heftiger Schmerz. Die darauffolgende Übelkeit kam mit solch einer Wucht, dass sich erneut alles um ihn herum zu drehen begann und er sich an einem in der Nähe befindlichen Holzbalken abstützen musste.

»Hör zu, lass mich deine Wunden reinigen und dir einen Verband anlegen. Wenn du morgen früh immer noch der Meinung bist, den Jägern hinterherreiten zu wollen, dann wird dich niemand von uns aufhalten«, sprach sie mit ruhiger Stimme und trat einen Schritt auf ihn zu.

»Wieso?«

»Wieso was?«

»Wieso hilfst du mir?«

Dereck sah, wie die Wirtstochter von einem Fuß auf den anderen trat und kurz um Worte rang. Doch dann reckte sie ihr Kinn nach vorn und nahm zu seiner Überraschung erneut eine entschlossene Haltung ein.

»Mein Vater hat dich davongejagt, obwohl du nichts verbrochen hast. Hätte er das nicht getan, würdest du jetzt nicht in diesem Zustand vor mir stehen. Also leiste ich lediglich Wiedergutmachung«, antwortete sie so rasch, als müsse sie sich selbst von der Richtigkeit dieser Worte überzeugen.

Dereck zog die Augenbrauen hoch und konnte ein leises Lachen nicht unterdrücken. Er musste sich eingestehen, dass er diese Frau tatsächlich unterschätzt hatte. Sie schien schlagfertiger und wortgewandter als er dachte. Vielleicht wäre es also tatsächlich das Beste, ihrem Rat Folge zu leisten und seine Wunden verbinden zu lassen. Obwohl sein innerer Stolz sich vehement dagegen wehrte, entschied er sich schlussendlich dafür, einmal der Vernunft eines einfachen Mannes und nicht der eines Soldaten zu folgen.

»Also gut, ich nehme die Wiedergutmachung an.«

Er sah, wie sich ein überraschtes Lächeln auf ihre Lippen schlich, anscheinend hatte sie nicht mit einer solchen Antwort gerechnet.

»Wie schön«, erwiderte sie ein wenig steif und überwand auch den letzten Abstand zwischen ihnen.

»Ich bin übrigens Danielle. Danielle Durand und dies ist meine Freundin Catia«, sprach sie und deutete mit einem Wink auf die Küchenmagd.

»Und dein Name lautet?«

»De... Brix!«

»Wie bitte?«

»Mein Name lautet Brix«, log Dereck kurzerhand und zog die Stirn in Falten. Vermutlich hätte er unter anderen Umständen mit dem Kopf geschüttelt und sich für seine eigene Feigheit belächelt, doch erschien ihm jene Lüge in diesem Augenblick wie eine Art Schutz.

Und Schutz konnte er momentan wahrlich gebrauchen.

3. Ein Angebot

Danielle

»Oh Danielle, was hast du dir dabei nur gedacht?«

Den starren Blick gen Zimmerdecke gerichtet, lag die Wirtstochter in ihrem schmalen Bett und fand weder Ruhe noch Frieden. Obwohl sich ihr Körper schmerzlich nach ein wenig Schlaf sehnte, wollte ihr Geist dennoch nichts davon wissen. Immer und immer wieder ließ sie den vergangenen Abend Revue passieren, sah die Bilder klar und deutlich vor ihrem inneren Auge und stellte sich zum wiederholten Male eins und dieselbe Frage.

Vielleicht hätte sie den Fremden einfach dort liegen lassen sollen. Wieso hatte sie sich überhaupt erst in seine Angelegenheiten eingemischt?

Mit einem frustrierten Seufzen drehte sie sich zur Seite und kniff angestrengt die Lider zusammen. Egal, wie sehr sie es sich auch versuchte einzureden, sie hätte Brix niemals den Rücken kehren können. Schließlich war er allein durch das Urteil ihres Vaters in diese missliche Lage geraten.

Sie musste ihm also zur Hilfe eilen, es gehörte schlicht und ergreifend zu ihrer Pflicht ... Oder?

Stöhnend öffnete Danielle die Augen und ließ ihre Finger durch das lange Haar gleiten.

Wem versuchte sie hier eigentlich etwas vorzumachen?

So sehr sie es sich auch einreden wollte, tief in ihrem Inneren wusste sie, dass sie weder aus Schuldgefühlen noch aus purer Hilfsbereitschaft handelte.

Es gab keine genaue Erklärung dafür, doch schon bei ihrer ersten Begegnung konnte sie spüren, dass es irgendetwas Sonderbares mit Brix auf sich hatte.

Etwas, dass sie nicht definieren konnte und doch so bedeutsam zu sein schien. Noch niemals zuvor war ihr ein derart klarer und zugleich eisig kalter Blick begegnet.

Der graue Schimmer in seinen blauen Augen erinnerte sie an die Beschreibungen des clarisischen Meeres im Norden Rokariens. Wild und unberechenbar, doch ebenso stolz und unbeugsam. Irgendwas an ihm weckte ihre Neugier, da war ein Interesse, dessen Ursprung sie nicht ergründen konnte.

Noch nicht.

Danielle kannte die Menschen der Cliffhall Region mitsamt ihrem unnahbaren Charakter. Sie lebten allein für ihre Arbeit, die sie zumeist an der Küste oder im Steinbruch verrichteten. Die Tatsache, dass sich Stormarc, der Herrschaftssitz der Königsfamilie, in ihrer Region befand, machte sie ungemein stolz, sodass sie sich gesellschaftlich gesehen gern ein wenig über den Bewohnern der anderen beiden Regionen verstanden.

Nun, nach dem wenigen zu urteilen, was Danielle bisher über Brix wusste, trafen zumindest die Eigenschaften »unnahbar« und »stolz« auf ihn zu. Doch er schien darüber hinaus recht furchtlos und mitunter ziemlich aufbrausend zu sein.

Erneut dachte sie an den verzweifelten Ausdruck in seinem Gesicht, als er feststellte, dass ihm all sein Hab und Gut gestohlen worden war.

Nun, wenn er tatsächlich vollkommen mittellos war, wie sollte es dann weitergehen? Was war, wenn er eine Familie zu versorgen hatte? Wenn er Frau und Kind besaß? Doch sollte dies tatsächlich der Fall sein, warum befand er sich dann so weit weg von Cliffhall? Was verschlug ihn in die Silvaron Region?

All diese Fragen rauschten wie Windböen durch ihren Geist und bescherten Danielle einen pochenden Schmerz unterhalb der Schläfen. Dabei schien das größte Problem noch vor ihr zu liegen. Was, um alles in der Welt, sollte sie nur ihrem Vater erzählen?

In bereits wenigen Stunden würde Maxime aufstehen, seinen morgendlichen Rundgang durch das Haus machen und dann in den Stall gehen.

Wie würde er wohl reagieren, wenn er Brix dort liegen sah? Wahrscheinlich ähnlich wie am gestrigen Abend.

Nein, sie brauchte dringend eine Strategie. Sie musste sich irgendetwas überlegen, um ihrem Vater die Situation im Vorfeld zu erklären. Doch wo sollte sie da nur anfangen?

Sie konnte ihm wahrlich schlecht erzählen, dass sie inmitten der Nacht einem völlig fremden Mann das Jackett aufgeknöpft hatte, nur um nachzusehen, ob seine Rippen gebrochen waren. Allein der Gedanke daran trieb ihr erneut die Röte ins Gesicht.

»Oh Danielle, du bist in der Tat ein hoffnungsloser Fall«, dachte sie verärgert, stieß frustriert die Luft aus ihrer Lunge und griff nach ihrem Daunenkissen, um es sich fest auf das Gesicht zu drücken.

***

Die Sonne trat an diesem Morgen früh über den Horizont.

Zu früh. Kaum hatte der erlösende Schlaf sie endlich überwältigt, schreckte Danielle erneut empor. Sie durfte ihren Vater auf keinen Fall verpassen.

Müde schwang sie ihre Beine über das hölzerne Bettgestell und trat an einen kleinen Bestelltisch heran, auf dem sich eine Wasserschale und ein messingumrahmter Spiegel befanden. Erschöpft betrachtete sie ihr Spiegelbild und schnaufte missmutig. Unter ihren blauen Augen zeichneten sich tiefe, dunkle Ringe ab, während das braune Haar ihre ohnehin viel zu helle Haut blass und fahl wirken ließ. Die winzigen Sommersprossen auf ihrer Nase kamen dadurch noch deutlicher zum Vorschein und ließen Danielle resigniert ausatmen. Gedankenlos zog sie eine Schublade unterhalb des Tisches auf, griff nach einem hölzernen Kamm und ließ dessen abgenutzte Zinken durch ihre dicken Strähnen gleiten.

Der nächtliche Wind hatte ihr viele widerspenstige Knoten beschert, die sie nur mit reichlich Geduld und schmerzhaftem Ziepen lösen konnte. Letztendlich griff sie nach einem dunkelroten Stück Stoff, band das Haar im Nacken zusammen und wusch sich die Müdigkeit aus dem Gesicht.

Nun gab es kein Zurück, nun würde sie den beschwerlichen Weg in die Wirtsstube antreten müssen.

»Guten Morgen Kind, hast du gut … bei den Göttern, bist du krank?«

Maxime hatte gerade damit begonnen, die Stühle von den Tischen herunterzustellen, doch als er das blasse Gesicht seiner Tochter erblickte, hielt er augenblicklich inne.

»Auch dir einen guten Morgen und nein, ich bin nicht krank, ich habe nur zu wenig geschlafen«, erwiderte Danielle ehrlich, doch schlug ihr Herz bereits einen schnelleren Takt an.

»Hat dich der Sturm so lang wachgehalten?«

»Nun ja, in gewisser Weise schon«, antwortete sie zögerlich und begann unbewusst auf der Innenseite ihrer Unterlippe zu kauen.

»Papa, kann ich dich einen Moment sprechen?«

Maxime musterte seine Tochter skeptisch, doch legte er bereits im nächsten Augenblick seine Arbeit nieder.

»Ist etwas vorgefallen?«, fragte er misstrauisch und gebot Danielle, sich neben ihn zu setzen. Vorsichtig und ohne einen Laut von sich zu geben, nahm sie am äußersten Rand des Stuhls Platz und versuchte seinem bohrenden Blick auszuweichen. Jetzt lag es an ihr, die richtigen Worte zu finden.

»Danielle, ich höre.«

»Also … nachdem du gestern Nacht zu Bett gegangen bist, kam Catia noch einmal zurück und bat mich, mit ihr in den Stall zu kommen. Sie meinte, dass sie auf dem Nachhauseweg merkwürdige Stimmen gehört hatte und deshalb nachsehen wollte, ob wir möglicherweise bestohlen worden waren«, erklärte sie geschwind und verschränkte nervös die Finger ineinander.

»Grundgütiger, sind die Tiere weg?«, rief Maxime überstürzt und schlug sogleich die Hände über den Kopf zusammen. »Müssen wir unseren Gästen erklären, dass ihre Pferde Dieben zum Opfer gefallen sind?«

»Nein, nein, es wurde nichts gestohlen. Also, wir wurden zumindest nicht bestohlen.«

»Was meinst du damit?«

»Also ... dieser Mann ... der Fremde, den du gestern Nacht vor die Tür gesetzt hast ... also ... er ...«, antwortete Danielle stotternd und suchte fieberhaft nach den richtigen Worten.

»Was ist mit ihm?«

Maximes Stimme wurde schlagartig eine Nuance tiefer.

»Er ... er wurde von denselben Jägern überfallen, die gestern Abend auch für die Schlägerei verantwortlich waren. Sie haben ihn niedergeschlagen und sein gesamtes Geld gestohlen. Catia hat ihn dann bewusstlos und verletzt im Stall gefunden und mich daraufhin geholt.«

Geschafft. Zumindest hatte sie alles Wesentliche gesagt. Doch leider konnte Danielle weder erleichtert ausatmen, noch sich entspannen, denn das Gesicht ihres Vaters gewann mit jedem verstrichenen Augenblick an Röte.

»Und weiter?«

»Catia und ich haben ihm geholfen. Er hat ein paar schlimme Wunden davongetragen, die ich jedoch rasch versorgen konnte und da ...«

»Du hast was getan?«

Maxime sprang so rasch von seinem Stuhl, dass dieser unter der Wucht nach hinten kippte und laut auf dem Boden aufschlug.

»Papa, bitte lass es mich erklären«, erwiderte sie hektisch und kam eilends auf die Beine.

»Ich brauche nichts weiter zu hören!«

»Papa, bitte, hättest du ihn nicht fortgeschickt, wäre das doch alles nicht passiert! Ich habe mich schuldig ihm gegenüber gefühlt!«

Panik erklomm ihr Herz und Danielle konnte nichts anderes tun, als sich ihrem Vater entgegenzustellen. Mit sanftem Druck legte sie ihre Hände auf seine Brust und suchte fieberhaft nach seinem Blick.

»Du hast dich schuldig gefühlt? Wie kommst du dazu, derart zu fühlen?«, fuhr Maxime sie zornig an und trat trotz Danielles Widerstand einen weiteren Schritt nach vorne.

»Er ist nichts weiter als ein Störenfried! Ihn rauszuwerfen war die einzig richtige Entscheidung!«

»Er wollte ja gehen, doch dann haben sie ihn überfallen. Papa, hör mir zu, er hat nichts mehr und ist vollkommen mittellos. Ich musste ihm einfach helfen, denk doch an Mamas Worte!«

Danielle wusste, dass es nicht richtig war, jene Karte auszuspielen, doch unter diesen Bedingungen schien es die einzige Möglichkeit, ihren Vater zumindest für einen kurzen Augenblick zu besänftigen und ihn dazu zu bewegen, ihr Gehör zu schenken.

Und sie sollte Recht behalten.

Maxime hielt unvermittelt in seiner Bewegung inne und bedachte sie mit einem Ausdruck, der ihr Herz ein wenig schwerer werden ließ. Es war derselbe Blick, mit dem er seine Frau stets angesehen hatte.

»Ich habe gedacht, ich würde das Richtige tun«, flüsterte Danielle, doch schämte sie sich ihrer Worte nicht, denn sie entsprangen einer ehrlichen und aufrichtigen Natur.

Der alte Wirt verharrte einen weiteren Moment stumm an Ort und Stelle, bis er sich schließlich mit den Fingern durch das ergraute Haar fuhr und geschlagen seufzte.

»Und wie soll es deiner Meinung nach nun weitergehen? Hast du dir darüber Gedanken gemacht? Er kann schließlich nicht ewig zwischen den Pferden liegen bleiben.«

Danielle verspürte den zarten Hauch einer leisen Hoffnung, der sie hörbar nach Luft schnappen ließ.

»Es ist nur ein Gedankenspiel, doch möglicherweise könnten wir ihm ja eine Stellung bei uns anbieten? Er hat zwar weder Geld noch eine Unterkunft, aber schlussendlich und doch nicht zuletzt ist er groß und kräftig. Und meintest du nicht letztens selbst, dass wir momentan jede Art von Unterstützung gebrauchen könnten?«

Die Worte sprudelten nur so aus ihr heraus, sie schaffte es nicht einmal, dazwischen Luft zu holen.

Erneut hielt Maxime den Mund verschlossen, doch bildeten sich nun tiefe Falten auf seiner Stirn. Danielle kam es so vor, als würde er tatsächlich ernsthaft über ihre Worte nachdenken, als würde er ihren Vorschlag zumindest nicht umgehend als nichtig abtun.

Zugegeben, sie konnten in ihrer momentanen Lage wahrhaftig jede helfende Hand gebrauchen. Die Jagdsaison war noch nicht vorüber und das Gasthaus jeden Abend bis unter das Dach gefüllt. Ihr Vater wusste das, niemand konnte die hiesige Situation besser einschätzen als er.

»Also gut«, murmelte Maxime endlich und strich nachdenklich über das stoppelige Kinn.

»Soll er meinetwegen zeigen, ob er arbeitswillig ist oder nicht.«

Das Blut rauschte durch Danielles Venen und bescherte ihr ein nervöses Kribbeln in der Magengegend. Er hörte auf sie, ihr Vater schenkte ihren Worten tatsächlich Gehör.

»Doch sollte er sich auch nur den kleinsten Fehltritt erlauben, jage ich ihn wie einen räudigen Hund davon.«

Dereck

Dunkelheit.

Dereck konnte nichts außer einer pechschwarzen Finsternis erkennen, die unaufhörlich auf seinen Körper drückte.

Er wusste nicht, wo er war, er schien jeglichen Sinn für Raum und Zeit verloren zu haben. Seine Glieder fühlten sich unendlich schwer an, jede Bewegung glich einer unmöglichen Aufgabe. So lag er da, hilflos und vollkommen allein.

Doch irgendwann glaubte er, aus weiter Ferne einen Laut zu vernehmen. Er wusste nicht, woher es kam, doch konzentrierte er sich auf dieses Geräusch, horchte angestrengt und glaubte, dass es allmählich näher zu kommen schien.

Im ersten Moment konnte er nicht erkennen, um was es sich handelte, es klang verzerrt und schrill. Es schmerzte in den Ohren und zwang ihn, die Lider zusammenzukneifen. Doch dann wurde es mit einem Mal deutlicher, wie ein Blitz durchfuhr ihn die Erkenntnis und bewegte ihn dazu, die Augen ruckartig aufzureißen.

Die eisige Luft wurde von lauten Rufen und wildem Geschrei erfüllt. Menschen schrien hektisch durcheinander, es war unmöglich, ihre genauen Worte zu verstehen.

Und dann, mit einem Schlag, war Dereck wieder dort.

Er fand sich inmitten eines Schlachtfeldes wieder, um ihn herum herrschte das blanke Chaos. Soldaten lagen auf dem Boden und schrien vor Schmerzen, andere rührten sich nicht mehr. Er erkannte seine Männer, es waren Soldaten des Sturmheeres, seine Untergebenen, seine Freunde. Das laute Dröhnen der Kanonen hallte schmerzend in den Ohren wider und brachte den Boden unter seinen Füßen zum Beben.

Wankend richtete er den Blick nach unten, versuchte irgendeinen Halt zu finden, doch dann sah er all das Blut.

So viel Blut klebte an seinen Händen und an dem Dolch, den er fest umklammert hielt.

Und dann sah er Elric. Sein kleiner Bruder lag regungslos zu seinen Füßen, das Gesicht bleich und aschfahl.

Dereck musste sich bewegen, er wollte schreien, er wollte fliehen, er wollte sich die Haare raufen und die Augen auskratzen, doch er konnte sich nicht rühren. Sein Körper schien vollkommen erstarrt, er hatte sämtliche Kontrolle verloren. Das letzte, was er spürte, war, wie der Wahnsinn sich quälend langsam in ihm ausbreitete, wie er Besitz von ihm ergriff und eine bekannte Stimme leise flüsterte »Was hat der Krieg doch für ein Monster aus dir gemacht.«

Ein heiserer Schrei entsprang seiner Kehle, gefolgt von einem stechenden Schmerz in der Brust. Mit einem Ruck riss Dereck die Augen auf und blickte in das verwunderte Gesicht einer jungen Frau. Alles um ihn herum schien noch immer in Nebel gehüllt. Er wusste weder, wo er war, noch, wer sie war. Während die Bilder seines Traumes noch immer vor seinem inneren Auge flimmerten, liefen ihm die Schweißtropfen von der Stirn.

»Brix? Brix, ist alles in Ordnung? Ich bin es, Danielle. Ich habe dich letzte Nacht zusammen mit meiner Freundin Catia hier im Stall gefunden, weißt du noch?«

Dereck blickte verwirrt auf das dunkelhaarige Mädchen und begegnete ihrem besorgten Blick. Nur langsam kehrten die Erinnerungen der letzten Nacht zurück, schleichend sickerten sie zu ihm durch, doch schlussendlich glaubte er, Danielle wiederzuerkennen. Sie war es, die ihm geholfen und seine Wunden versorgt hatte, nachdem diese Bastarde ihn bestohlen hatten.

»Diese elendigen Dreckshunde.«

»Brix?«

Das Schankmädchen sprach ihn erneut unter seinem falschen Decknamen an und sah anschließend ein wenig hilflos zu ihrem Vater, der angelehnt an der Stalltür stand und seine Muskete fest in den Händen hielt.

Dereck folgte ihrem Blick und erkannte nun ebenfalls den Wirt vom gestrigen Abend wieder. Stöhnend fuhr er sich über das schweißnasse Gesicht und schloss frustriert die Augen. Wäre er doch bloß niemals in dieses vermaledeite Dorf geritten.

»Ja. Ja, ich erinnere mich.«

»Wie geht es dir?«

»Wie soll es mir schon gehen?«, antwortete Dereck schroff. Wie konnte sie nur eine derart dumme Frage stellen?

Sie wusste schließlich, was letzte Nacht geschehen war.

»Als ob ich ein paar mickrige Schläge nicht ertragen könnte«, fügte er starrsinnig hinzu und versuchte, allmählich auf die Beine zu kommen. Er würde weder vor ihr noch vor ihrem verfluchten Vater auch nur den Hauch einer Schwäche zeigen. Mühevoll begann er sich zu ganzer Größe aufzurichten, doch nur unter größter Anstrengung schaffte er es, ein schmerzerfülltes Stöhnen zu unterdrücken. Der dumpfe Schmerz in seinem Kopf und die Stiche in seinem Brustkorb ließen keinen Augenblick auf sich warten. Sie raubten ihm den Atem und ließen seinen Blick verschwimmen.

Verdammt, er würde jeden einzelnen dieser Jäger mit bloßen Händen erwürgen.

Danielle

Danielle erhob sich ebenfalls und blickte erneut ein wenig sprachlos drein. Wieso war dieser Mann derart undankbar? Allem Anschein nach wussten die Menschen aus der Cliffhall Region nicht, was es hieß, freundlich zu sein. Doch wenn er es eben so wollte, konnte sie diesem Spiel bereitwillig beitreten.

»Nun ja, gestern Nacht schienst du nicht in bester Verfassung zu sein«, stellte sie trocken fest und strich sich ein paar Heuhalme von ihrem hellbraunen Leinenkleid.

»Es geht mir wunderbar«, erwiderte er bissig und versuchte mehr oder minder erfolglos, beim Stehen das Gleichgewicht zu halten.

»Gut, wenn dem so ist. Danielle, mach ihm dein Angebot. Obwohl ich offengesagt hoffe, dass er es dankend ablehnt«, meldete sich nun Maxime zu Wort und blickte finster drein.

»Was für ein Angebot?«, hakte Brix sogleich nach und blickte misstrauisch zwischen ihr und ihrem Vater umher.

Danielle war sich unsicher, ob sie ihm tatsächlich ihren Vorschlag unterbreiten sollte, immerhin schien er genauso unfreundlich wie am gestrigen Abend, doch schlussendlich zuckte sie resigniert mit den Schultern.

Was hatte sie schon zu verlieren?

»Da du nun keine Münzen mehr besitzt, vermute ich doch, dass du dir sicher so schnell wie möglich neue verdienen willst, nicht wahr?«, fragte sie selbstsicher und verschränkte die Arme vor der Brust.

Brix antwortete ihr lediglich mit einem trockenen Lachen, doch verzog er anschließend sogleich das Gesicht.

»Ich brauche mir kein neues zu verdienen, wenn ich mir mein altes zurückholen kann.«

»Die Jäger sind mittlerweile meilenweit entfernt und selbst wenn du sie einholen solltest und mit dem Diebstahl konfrontierst, wird dir niemand Glauben schenken«, erwiderte Danielle und schüttelte verständnislos den Kopf.

»Wie wäre es also, wenn du deine Mordgedanken einen Moment beiseitelegst und sagen wir, einen friedlicheren Weg findest, dein Geld zu verdienen.«

Erneut lachte Brix hämisch auf und rümpfte anschließend die Nase.

»Und was für ein Weg wäre das wohl?«

»Du kannst für meinen Vater und mich arbeiten.«

»Wie war das, bitte?«

»Du hilfst uns am Vormittag auf dem Hof und ab dem Mittag im Gasthaus. Dafür bekommst du einen wöchentlichen Lohn, eine kleine Kammer und eine warme Mahlzeit«, sprach Danielle sachlich, doch verspürte sie innerlich, wie ihre Hoffnung allmählich verflog. Dieser Mann war viel zu stolz und arrogant. Wo auch immer er herkam, er schien harte und einfache Arbeit nicht gewohnt zu sein.

»Das soll doch wohl ein schlechter Scherz sein?«, stieß Brix spöttisch aus und schüttelte missbilligend den Kopf.

»Sieht meine Tochter so aus, als würde sie scherzen?«, zischte Maxime wütend und stieß sich schwungvoll vom Türrahmen ab. Danielle erkannte, dass ihr Vater langsam die Geduld verlor.

»Also überleg es dir. Schneller wirst du wohl keine Arbeit finden«, sprach sie schlussendlich, doch bereute sie ihr Vorhaben beinahe. Sie hätte nicht gedacht, dass dieser Mann am heutigen Morgen noch unausstehlicher sein könnte, als in der letzten Nacht.

Dereck

Ein ungläubiger Laut verließ Derecks Lippen, bevor er sich erneut an einem Holzbalken festhalten musste. Er konnte nicht fassen, was soeben passierte. Dieses Angebot klang über allen Maßen absurd und gänzlich abwegig.

Er? In einem Wirtshaus? Nicht in seinen kühnsten Träumen wäre ihm diese Vorstellung jemals untergekommen. Doch so ungern er es sich auch eingestehen wollte, er wusste beim besten Willen nicht, wie es nun weitergehen sollte.

Sicher, er wäre am liebsten auf sein Pferd gestiegen und hätte seine Peiniger bis an die Grenzen Rokariens gejagt, doch dummerweise hatte diese Danielle nicht ganz Unrecht, was seinen Zustand und die momentanen Umstände anbelangte. Hier war er ein Niemand. Keiner kannte ihn und niemand würde ihn mit der königlichen Familie in Verbindung bringen.

Und auch wenn er es niemals zugeben würde und es gänzlich unter der Würde eines Hauptmannes schien, so musste er dennoch zugeben, dass die Schmerzen in Kopf und Brust ihm einige Probleme bereiteten. Einem längeren Ritt würde er momentan wohl kaum standhalten.

Welch andere Wahl blieb ihm also? Er brauchte Geld, um weiterreisen zu können und er brauchte etwas zu essen.

Es schien so lächerlich und fühlte sich so überaus demütigend an, doch er hatte wohl vorerst keine andere Möglichkeit. Noch tiefer konnte er wohl nicht mehr sinken.

»Also gut. Wenn eure Familie derart in Nöten ist, helfe ich sehr gern«, sprach er widerwillig und setzte ein gespieltes Lächeln auf.

»Wir sind nicht in Nöten, nur würden wir uns den Alltag gern ein wenig erleichtern«, erwiderte die Wirtstochter und funkelte ihn verärgert an. Sie war tatsächlich nicht auf den Mund gefallen.

»Gut, dann wäre das ja geklärt. Aber eins möchte ich an dieser Stelle festhalten«, mischte sich der Wirt von Neuem ein und tätschelte den Lauf seiner Muskete.

»Solltest du dir auch nur den kleinsten Fehltritt erlauben oder dich meiner Tochter gegenüber ungebührend verhalten, bekommst du es mit meinem Freund zu tun.«

Dereck konnte beobachteten, wie Danielle ihrem Vater einen entrüsteten Blick zuwarf, der ihm ein schiefes Grinsen entlockte.

»Da müssen sie sich keinerlei Sorgen machen, ich bin durch und durch ein Kavalier.«

»Das wird sich noch zeigen«, erwiderte der Wirt abfällig und sah so aus, als hätte er ihm am liebsten vor die Füße gespuckt. Eines schien jedenfalls sicher, er und der alte Mann würden wohl vorerst keine Freunde werden.

»Na gut, dann können wir ja diese nette Unterhaltung allmählich beenden. Uns rennt die Zeit davon. Danielle, du zeigst unserem neuen Mitarbeiter seine Kammer und erklärst ihm die täglichen Aufgaben. Danach erledigst du die Besorgungen im Dorf, während ich mich um die Tiere und die Gäste kümmere«, bestimmte Maxime abschließend, bevor mürrisch er den Stall verließ.

»Dein Vater ist wahrlich ein reizender Mann«, sprach Dereck sarkastisch und schüttelte missmutig den Kopf.

»Hör lieber auf seine Worte, bisher hat er jede Drohung wahr werden lassen«, erwiderte Danielle und schenkte ihm ein gekonnt falsches Lächeln.

»Also dann, Brix, lass uns an die Arbeit gehen.«

Dereck hob die Augenbrauen an und schenkte dem Schankmädchen einen entrüsteten Blick.

Hatten diese Hinterwäldler denn keine Augen im Kopf?

»Dir ist schon bewusst, dass ich noch immer verletzt bin?«

»Ach, sagtest du nicht eben noch, dass es dir gut geht?«

Dereck blickte der jungen Frau ein wenig sprachlos hinterher, während diese sich bereits aus dem Stall entfernte.

Bei den Göttern, auf was hatte er sich da nur eingelassen?

Nun sollte er tatsächlich hier und jetzt arbeiten.

Er. Dereck de Roux. In einem Wirtshaus.

Mit diesem frechen, aufmüpfigen Ding.

4. Neue Bekanntschaften

Dereck

»Also schön, hier haben wir dein Zimmer«, sprach Danielle und öffnete eine knarrende Holztür im zweiten Stockwerk des Wirthauses.

Mit gerunzelter Stirn betrat Dereck den seiner Meinung nach viel zu kleinen Raum und sah sich zögerlich um.

Ein einfaches Bett befand sich in der linken Ecke, daneben ein hölzerner Nachttisch. Vor dem Ruhemöbel stand eine kleine Eichenkommode, während an der rechten Wand ein Tisch mit zwei Stühlen und eine feingearbeitete Truhe zu finden waren. Ein Fenster an der Kopfseite des Raumes sorgte für ausreichend Tageslicht. Wenn er genau hinsah, konnte Dereck sogar die winzigen Staubkörnchen im Verlauf der einfallenden Lichtkegel erkennen.

»Es ist nicht besonders groß, aber immerhin ist es sauber und du hast ein Dach über dem Kopf.«

»Bis ich genügend Münzen für die Weiterreise zusammenbekommen habe, wird es schon irgendwie gehen«, erwiderte er knapp und blickte aus dem Fenster.

Man konnte den Hinterhof des Hauses, einen kleinen Gemüsegarten und einen Teil des Stalls erkennen.

»Du musst vor lauter Begeisterung nicht gleich übermütig werden.«

Dereck drehte sich aufgrund dieser spitzen Bemerkung vom Fenster weg und sah seiner neuen Arbeitgeberin in die hellblauen Augen. Sie wirkte frustriert, beinahe ein wenig wütend. Ihr dunkles Haar hatte sie mit einer

Schleife nach hinten gebunden, dennoch fielen ihr einzelne Strähnen zurück ins Gesicht und strichen sanft über die geröteten Wangen. Sie trug ein einfaches, braunes Leinenkleid und eine weiße Schürze um die Hüfte gebunden.

»Aber es ist allemal besser als ein Stall«, sprach er versöhnlich und zwang sich ein gespieltes Lächeln ab. Immerhin hatte sie sich bemüht und war trotz seiner Übellaunigkeit recht nett zu ihm gewesen.

»Du machst es gerade nicht wirklich besser«, entgegnete sie seufzend und drehte sich gen Tür.

»Ich gehe jetzt nach unten und richte den Speiseraum für die kommenden Gäste her. Zukünftig werden wir diese Aufgabe zusammen übernehmen. Danach muss ich ins Dorf, um einige Besorgungen zu tätigen. Falls du dich in der Lage fühlst, kannst du mitkommen, wenn nicht, kannst du meinem Vater sicher zur Hand gehen.«

Für einen kurzen Moment wägte Dereck seine Möglichkeiten ab. Der dumpfe Schmerz in seinem Kopf war noch immer immens und sein Brustkorb schmerzte bei jeder schnelleren Bewegung. Vielleicht würde ihm ein wenig frische Luft guttun und es wäre zweifelsohne besser, sich ihr anzuschließen, als Knechtsarbeiten für den mürrischen Wirt zu verrichten.

»Dann werde ich die Dame selbstverständlich begleiten«, antwortete er und verwandelte sein falsches Lächeln in ein galantes Grinsen.

»Das habe ich beinahe befürchtet«, erwiderte Danielle trocken.

»Dann treffen wir uns später im Gastraum. Und vielleicht solltest du dir vorher das restliche Blut vom Gesicht waschen und dir etwas anderes anziehen. In der Kommode findest du genügend Kleidung.«

Dereck zog die Augenbrauen hinauf und konnte sich ein leises Schnaufen nicht verkneifen. Er war es nicht gewohnt, Anweisungen zu bekommen, schon gar nicht von einer Frau. Dennoch trat er an das Möbel heran und zog die obere Schublade auf. Der frische Geruch von Seife und einer Spur Lavendel entfaltete sich augenblicklich und erinnerte ihn an den seichten Hauch des Frühlings. Der Duft ging von einigen Leinenhemden und zwei dunklen Stoffhosen aus, welche ordentlich zusammengefaltet übereinanderlagen.

Behutsam fuhr Dereck mit den Fingerspitzen über die weichen Stoffe und suchte erneut den Blick der Wirtstochter.

»Wem haben diese Kleider gehört?«

»Meinem Bruder«, antwortete Danielle knapp, griff nach dem Messingknauf und verließ den Raum ohne ein weiteres Wort.

Dereck sah ihr einen weiteren Moment nach, selbst als die Tür bereits ins Schloss gefallen war.

Vielleicht lag es an dem pochenden Schmerz unterhalb seiner Schläfen, doch er war fast sicher, soeben eine Spur Traurigkeit in ihrer Stimme erkannt zu haben. Wo war ihr Bruder? Wieso hatte er sein Zimmer erhalten und durfte seine Kleidung tragen?

Ein merkwürdiges Gefühl begann sich in ihm zu regen, erneut erinnerte er sich an die Bilder seines Traumes und erschauderte. So sehr er auch versuchte, Elric und seine Vergangenheit hinter sich zu lassen, so beständig holten sie ihn wieder ein.

Bevor er sich nun seiner geliehenen Kleidung widmete, nahm Dereck einen kleinen Spiegel von der Kommode und trat ein Stück ans Fenster heran.

Er wusste nicht mehr genau, wann er das letzte Mal bewusst sein eigenes Spiegelbild betrachtet hatte, doch nun wurde ihm gänzlich übel dabei und er musste hörbar schlucken.

Sein Gesicht war von Blut, Dreck und einem unrasierten Bartwuchs gezeichnet. Das schwarze Haar fiel ihm strähnig über die Schultern und wirkte äußerst ungepflegt. Er fand sogar einzelne Heuhalme darin. Seine Züge wirkten nach wie vor angespannt und spiegelten Verbitterung und Abneigung wider. Was war nur aus ihm geworden? Nichts erinnerte mehr an den glanzvollen Hauptmann in stählender Rüstung.

Nichts war mehr von dem einstigen Thronerben Rokariens übrig. Mit einem langgezogenen Seufzen stellte Dereck den Spiegel zurück und wandte sich von seinem Antlitz ab. Er war nur noch ein Schatten seiner selbst. Er bezweifelte, dass selbst seine Verwandten ihn in dieser Verfassung erkennen würden.

Doch nun war er hier, hier in diesem kleinen Gasthof inmitten der Wälder

Silvarons und musste das Beste aus seiner Situation machen. Noch schien er nicht gänzlich besiegt, es war noch nicht an der Zeit, sich den nagenden Zweifeln und der wiederkehrenden Unsicherheit hinzugeben.

Auf dem Nachtschrank entdeckte er einen mit Wasser gefüllten Krug und eine einfache Schale aus Steingut, neben der sogar ein kleines Stück Seife lag.

Auch wenn in seinem Inneren das Chaos tobte, so musste er es dennoch nicht nach außen tragen.

Nachdem er sein Gesicht gewaschen und das getrocknete Blut von Nase und Schläfe entfernt hatte, reinigte er sein Haar mit einem nassen Kamm, um es anschließend nach hinten zu binden. In der Schublade des kleinen Nachtschranks fand er sogar ein scharfes Rasiermesser, mit dem er seinen Bart vernünftig stutzen konnte. Erst jetzt wurde ihm vollauf bewusst, wie lange er sich doch vernachlässigt hatte und wie gut sich Wasser und Seife anfühlten. Mit einem wesentlich besseren Gefühl traute er sich schlussendlich erneut, den Blick in den Spiegel zu riskieren und atmete erleichtert aus. Er konnte durchaus zufrieden mit dem Ergebnis sein.

Bis auf die rote Wunde auf seinem Nasenrücken und der anschwellenden Beule über seiner linken Schläfe sah er bedeutend adretter aus als zuvor. Das weiße Leinenhemd aus der Kommode war zwar ein wenig eng und an den Armen etwas zu kurz, doch befand er, dass es für einen einfachen Gasthof wohl mehr als genügte. In der Truhe hatte er darüber hinaus eine hellbraune Stoffweste gefunden, welche gut zu den dunklen Kniehosen und seinen schwarzen Wildlederstiefeln passte. Für einen kurzen Moment schloss Dereck die Augen und sog den frischen Geruch seiner neuen Kleidung ein. Er genoss das saubere Gefühl auf seiner Haut, es umfing ihn wie der frühe Morgennebel und löste seine verkrampften Züge.

Er spürte, wie sich seine Kieferknochen allmählich entspannten und sich die Falten der Stirn glätteten.

In diesem Augenblick war er so zufrieden mit sich selbst, wie schon lang nicht mehr und genau diesen Umstand wollte er solange wie möglich aufrechterhalten.

Danielle

Mit einem lauten Poltern ließ die Wirtstochter den letzten Stuhl zu Boden sinken und öffnete anschließend alle Fenster des Speiseraums. Ein angenehmer Luftzug streifte ihr Gesicht und zog kühlend über die erhitzten Wangen. Sie vernahm den Klang der Vögel und das Rauschen des Windes in den Bäumen.

Es würde heute ein langer Tag werden, doch zumindest hatte sich das Wetter gebessert, denn die grauen Wolken wichen mehr und mehr einem wunderbar blauen Himmel. Die Sonne schien voller Tatendrang zu sein, bereit, Regen und Sturm mit ganzer Stärke Einhalt zu gebieten.

»Ich unterbreche dich ja nur ungern bei deinen Tagträumen, doch vielleicht sollten wir allmählich aufbrechen.«

Erschrocken fuhr sie herum und sah Brix mit abgestütztem Arm am Tresen lehnen. Wie lange stand er bereits dort? Hatte er sie etwa beobachtet? Aus dem Affekt heraus hätte sie ihm am liebsten eine spitze Bemerkung an den Kopf geworfen, doch ihr Mund blieb verschlossen. Verblüfft betrachtete sie seine veränderte Gestalt und kam nicht umher, festzustellen, dass er sie fast ein wenig beeindruckte. Die Kleider ihres Bruders passten ihm augenscheinlich gut und jetzt, da er gekämmt und rasiert war, kamen seine markanten Gesichtszüge überaus deutlich zum Vorschein.

Selbst wenn sie es nicht zugeben wollte, so konnte sie dennoch nicht leugnen, dass er ein durchaus gutaussehender Mann war, doch leider nur, bis er wieder zu sprechen begann.

»Wie mir scheint, hat es dir die Sprache verschlagen«, sprach Brix amüsiert und legte ein kokettes Grinsen an den Tag.

»In der Tat. Es ist erstaunlich, dass sich unter dem ganzen Blut und Dreck wahrhaftig ein Mensch verborgen hat«, erwiderte Danielle sarkastisch und löste umgehend den Blickkontakt, um nach einem Korb zu greifen, der sich auf einem nahestehenden Tisch befand.

Es würde tatsächlich ein langer Tag werden. Vermutlich sogar ein sehr langer.

Dereck

»Also dann Brix, willkommen in Montelans«, sprach die Wirtstocher mit ausgestreckten Armen, als sie sich allmählich dem Zentrum des kleinen Dorfes näherten. Gemeinsam spazierten sie eine der vielen Gasse entlang, die von einer Reihe hübscher Holzhäuser gesäumt wurde. Die Luft war mit dem Duft frischer Backwaren und dem süßlichen Aroma der Blumen erfüllt, die vor den meisten Fensterläden hingen. Nun, da der Regen vorüberzogen war, reckten sich ihre bunten Köpfe erneut dem Himmel entgegen und schienen sehnsüchtig auf die ersten Sonnenstrahlen zu warten.

Montelans war zwar nur ein kleiner Ort, doch schien er dank seiner Nähe zu den Handelswegen und den zahlreichen Flussläufen dennoch nicht zu den ärmsten zu zählen.

Obwohl der Tag noch jung und die Sonne erst vor wenigen Stunden aufgegangen war, fanden sich bereits viele Dorfbewohner auf den Straßen und in den Gassen wieder. Einige beschäftigten sich mit dem Aufbau ihrer Stände, während andere bereits ihre Einkäufe tätigten.

Von überall her konnte man das Geschwätz der Menschen vernehmen, dass die Umgebung mit seiner ganz eigenen Melodie erfüllte.

»Ich muss gestehen, dass ich es mir ein wenig kleiner vorgestellt habe«, sprach Dereck nachdenklich und betrachtete die hölzernen Schnitzereien, welche sich in regelmäßigen Abständen an den Hausfassaden entlangstreckten. Die vielfältigen Motive zeichneten sich durch eine herausragende Handwerkskunst aus. Ob Blumenmuster oder tierische Abbildungen, Zunftzeichen oder Schriftzüge, es war alles vorhanden und wahrlich schön anzusehen.

»Nun, ich glaube, das denken die meisten Menschen, wenn sie zum ersten Mal von diesem Ort hören«, erwiderte Danielle lächelnd.

»Und wie steht es mit dir? Aus welchem Teil von Cliffhall kommst du? Ich meine, liegt dein Zuhause an der Küste oder bist du im Innenland aufgewachsen?«

Ein unangenehmer Stich fuhr durch Derecks Brust und verkrampfte seine Muskultur.

»Nirgends. Ich habe kein Zuhause.«

Er konnte spüren, wie schwer diese Worte auf ihm lasteten.

Allein sie auszusprechen fühlte sich schmerzhaft an und kostete viel Kraft.

»Wie meinst du das? Jeder Mensch hat doch ein Zuhause«, erwiderte die Wirtstochter und zog die Stirn in Falten.

»Ich habe aber keins«, bellte er unerwartet heftig und sah, wie Danielle unweigerlich zurückschreckte.

»Und jetzt hör auf, mir solch sinnlose Fragen zu stellen.«

Ein Blick in ihr Gesicht genügte, um zu erahnen, dass seine schroffe Wesensart sie verunsicherte. Er erkannte eine gewisse Furcht in ihren Augen, doch noch viel mehr als Angst begegnete ihm plötzlich ein wütendes Funkeln.

Eine Reaktion, die ihm so nicht geläufig war.

»Bitte. Wir müssen uns ja auch nicht unterhalten«, zischte Danielle und ging schnellen Schrittes voran, ohne ihn eines weiteren Blickes zu würdigen.

Irritiert blickte Dereck seiner Begleiterin hinterher, die ihm nun augenscheinlich schnellstens aus dem Weg gehen wollte. Natürlich wusste er, dass sein Verhalten möglicherweise ein wenig schroff wirkte.

Es geschah jedoch nicht zum ersten Mal, dass sein hitziges Temperament ihm Schwierigkeiten bescherte. Schon als Kind galt er als starrköpfig und eigensinnig.

Während sein kleiner Bruder ruhig und zurückhaltend erschien, wollte er sich stets beweisen und sich tatkräftig allen Widersachern in den Weg stellen. Sein Vater bezeichnete seinen Charakter stets als leidenschaftlich, als Ausdruck der Hingabe für Land und Volk. Daher empfand es niemand verwunderlich, dass er später eine militärische Laufbahn einschlug. Er wollte die ausführende Hand sein und dem Feind stets ins Auge blicken, während andere Gespräche hinter sicheren Mauern führten. Im Zuge seiner Ausbildung lernte er, was es hieß, die Führung inne zu haben, Verantwortung zu übernehmen und die Kontrolle zu behalten, selbst wenn die Situation noch so ausweglos erschien.

Ja, Kontrolle war zu einem wichtigen Teil seines Lebens geworden und gleichzeitig zum schwierigsten.

Beständig flammte die unterschwellige Angst auf, die Beherrschung verlieren zu können und dadurch einen Fehler zu begehen, der im schlimmsten Falle drastische Ausmaße annehmen konnte.

Und Danielles Fragen ließen eben jene Ängste erneut emporsteigen. Sie wandten sich wie eine Schlange durch seinen Geist und lösten solch unbedachte Reaktionen aus.

In solchen Momenten konnte er seine Gefühle schlichtweg nicht kontrollieren.

Wahrscheinlich wäre eine Entschuldigung an dieser Stelle angebracht, vielleicht musste er seinen Stolz für einen Augenblick bei Seite schieben. Doch bevor er genauer über solch eine großmütige Tat nachdenken konnte, musste er sie vorerst einholen. Und dies war mit einer gebrochenen Rippe wesentlich leichter gesagt als getan.

Danielle

»Danielle!«

Eine tiefe Stimme durchfuhr die steinerne Gasse und hallte von den Wänden wider. Die Wirtstochter richtete ihre Aufmerksamkeit an dessen Ende und erblickte eine großgewachsene Gestalt, die ihr freudig zuwinkte.

»Guten Morgen Cedric«, rief sie, erfreut über die willkommene Ablenkung.

»Du bist heute aber früh auf den Beinen«, sprach der junge Mann und umarmte Danielle herzlich. Er roch nach Feuerholz und sie konnte deutlich die Hitze spüren, welche sowohl von seinem Körper und als auch aus dem Inneren der Schmiede drang.

»Du hast Catia um ein Haar verpasst, sie hat sich gerade auf den Weg zu euch gemacht.«

»Ich hoffe, sie hat heute Nacht mehr Schlaf gefunden als ich«, erwiderte Danielle und verdrehte erschöpft die Augen. Sie und der Sohn des Schmieds kannten sich bereits seit frühsten Kindheitstagen. Schon damals waren sie unzertrennlich und als Cedric sich schließlich Hals über Kopf in ihre beste Freundin verliebte, verfestigte sich ihr Band vollends.

»Das bezweifle ich. Als sie heute Morgen vorbeikam, war sie unheimlich aufgeregt. Sie hat die ganze Zeit von irgendeinem Fremden erzählt, den sie bei euch im Stall gefunden hat. Sie hat so viel über diesen Kerl geredet, dass ich fast ein wenig eifersüchtig geworden bin.«

»Diese Worte höre ich wahrlich nicht zum ersten Mal.«

Danielles Nackenhaare schnellten augenblicklich hinauf, als Brix sie schließlich einholte und sich nun zu voller Größe neben ihr aufbaute.

»Nun, der besagte Kerl heißt Brix und ist unser neuer Angestellter. Vorerst«, sprach sie, darauf bedacht, das letzte Wort besonders zu betonen.

»Brix, das ist Cedric, der Verlobte meiner Freundin Catia und der Sohn des Dorfschmieds.«

Beide Männer ähnelten sich in Größe und Statue sehr, doch wirkten Cedrics Gesichtszüge etwas weicher. Sein aschblondes Haar trug er ebenfalls nach hinten gebunden, doch fielen ihm immerzu einzelne Strähnen in das verschwitzte Gesicht zurück. Danielle blickte zwischen beiden hin und her, während diese sich ohne ein weiteres Wort anstarrten.

Sie wusste nicht genau warum, doch allem Anschein nach baute sich in jenem Moment eine gewisse Feindseligkeit zwischen ihnen auf.

»Maxime hat zugestimmt, einen Fremden bei euch aufzunehmen?«, fragte Cedric und verengte die Augen.

»Das hat er, wie du siehst«, antwortete Brix an ihrer statt und verschränkte sogleich die Arme vor der Brust.

»Also wir versuchen es erst einmal. Momentan ist das Gasthaus jeden Abend bis unter das Dach gefüllt, so dass jede weitere Hand hilfreich ist«, sprach Danielle rasch und schenkte Brix einen warnenden Blick. Was erlaubte er sich eigentlich, das Wort für sie zu ergreifen?

»Ja, Catia hat bereits so etwas erwähnt. Falls ihr noch weitere Hilfe braucht, kann ich euch gerne zusätzlich unterstützten.«

»Vielen Dank, aber wir schaffen das schon. Catia erzählte uns, wie viel dein Vater und du momentan selbst zutun habt.« Auch wenn die Schmiede sich zu keiner Jahreszeit um Aufträge Sorgen musste, bildete die Jagdsaison dennoch ihren Höhepunkt.

Hufe wurden neu beschlagen, Messer geschärft und bei erfolgreicher Beute sogar das ein oder andere Rüstungsteil erneuert.

»Ach, das bisschen Arbeit«, antwortete der Schmied und winkte lächelnd ab, »also wie gesagt, mein Angebot steht.«

»Du hast die Dame doch gerade verstanden, nicht wahr? Wir brauchen keine weitere Hilfe, vielen Dank.«

Brix' Stimme wirkte freundlich, doch sein Blick sprach Bände.

Danielle wollte ihren Ohren nicht trauen und blickte fassungslos drein. Hatte er gerade tatsächlich »wir« gesagt? Eben bellte er sie noch voller Verachtung an und jetzt sprach er beinahe so, als würden sie sich schon eine Ewigkeit kennen?

Mit diesem Mann stimmte etwas nicht, sie wusste noch nicht genau, was es war, aber irgendetwas schien gewaltig faul mit ihm.

»Wie dem auch sei, vielen Dank für dein Angebot, Cedric. Wir müssen jetzt leider weiter, sonst bekommen wir am Ende kein Brot mehr«, stammelte sie und versuchte so freundlich wie möglich zu lächeln. Danielle wollte Cedric keinesfalls beleidigen oder ihn verärgern. Brix schien diesbezüglich allerdings anderer Meinung zu sein.

»Ich werde Catia von dir Grüßen.«

»Tu das. Und Danielle ... pass auf dich auf«, sprach der Schmied abschließend und fixierte Brix genau, doch noch bevor dieser zu einer erneuten Antwort ansetzen konnte, griff Danielle ihn am Arm und zog ihn aus Sichtweite der Schmiede.

»Kannst du mir erklären, was das gerade sollte?«

»Was sollte was?«

»Du weißt genau, wovon ich spreche! Warum warst du so unfreundlich zu ihm?«

»Entschuldige, aber dein Freund schien mir etwas schwerfällig zu sein, da habe ich lediglich deine Worte wiederholt«, antwortete Brix und lächelte unschuldig.

»Du weist ganz genau, was ich meine, Brix.«

Danielle spürte eine brodelnde Wut in sich aufsteigen und hätte seinen Namen am liebsten ausgespien. Sollte er seine überhebliche Art vor ihr zum Besten geben, doch nicht vor einem ihrer engsten Freunde. Vielleicht mochte dies seine Art sein, Stärke zu demonstrieren, doch für sie zeugte solch ein Verhalten lediglich von einer schlechten Erziehung.

»Hör zu, wenn du bei uns bleiben willst, dann solltest du rasch lernen, dich ein wenig besser zu benehmen. Und damit meine ich, keine überheblichen Äußerungen, kein plötzliches Aufbrausen und vor allem erwarte ich ein wenig mehr Dankbarkeit!«

Dereck

Es geschah nicht oft, dass es Dereck die Sprache verschlug, doch in jenem Moment fehlten ihm tatsächlich die Worte.

Erstaunt blickte er in Danielles zornig glühende Augen und musste ihre kleine Ansprache erst einmal verdauen.

Keine Frau, noch nicht einmal einer seiner Männer, hatte es jemals gewagt, derart mit ihm zu sprechen. Jedoch genügte ein Blick in ihr Gesicht, um zu erkennen, dass sie es wahrhaftig ernst meinte. War sein Auftreten wirklich derart maßlos? Viele Jahre lang hatten die Menschen um ihn herum aufgrund seiner Worte applaudiert oder ihm auf die Schultern geklopft. Jeden Tag erfuhr er Bestätigung. Was also konnte dieses Mädchen schon wissen? Wer war sie, dass sie es wagte, mit solch einem Mundwerk zu reden? Doch was brachte es, sich darüber aufzuregen?

Sie war ein Niemand, ein Schankmädchen, nichts weiter.

Sobald er genügend verdient hatte, würde er ohnehin weiterreisen und sie mitsamt ihres kleinen Gasthofes vergessen.

»Also gut. Meinetwegen werde ich zukünftig ein wenig mehr auf meine Wortwahl achten«, sprach er versöhnlich und zuckte resigniert mit den Schultern, doch konnte er in ihren Augen lesen, dass sie alles andere als überzeugt zu sein schien.

Danielle

Nachdem sie den Einkauf beim Bäcker erledigt hatten, folgte ein Besuch beim örtlichen Fischer. In diesem Sommer hatten die Fischersleute bereits so viele Lachse und Hechte gefangen, dass sie schon jetzt vom »Jahr des Fisches« sprachen. Für Danielle und ihren Vater kam diese Tatsache einem Segen gleich. Fischspezialitäten waren bei den Gästen stets beliebt und Binette war eine wahre Meisterin, wenn es um deren Zubereitung ging.

»Wir liegen gut in der Zeit. Jetzt müssen wir nur noch das bestellte Kalbsfleisch vom Metzger holen und dann können wir zurück«, erklärte sie geschäftig und betrachtete den Inhalt ihres Korbs.

Brix wirkte nach ihrer wütenden Ansprache recht ruhig und lief die meiste Zeit über stillschweigend neben ihr her.

Sie vermutete jedoch, dass es weniger an ihrem kleinen Ausbruch lag, sondern vielmehr an seinen Verletzungen. Wiederholt konnte sie aus dem Augenwinkel beobachten, wie er sich mit der Hand über die Stirn fuhr oder das Gesicht verzog, wenn er eine ungünstige Bewegung tat. Doch kein Wort des Schmerzes kam über seine Lippen, nicht einmal ein leiser Ton.

»Guten Tag, Gustav.«

Die Wirtstochter trat an die örtliche Fleischbank heran und vernahm sogleich den beißenden Geruch von toten Tieren, Blut und Abfällen. Schon von klein auf hatte sie gelernt, an diesem Ort lediglich mit offenem Mund zu atmen und ja keinen tiefen Atemzug zu nehmen.

Es dauerte nur einen kurzen Moment, bis ein korpulenter Mann in ihr Sichtfeld trat, der ein langes blutverschmiertes Messer in den Händen hielt.

»Ah, Danielle. Eure Bestellung habe ich vor nicht einmal einer Stunde fertiggestellt«, sprach der Metzger grinsend und schickte sich sogleich an, die Ware zu holen.

Sein Gesicht glänzte wie das Schweineschmalz, das er ebenfalls zum Verkauf anbot.

»Wieso haltet ihr keine eigenen Tiere zur Schlachtung?«, fragte Brix beiläufig, während er die Waren der Fleischbank betrachtete.

»Euer Hof scheint mir groß genug dafür.«

»Weil der Unterhalt solcher Tiere zu teuer für uns ist«, erwiderte Danielle knapp und blickte betreten zur Seite.

Sie schlussfolgerte aus seiner Frage, dass er vor ihrer Bekanntschaft womöglich ein besseres Leben geführt hat und sich nie über solcherlei Dinge Gedanken machen musste.

»So, hier haben wir vier Pfund unseres besten Kalbsfleisches. Besseres findest du in keiner anderen Region«, prahlte Gustav und reichte ihr einen triefenden Leinensack.

»Vielen Dank.«

Doch gerade als Danielle den Sack entgegennehmen wollte, kam ihr Brix zuvor und griff kurzerhand danach. Überrascht sah sie zu ihm auf und konnte die Spur eines Lächelns nicht unterdrücken. Vielleicht hatten ihre Worte ja doch eine gewisse Wirkung gezeigt.

»Das macht dann zwei ganze Taler.«

»Wie bitte?«, entfuhr es Danielle erschrocken, während sie ihren Blick erneut auf den Metzger richtete.

»Letzte Woche war es noch ein Taler für vier Pfund.«

»Nun, was soll ich sagen? Die einströmenden Herrschaften kaufen so viel ein, dass wir mit der Verarbeitung kaum noch hinterherkommen. Und die Nachfrage bestimmt schließlich den Preis.«

Mit einem breiten Grinsen stützte sich der Metzger auf seiner Fleischbank ab, seine entschuldigende Miene wirkte dabei alles andere als ehrlich.

»Gustav, das kannst du nicht machen. Wir kaufen seit Jahren bei dir ein. Zwei Taler sind zu viel für uns, das ... das können wir uns nicht leisten.«

Danielle wollte am liebsten im Boden versinken. Scham und Wut schossen durch ihre Venen und trieben ihr die Röte ins Gesicht.

»Es tut mir leid, Danielle, aber da kann ich nichts machen. Entweder nimmst du das Fleisch zu meinem Preis oder du lässt es bleiben.«

Dereck

Dereck konnte deutlich beobachten, wie Danielle zeitgleich von verschiedenen Gefühlen heimgesucht wurde.

Ihre Gesichtsfarbe wechselte so rasch von hell zu dunkel, dass einem allein beim Anblick davon schwindlig wurde.

Mit hochroten Wangen und zu Fäusten geballten Händen stand sie vor diesem widerlichen Mann, der nichts weiter als ein gespieltes Lächeln für sie übrighatte.

»Nun erlass ihr doch den verdammten Taler.«

Ohne großartig darüber nachzudenken, kamen jene Worte über seine Lippen. Danielles Kopf schoss sogleich herum, während sie ihn mit erstauntem Ausdruck anstarrte. Er verstand, wie sie sich in diesem Moment fühlte, denn er war mindestens genauso erschrocken wie sie.

»Ich sagte doch, dass ich am Preis nichts machen kann. Außerdem hat sich kein Fremder in meine Geschäfte einzumischen«, antwortete der Metzger scharf und betrachtete Dereck abschätzend.

»Und wenn wir den restlichen Taler anschreiben lassen? Ich würde dir schon morgen den fehlenden Betrag bringen«, erwiderte Danielle und knetete nervös ihre Finger.

»Wenn ich das mit jedem Kunden machen würde, der mir diese Frage stellt, könnte ich mein Geschäft im nächsten Monat schließen. Es bleibt dabei, entweder du zahlst oder nimmst ein Pfund weniger.«

»Es ist erstaunlich, dass du mit dieser Umgangsart überhaupt eine Kundschaft hast«, zischte Dereck bissig. Er wusste nicht warum, doch die Art dieses fettleibigen Bastards veranlasste ihn dazu, Danielle beizustehen.

»Hör mal zu, Freundchen, ich muss hier niemandem etwas verkaufen. Pass lieber auf, wie du mit mir sprichst, sonst kann der Dorfwirt zusehen, woher er seine nächste Fleischlieferung bekommt.«

»In Ordnung, Gustav. Dann nehme ich diese Woche eben nur ein Pfund.«

Noch ehe Dereck hätte reagieren können, griff Danielle bereits nach dem Leinensack in seinen Händen und legte ihn auf die Fleischbank. Allem Anschein nach wollte sie jeder weiteren Konfrontation aus dem Weg gehen. Wahrscheinlich ließ dieses fette Ekel seinen Worten tatsächlich Taten folgen und sprach nicht nur leere Drohungen aus.

»Na also, es geht doch, Mädchen. Ich wusste, dass Maxime keine Närrin zur Tochter hat.«

Mit einem selbstgefälligen Grinsen nahm der Metzger den Leinensack an sich und verschwand ein weiteres Mal hinter der Fleischbank.

»Wieso tust du das?«, fragte Dereck verständnislos und bedachte Danielle mit einem verärgerten Blick.

»Ich weiß, was du denkst, aber wir brauchen das Fleisch«, antwortete sie und atmete angespannt aus.

»Glaub mir, ich hätte ihm seinen versifften Sack nur zu gern ins Gesicht geschleudert, aber ich kann meinen Vater nicht enttäuschen.«

Dereck musste zugeben, dass ihn ihre Direktheit überraschte. Sie schien tatsächlich mehr Schneid zu haben, als es den Anschein hatte.

Danielle

Die Mittagssonne schien auf ihrem Rückweg strahlend hell vom Himmel herab und tauchte die Umgebung in ein warmes Licht. Das Gasthaus »Zum goldenen Hirsch« lag etwas außerhalb von Montelans und war über einen einfachen Sandweg zu erreichen, der von weiten Feldern und saftigen Wiesen gesäumt wurde. Der Duft von Wildblumen hing in der Luft und vermischte sich mit dem leisen Summen der vielen Insekten. Danielle senkte für einen kurzen Moment die Lider und genoss die wärmenden Sonnenstrahlen auf ihrem Gesicht. Innerlich musste sie jedoch noch immer an die Auseinandersetzung mit dem Metzger denken. Sie wollte ihr keine Ruhe lassen.

»Übrigens danke, dass du mir vorhin beigestanden hast«, sprach sie so beiläufig wie möglich und richtete den Blick geradeaus.

»Ach was. Ich bin immer zur Stelle, wenn eine Frau in Nöten ist«, sprach Brix, während Danielle aus dem Augenwinkel sehen konnte, wie seine Brust gehörig anschwoll, »aber das war noch lange keine Heldentat.«

»Damit scheinst du dich ja auszukennen«, erwiderte sie spöttisch und schüttelte den Kopf.

»Allerdings. Im Krieg habe ich viele solcher Taten vollbracht.«

»Du warst im Krieg?«

Danielles Kopf schnellte zu ihm herum, doch ihr Lächeln versiegte schlagartig.

»Selbstverständlich. Ich habe mehrere Jahre gegen die feindlichen Heerscharen aus Tenebris gekämpft und sie mehrfach vernichtend geschlagen«, sprach Brix und klang dabei fast ein wenig wehmütig.

»Meiner Meinung nach wird ein Mann erst zu einem richtigen Mann, wenn er erfolgreich für sein Land gekämpft hat. So werden die wahren Helden geboren.«

»Ich bezweifle, dass es erst eines Krieges bedarf, um einen Mann zum Helden zu machen«, erwiderte Danielle spitz und konnte ihren aufflammenden Zorn nicht unterdrücken.

Dieser Mann war wahrlich unausstehlich. Wie konnte er nur solch dumme Ansichten vertreten?

Sie konnte sehen, wie er aufgrund ihrer Bemerkung die Stirn in Falten legte und schließlich belanglos abwinkte.

»Nun ja, eine Frau versteht eben nichts von solchen Dingen.«

Nun war es genug. Danielle hatte es endgültig satt, sich das Geschwätz dieses eingebildeten Mannes weiterhin anzuhören. Wie konnte er nur so reden? Woher nahm er das Recht, sich ihr gegenüber so abschätzend zu äußern? Er wusste nichts, aber auch rein gar nichts.

Sie nahm einen tiefen Atemzug und blieb abrupt stehen.

»Weißt du was, ich habe die Nase gestrichen voll von dir und deinen Lobesliedern auf dich selbst. Du willst mir etwas über Heldentaten erzählen? Für mich ist ein Held ein Mann, der jeden Tag versucht, seine Familie zu ernähren. Der noch vor dem Morgengrauen aufsteht und erst tief in der Nacht zu Bett geht, nur um so viel wie möglich zu arbeiten. Der nichts für sich behält und immer auf das Wohl seiner Frau und seiner Kinder bedacht ist. Mag sein, dass auch ein Soldat zum Helden wird, wenn er für sein Land und seine Familie in die Schlacht zieht, aber das macht einen Krieg noch lange nicht zu etwas Gutem. Krieg bringt nichts außer Kummer und Schmerz und er nimmt uns die Menschen, die für uns am wichtigsten sind.«

Danielle spürte, wie ihr die Tränen kamen, ihre Sicht verschwamm, doch genau dieser Umstand machte sie nur noch zorniger.

Alles, was sie nun sah, waren seine Lippen, die bereits zu einer Antwort ansetzen wollten, sich dann jedoch überraschenderweise wieder schlossen.

Nein, es bedurfte keiner weiteren Worte, sie wären ohnehin überflüssig. Danielle wollte weder mit ihm, noch mit irgendjemand anderem sprechen. Brix hatte den Bogen längst überspannt. Ohne auf seine Reaktion zu warten, drehte sie sich schließlich wieder der Straße zu und lief schnellen Schrittes davon. Sollte er doch bleiben, wo er war.

Dereck

Zum zweiten Mal an diesem noch jungen Tag blickte Dereck der Wirtstochter hinterher und war sprachlos. Was war da gerade passiert? Was hatte er gesagt, dass sie derart aus der Fassung brachte? Er würde es niemals zugeben oder sich anmerken lassen, doch ihre Worte hatten ihn insgeheim getroffen. Wollte sie seinen Kriegsdienst tatsächlich mit der Arbeit eines einfachen Mannes vergleichen? Noch nie war ihm ein solch absurder Gedanke zu Ohren gekommen.

Doch da musste noch etwas anderes sein. Ihre Augen hatten vor Zorn geglüht, ihr ganzer Körper gebebt. Es war wahrlich nicht seine Absicht, sie derart gegen sich aufzubringen und sie so maßlos zu verärgern. Auch wenn er nicht genau wusste warum, so überkam ihn dennoch ein unterschwelliges Schuldgefühl. Wahrscheinlich schickten sich solche Worte in den Ohren einer Frau einfach nicht.

Er musste sich wohl oder übel bei ihr entschuldigen.

Ein frustrierter Laut verließ seine Lippen, während er sich mit der rechten Hand über das erschöpfte Gesicht fuhr.

In solchen Momenten schien das Leben eines Soldaten bedeutend einfacher.

Danielle

Danielle stapfte über den sandigen Weg und trat in ihrer Wut sogar gegen den ein oder anderen Stein. Ihr Atem ging schnell und unregelmäßig, schon nach kurzer Zeit verspürte sie die ersten Stiche in der Seite.

Er machte sie so wütend. Sie musste ihm schlicht die Meinung sagen, anders hätte sie einfach nicht gekonnt.

Oder war sie doch zu weit gegangen? Er konnte schließlich nicht wissen, wieso sie den Krieg derart hasste.

Vielleicht entsprangen seine Worte ja tatsächlich der Wahrheit und er war wirklich sowas wie ein Kriegsheld. Möglicherweise lag darin sogar der Grund für sein arrogantes Verhalten.

Mit einem schwungvollen Ruck öffnete sie die Eingangstür und trat in den Gastraum hinein. Einige Männer saßen bereits an den hinteren Tischen und unterhielten sich leise. Es handelte sich vermutlich um die Gäste der letzten Nacht, welche vor ihrer Weiterreise noch etwas zu sich nehmen wollten.

»Ist alles in Ordnung, Danielle?«

Maxime kam aus der Küche getreten, in den Händen balancierte er drei gefüllte Teller.

Danielle holte ein letztes Mal tief Luft und stellte den Korb auf den Tresen ab.

»Ja … natürlich. Ich hatte nur Ärger mit Gustav«, erwiderte sie und fuhr sich mit den Fingern durch das braune Haar.

»Willst du mir davon erzählen?«

»Ich gehe nur schnell nach oben und mache mich kurz frisch, danach bin ich sofort an deiner Seite«, antwortete sie ausweichend und spürte den misstrauischen Blick ihres Vaters auf sich ruhen, als sie die Treppen nach oben stieg.

Im ersten Stockwerk angekommen, konnte sie die Tür ein weiteres Mal ins Schloss fallen hören und wusste, dass Brix nun ebenfalls angekommen war. Sie hörte, wie er ein paar Worte mit ihrem Vater wechselte, konnte jedoch nicht verstehen, um was es ging. Als sie dann jedoch seine schweren Schritte vernahm, lief sie rasch über den Flur, um ihr Zimmer am anderen Ende zu erreichen.

»Danielle, warte.«

Sie wollte nicht innehalten, doch ihre verräterischen Beine gehorchten ihr einfach nicht. Erst jetzt wurde ihr bewusst, dass er zum ersten Mal ihren Namen laut ausgesprochen hatte.

»Hör zu, es war nicht meine Absicht, dich zu verärgern. Ich konnte doch nicht wissen, dass du derart reagierst.«

»Vielleicht solltest du das nächste Mal besser darauf achten, was du für Worte in den Mund nimmst«, erwiderte sie bissig und blickte stur an ihm vorbei.

»Ja, vielleicht. Ich wollte dir eigentlich auch nur sagen, dass ... nun ich wollte nicht, dass ... ach du weißt schon, was ich meine ...«, stammelte Brix unverständlich und stieß einen frustrierten Laut aus. Er fühlte sich scheinbar derart unwohl, dass es den Anschein erweckte, als wolle er jeden Moment aus dem Haus stürmen.

»Nein, Brix, ich weiß nicht, was du meinst.«

Sie wollte es ihm nicht leichter machen, schließlich hatte er sie in den vergangenen Stunden oft genug verärgert. Demonstrativ blickte sie ihm in die blauen Augen und verschränkte die Arme vor der Brust. Für einen kurzen Moment sahen sie einander lediglich an, doch schließlich nahm er einen tiefen Atemzug und fuhr sich mit der rechten Hand über Nacken und Hals.

»Bitte, wenn du also darauf bestehst. Es ... es tut mir leid.«

Erstaunt zog Danielle ihre Brauen hinauf und musste sich bemühen, ein ernstes Gesicht zu wahren. Diese einfachen Worte schienen ihm unsagbar schwer zu fallen.

Zumindest blickte er so betreten drein, als hätte er ihr soeben ein schreckliches Verbrechen gestanden.

»Na meinetwegen«, erwiderte sie schließlich und entschied, seine Entschuldigung als eine Art Neuanfang zu deuten. Immerhin war er nun ihr Angestellter und sie würden in den kommenden Tagen wohl oder übel eine gewisse Zeit miteinander verbringen müssen.

»Vielleicht habe ich ja ebenfalls ein wenig überreagiert. Also, Frieden?«, fügte sie ihren Worten hinzu und streckte ihm versöhnlich ihre Hand entgegen.

Brix betrachtete sie für einen Moment derart intensiv, dass sie den Blickkontakt beinahe abbrechen musste. Es kam ihr fast so vor, als wollte er in ihren Augen nach einem Anzeichen von Falschheit oder gar Hohn suchen.

Doch schließlich erwiderte er ihre Geste.

Seine kräftigen Finger umschlossen ihre zarte Hand fast gänzlich, wodurch es ihr erstmals gelang, bewusst die Wärme seiner rauen Haut zu spüren.

»Gut, dann sehen wir uns in einer Stunde im Gastraum. Ruh dich etwas aus, es wird heute ein langer Abend«, sprach sie geschäftig, löste ihre Berührung auf und öffnete rasch die Tür ihres Zimmers.

»Danielle?«

Erneut blieb sie abrupt stehen.

»Was ist mit deinem Bruder geschehen?«

Ein unangenehmer Druck breitete sich in ihrer Brust aus und erklomm ihre Kehle. Diese Frage kam so plötzlich wie unerwartet. Hatte sie möglicherweise bereits zu viel von sich preisgegeben? Das Schicksal ihres Bruders war jedoch kein Geheimnis. Die Wahrheit war einfach. Klar und deutlich, ohne viele Worte und dennoch so ungemein schmerzhaft.

Krampfhaft umfasste Danielle den Holzknauf, blickte traurig zur Seite und brachte die nächsten Worte nur flüsternd über ihre Lippen, bevor sie die Tür hinter sich schloss.

»Er ist im Krieg gefallen.«

5. Eine entscheidende Frage

Danielle

»Und dann hast du ihm so richtig die Meinung gesagt? Da wäre ich nur zu gern dabei gewesen«, lachte Catia und hing neugierig an den Lippen ihrer Freundin.

»Eigentlich habe ich ihn eher angeschrien ... und dann stehen lassen«, erwiderte Danielle mit einem schuldbewussten Grinsen und dachte an den heutigen Vormittag zurück. Mittlerweile war ihr bewusst, dass sie tatsächlich ein wenig überreagiert hatte, doch nach seinem arroganten und unfreundlichen Auftreten war es ihr dennoch ein innerliches Bedürfnis gewesen, Brix zumindest einmal die Wahrheit vor Augen zu führen. Erneut musste sie an sein beschämtes Gesicht und die gestotterte Entschuldigung denken und heimlich in sich hineinschmunzeln. Vielleicht verbarg sich ja unter der überheblichen und stumpfsinnigen Oberfläche doch ein guter Kern.

Zumindest irgendwo tief in seinem Inneren.

»Aber ich vermute dennoch, dass Brix und Cedric keine guten Freunde werden.«

»Ach, mit Cedric kann ich reden. Außerdem kennst du doch die Männer, die sehen doch immer und überall einen potentiellen Konkurrenten«, erwiderte Catia abwinkend und verdrehte theatralisch die Augen.

»Es wäre wirklich hilfreich, wenn ihr beiden euch endlich der Arbeit widmen würdet, anstatt euch über irgendwelche Mannsbilder zu unterhalten!«

Binettes laute Stimme donnerte von den Küchenwänden wider und ließ die beiden Frauen umgehend zusammenzucken. Wie ein wütender Offizier stand die alte Köchin vor ihrem Herd, die Hände in die Hüfte gestemmt und bedachte die beiden Freundinnen mit einem bitterbösen Blick. Der Küchentisch war übersät mit Kartoffeln, Möhren und Zwiebeln, die nur darauf warteten, endlich geschält und zerkleinert zu werden.

Der Nachmittag brach bereits an, doch noch ließen die meisten Gäste auf sich warten. Die Reisenden schienen das schöne Wetter auszunutzen und würden wohl erst am Abend ihre hungrigen Mägen füllen wollen. Beinahe täglich nutzte Danielle diese Zeit des Tages, um Binette und Catia in der Küche zu helfen, während ihr Vater den Dienst hinter dem Tresen übernahm.

Gerade war sie dabei, eine Mohrrübe mit raschen Schnitten zu zerkleinern, als sich die Küchentür öffnete und Brix mit einem großen Stapel Feuerholz eintrat.

Dereck

»Dein Vater hat mich gebeten, euch das hier zu bringen«, sprach Dereck an Danielle gewandt und legte die Scheite kurzerhand neben dem Herd ab. Nun, eigentlich entsprach dies nur der halben Wahrheit, denn der Wirt hatte ihn weniger gebeten, sondern vielmehr angeblafft, sich endlich nützlich zu machen und für seinen Lohn zu arbeiten. Rücksicht auf seine Verletzung schien in diesem Haus wohl niemand mehr zu nehmen.

»Ach, und du bist also der Neue?«

Eine ältere Frau von kleiner rundlicher Gestalt, die augenscheinlich die Köchin des hiesigen Wirtshauses war, musterte Dereck von oben bis unten.

»Es scheint wohl so«, erwiderte er trocken und begegnete ihrem abfälligen Blick mit kühler Gelassenheit. So wie es aussah, schien sie nicht die geselligste Person zu sein. Sie hätte sicher einen guten Ausbilder für seine Soldaten abgegeben.

»Schon mal in einer Wirtschaft gearbeitet?«

»Bisher war ich eher für das Leeren von Fässern als für deren Beschaffung zuständig«, konterte er schlagfertig und verschränkte die Arme vor der Brust. Er war durchaus gespannt, wie weit er es mit ihr treiben konnte.

»Und frech ist er auch noch!«

Binette wandte sich umgehend an Danielle und blickte vorwurfsvoll drein.

»Seit wann stellt dein Vater so einen ein? Er hat keinerlei Erfahrung und hat noch nie in einem Gasthaus gearbeitet!«

Mit einem langgezogenen Seufzen legte die Wirtstochter das Gemüsemesser zur Seite und griff nach einem Leinentuch, um sich daran die Hände abzuwischen.

»Warst du nicht diejenige, die sich gestern Abend über fehlendes Personal beklagte?«

»Solche Entscheidungen können ein ganzes Geschäft zerrütten! Maxime hätte besser daran getan, erst einmal mit mir zu sprechen. Immerhin bin ich die Älteste und habe am meisten Erfahrung«, polterte Binette und hob theatralisch die Hände empor. Danielle rollte daraufhin lediglich mit den Augen und schüttelte resigniert den Kopf.

»Ich werde es Vater ausrichten«, sprach sie genervt, »aber bis dahin wird Brix bleiben. Wir können jede starke Hand gebrauchen und glücklicherweise hat er sogar zwei davon. Es wäre also um unser aller Willen eine Wohltat, wenn ihr euch zusammenreißt.«

Dereck sah von Binette zu Danielle und war einmal mehr über ihre entschlossene Art und Weise erstaunt. Sie erinnerte ihn ein wenig an die Frauen der Cliffhall Region, welche ebenfalls über einen starken Willen verfügten und ihre Gedanken offen aussprachen. Seine Mundwinkel verformten sich zu einem Grinsen, während er sich erneut der Köchin zuwandte.

»Es wird mir ein Vergnügen und eine Ehre sein, einer so liebreizenden Dame zu dienen und ihr jeden Wunsch von den Augen abzulesen«, sprach er galant und deutete zum Abschluss eine Verbeugung an.

»Verschwinde aus meiner Küche, du elender Flegel!« schrie die Alte aufgebracht und griff nach einem naheliegenden Bratenspieß. Mit einem süffisanten Lachen hob Dereck die Hände empor und trat amüsiert den Rückzug an.

Während er die Flügeltüren zur Seite schob, warf er einen letzten Blick auf Danielle und hörte, wie Catia ihr kichernd etwas zuflüsterte.

»Wenn der so weitermacht, überlebt er keine Woche.«

***

Der Abend brach schneller herein, als es ihnen beliebte und das Gasthaus füllte sich mehr und mehr.

Maxime ordnete kurzerhand an, dass Danielle ihm bei den Bestellungen helfen sollte, während Dereck das Bier abzapfen und die leeren Krüge ausspülen musste. In der Küche arbeiteten Binette und Catia derweil ohne Unterlass.

Geschwind eilte Danielle durch die engen Gänge zwischen Tischen, Stühlen und Gästen hindurch und balancierte dabei ein schweres Tablett. Während Dereck hinter dem Tresen einen Krug nach dem anderen abtrocknete, beobachtete er, wie leichtfüßig sie sich inmitten der vielen Menschen bewegte und dabei kein einziges Mal ins Straucheln geriet.

Als sie erneut am Tresen zum Stehen kam, pustete sie sich eine widerspenstige Strähne aus der Stirn und begann sogleich wieder mit dem Stapeln von Tellern und Krügen.

»Ist das jeden Abend so?«, fragte er und betrachtete Danielle nachdenklich. Ihre Wangen waren vor Anstrengung gerötet und ihre Atmung ging schwer.

»Nur während der Saison. Sonst ist es wesentlich ruhiger«, erwiderte sie und schenkte ihm ein aufmunterndes Lächeln.

»Wie geht es deinem Kopf?«

»Fantastisch. Wie schon gesagt, solch ein kleiner Schlag kann mir doch nichts anhaben«, log er und rang sich ein schelmisches Grinsen ab. Niemals würde er zugeben, dass der pochende Schmerz sich mittlerweile zu einem unangenehmen Dröhnen ausgebreitet hatte und er sich insgeheim nach ein wenig Schlaf und Ruhe sehnte.

»Na dann bin ich ja beruhigt«, antwortete sie knapp und verschwand mit dem vollen Tablett in der Menge. Ihrer Stimme nach zu urteilen glaubte sie ihm nicht einmal ansatzweise.

Während Dereck sich zum gefühlt einhundertsten Mal an diesem Abend dem Befüllen und Auswaschen der Krüge widmete, stieß er einen tiefen Seufzer aus. Er wünschte sich in diesem Moment nichts sehnlicher, als selbst einen großen Schluck zu nehmen und sich genüsslich an ein Feuer zu setzen.

Niemals zuvor musste er solch einer Arbeit nachgehen.

Sein Leben hatte bis vor einem Jahr aus dem Planen strategischer Vorgehensweisen und dem Ausführen gezielter Angriffe gegen die feindlichen Soldaten aus dem Nachbarland bestanden. Seit fast einem Jahrhundert kam es immer wieder zu kriegerischen Auseinandersetzungen zwischen Rokarien und Tenebris. Ihr unwirtliches Nachbarland trachtete beständig nach der Vorherrschaft über die Küsten des clarisischen Meeres und den Erzeugnissen der drei Regionen.

Derecks Arbeitsplatz war seit jeher das Schlachtfeld und sein Werkzeug das Schwert in seinen Händen. Selbst in den wenigen Monaten des Friedens war die innere Unruhe stets ein Teil von ihm geblieben. Die hohen Steinmauern von Stormarc raubten ihm die Luft zum Atmen. Er war niemals dafür geschaffen, die Zeit innerhalb der Familienfestung zu verbringen und sich den lieben langen Tag mit Schriftrollen und Audienzen auseinanderzusetzen. Er brauchte den frischen Wind in seinem Gesicht und das Gefühl der Freiheit in seinem Herzen. Wie oft war er gemeinsam mit seinem Vater oder ab und an sogar mit seinem kleinen Bruder in die dunklen Kiefernwälder Cliffhalls geritten, um sich an der rauen Natur und der Jagd zu erfreuen. Er war ein ausgezeichneter Jäger, ebenso wie sein Vater. Während Elric sich tagelang in der Bibliothek aufhalten und ein Buch nach dem anderen lesen konnte, ritt er die Küsten Cliffhalls entlang, um die kalte salzige Meeresluft auf seinen Lippen zu schmecken. Doch mit dem plötzlichen Tod des Königs kam all dies zum Erliegen. Er wurde vom Schlachtfeld in die Heimat zitiert, um das Erbe seiner Familie anzutreten und den Thron zu besteigen.

Doch es kam alles anders.

Bis heute wusste Dereck nicht, was in jener Nacht tatsächlich geschah. Noch immer fehlten ihm jegliche Erinnerungen, er besaß nicht einmal den Hauch einer Ahnung. Sein Herz verdeutlichte ihm zwar, wie sehr er Elric geliebt hatte, doch sein Verstand sprach eine andere Sprache. Varians Stimme, die Worte seines eigenen Onkels, hallten noch immer in seinen Ohren wider und verunsicherten ihn zutiefst. Er wusste nicht, was der Wahrheit entsprach und er befürchtete, es niemals zu erfahren. Und solange er nicht wusste, zu was er tatsächlich fähig war, was der Krieg möglicherweise aus ihm gemacht hatte, schien es wahrlich vernünftiger, sich auf niemanden einzulassen.

All diese Gedanken drückten schwer auf sein Gemüt und hinterließen einen bitteren Geschmack auf der Zunge. Wenn er hierbleiben und etwas verdienen wollte, musste er zumindest versuchen, die schmerzhaften Erinnerungen fürs Erste zu verdrängen. Doch wie lange würde es wohl dauern, bis er genug Münzen für die Weiterreise zusammengespart hatte? Wochen oder womöglich Monate?

Frustriert stellte Dereck einen Krug auf den Tresen und schnaufte missmutig. Hoffentlich würde Maxime ihm einen angemessenen Lohn für seine Dienste zahlen.

Just in diesem Moment trat der Wirt an ihn heran und nahm die vollen Krüge an sich.

»Sag mal Bursche, was ist da heute im Dorf vorgefallen?«

Überrascht blickte Dereck auf und zog die Stirn in Falten.

»Ich weiß nicht, wovon Ihr sprecht.«

»Ich rede von der Auseinandersetzung zwischen meiner Tochter und Gustav«, erwiderte Maxime ungeduldig und schnaufte verächtlich.

»Hat sie Euch das nicht erzählt?«

Der ältere Mann atmete angestrengt aus und ließ sein Tablett mit einem dumpfen Knall auf den Tresen fallen.

»Meine Tochter ist in dieser Hinsicht etwas eigensinnig«, sprach er zögerlich und kratzte sich am Hinterkopf.

»Sie will mich nicht beunruhigen und nimmt solche Angelegenheiten deswegen gern selbst in die Hand.«

»Also lasst Ihr lieber mich bei Eurer Tochter in Ungnade fallen, anstatt sie selbst noch einmal darauf anzusprechen?«, schlussfolgerte Dereck, während er sich an einem gebrauchten Leinentuch die nassen Hände abtrocknete.

»Ganz recht.«

Skeptisch zog Dereck eine Augenbraue hoch. Maxime schien ihn noch weniger leiden zu können, als angenommen. Wenn Danielle ihre Schlachten tatsächlich allein schlagen wollte, dann sollte er sie nicht daran hindern. Allein aus purem Trotz hätte er ihm die Antwort deswegen verweigern sollen, doch rückblickend betrachtet tat ihm Danielle wahrhaftig leid, sogar mehr, als er sich eingestehen wollte.

»Euer Metzger war der Meinung, die Fleischpreise nach seinem Belieben zu erhöhen«, antwortete er knapp und hielt sicherheitshalber nach Danielle Ausschau.

»Und weiter?«

»Eure Tochter sagte ihm daraufhin, dass sie das benötigte Geld nicht hat und bat um Erlass oder zumindest um Aufschub. Den Rest der Auseinandersetzung könnt Ihr Euch wohl selbst zusammenreimen.«

»Dieser elende Mistkerl«, entfuhr es Maxime, während seine Augen vor Wut zu funkelten, »wenn wir nicht so sehr auf sein Fleisch angewiesen wären, hätte ich mir längst einen neuen Metzger gesucht, aber das nächste Dorf liegt sieben Meilen entfernt.«

Dereck dachte einen Moment über diese Worte nach und beobachtete, wie Danielle eine Bestellung nach der anderen entgegennahm. Plötzlich schoss ihm ein Gedanke in den Sinn. Ein durchaus gewinnbringender und nicht ganz uneigennütziger Gedanke.

»Seid Ihr auf das Kalbsfleisch angewiesen oder würde euch auch Wild genügen?«

Maxime zog aufgrund dieser Frage die Stirn in Falten.

»Wild wäre durchaus annehmbar, aber ich finde momentan keine Zeit für die Jagd. Außerdem durchstreifen gerade alle Jäger Silvarons die Wälder und treiben sämtliches Getier davon.«

Genau auf jene Antwort hatte Dereck spekuliert.

Geschäftig fuhr er sich über den dunklen Bartansatz und drehte sich dem Wirt vollends entgegen.

»Mal angenommen, Ihr würdet jemanden finden, der für Euch das Jagen übernimmt und Euch seine Beute gänzlich überlässt. Was wäre Euch das wert?«

»Worauf willst du hinaus, Bursche?«

»Nun, glücklicherweise steht vor Euch einer der besten Jäger ganz Rokariens«, antwortete Dereck feierlich und grinste entschlossen.

»Bevor ich hierherkam habe ich viel Zeit in den Wäldern verbracht und mehr Wild geschossen, als ich jemals zählen kann. Überlasst mir Eure Muskete, gebt mir einen Tag Zeit und lasst mich bei erfolgreicher Jagd am Ertrag teilhaben.«

Maximes Gesicht spiegelte eine Mischung aus Misstrauen und Verblüffung wider. Er brauchte eine gefühlte Ewigkeit, um eine Antwort zu formulieren.

»Wenn du tatsächlich glaubst, dass ich dir meine Waffe gebe und dich allein in den Wald reiten lasse, hast du dich arg getäuscht. Wer garantiert mir, dass du dich nicht heimlich aus dem Staub machst?«

»Warum sollte ich das tun? Ich habe kein Geld und mit Verlaub, Eure alte Muskete zu verkaufen, wäre die Mühe wohl nicht wert. Ich wollte Euch lediglich ein Angebot machen, aber wenn Ihr nicht wollt«, entgegnete Dereck gereizt und sah seine Fälle bereits davonschwimmen.

Wie konnte ein Mann nur derart starrsinnig sein?

Danielle

»Was für ein Angebot?«

Danielle hatte leider nur die letzten Fetzen des Gesprächs mitbekommen, die Geräuschkulisse im Gastraum war schier zu laut. Während sie einen Stapel schmutziger Teller abstellte, richtete sie ihren Blick erst auf Brix und dann auf ihren Vater. Beide wirkten angespannt, beinahe feindselig.

»Nichts, Danielle. Es ist schon gut«, antwortete Maxime rasch und schenkte Brix einen warnenden Blick. Dieser zuckte daraufhin nur lässig mit den Schultern.

»Ich habe deinem Vater lediglich vorgeschlagen, für euch zu jagen.«

»Tatsächlich?«, erwiderte Danielle verblüfft.

»Ja, aber das ist völlig unmöglich. Ich lasse ihn gewiss nicht allein davonreiten, noch dazu mit meiner Waffe«, sprach der Wirt ungehalten und schüttelte missbilligend den Kopf.

Laute Rufe drangen an den Tresen und verlangten unwirsch nach ihrer Bestellung. Den Stimmen nach zu urteilen hatten sie bereits zu viel getrunken.

»Ich komme sofort!« rief Danielle erschöpft und sah sowohl ihrem Vater als auch Brix in die Augen.

»Wir unterhalten uns später noch einmal darüber«, sprach sie entschlossen und wurde das Gefühl nicht los, dass sie längst die Mutterrolle innerhalb dieser Wirtschaft übernommen hatte.

»Es gibt nichts mehr zu bereden«, rief Maxime ihr hinterher und wischte sich die Schweißperlen von der Stirn.

***

Der Abend schritt beständig voran, die Nacht hatte den Tag nun vollends verdrängt, während die Stimmung innerhalb des Gasthauses immer ausgelassenere Züge annahm.

Mittlerweile wurden weniger Speisen, dafür mehr Getränke bestellt, weshalb Catia als Verstärkung hinzugezogen wurde. Aus jedem Winkel konnte man nun lautes Gerede und schallendes Gelächter gehören. Von fast jedem Tisch drangen dicke Rauschwanden des beißenden Pfeifentabaks empor und vernebelten die Luft zunehmend.

Danielle spürte mit jeder verstrichenen Stunde die Schwere ihrer Arme und die immer stärker werdende Erschöpfung.

Die letzte Nacht schien wohl doch mehr Spuren hinterlassen zu haben, als gedacht.

»Meine Güte, was ist denn mit deinem Vater los?« fragte Catia als sie an ihrer Freundin vorbeilief.

»Der schnauft ja wie ein wütender Ochse.«

»Er und Brix sind vorhin ein wenig aneinandergeraten«, erwiderte die Wirtstochter und erzählte mit wenigen Worten von besagtem Angebot.

»Ja, aber das ist doch ein guter Vorschlag. Wo liegt das Problem?«, fragte die Küchenmagd und sammelte ein paar leere Krüge ein.

»Vater will nicht, dass er allein und vor allem mit seiner Waffe in den Wald reitet. Er traut ihm nicht.«

Danielle konnte ihren Vater durchaus verstehen, sie selbst war ebenfalls nicht wirklich von der Aufrichtigkeit dieses Vorhabens überzeugt, doch warum sollte er sie belügen?

Brix war völlig mittellos. Hier hatte er jedoch zumindest ein Dach über dem Kopf und eine warme Mahlzeit am Tag. Es wäre wahrlich dumm von ihm, sich heimlich aus dem Staub zu machen.

»Hm, das ist wirklich ein Problem«, stimmte Catia nachdenklich zu.

»Was wäre denn, wenn Brix nicht alleine gehen würde?«

»Wie meinst du das?«, rief Danielle und versuchte gegen die laute Geräuschkulisse anzukämpfen.

»Cedric muss morgen früh in den Wald fahren, um Holz zu schlagen. Die Schmiedeöfen laufen derzeit rund um die Uhr und das Brennmaterial wird rasch knapp«, erwiderte die Küchenmagd vielversprechend.

»Glaubst du denn, er würde Brix allen Ernstes mitnehmen?«

»Sicherlich. Ich meine, wer ist nicht gern in Gesellschaft unterwegs? Vielleicht lernen sich die beiden dadurch sogar etwas besser kennen.«

»Ich bezweifle ehrlich gesagt, dass Cedric Wert auf Brix' Gesellschaft legt«, entgegnete Danielle zerknirscht und dachte an ihre Begegnung vom heutigen Morgen zurück. Wahrscheinlich würden sich die beiden eher die Köpfe einschlagen, als in irgendeiner Art und Weise zusammenzuarbeiten.

»Ach was, ich rede mit Cedric. Ich möchte dir und deinem Vater gerne helfen und ich weiß, dass er es genauso handhaben wird. Ich bin sogar fest überzeugt davon.«

»Das wäre wirklich großartig«, erwiderte Danielle und schenkte ihrer Freundin einen dankbaren Blick.

Würde dieser Plan tatsächlich gelingen, wäre es eine enorme Erleichterung und sie müsste Gustav vorerst nicht mehr unter die Augen treten. Ein wahrlich ermutigender Gedanke, der ihren Vater möglicherweise umstimmen würde.

Je später die Nacht wurde, desto anstrengender wurden die verbliebenen Gäste. Während Angus wie üblich auf seinem Stammplatz saß und kaum noch reden konnte, wurden andere beständig lauter.

Immer wieder mussten Danielle und Catia über obszöne Sprüche oder Gesten hinwegsehen, was manchmal durchaus leichter gesagt als getan war. Doch die Gewohnheit hatte beide über die Jahre hinweg gelehrt, mit solch leeren Worten umzugehen und sie schlicht und ergreifend zu überhören. Das oberste Gebot war in solch einer Situation, sich niemals auf ein Gespräch einzulassen, sondern freundlich aber bestimmt voranzuschreiten.

Dereck

Dereck betrachtete das Schauspiel währenddessen hinter dem Schutz des Tresens und war wahrhaft angewidert von der Aufdringlichkeit dieser maßlosen Hunde. Sicher, auch unter Soldaten gab es Trinkgelage, doch noch nie hatte er die Situation aus solch einem Blickwinkel betrachten müssen.

Waren alle Männer so abstoßend, je länger sie dem Bier frönten? Hatte er möglicherweise ebenfalls ein solches Verhalten an den Tag gelegt? Noch niemals zuvor hatte er diesen Aspekt in Betracht gezogen, doch nun erlebte er das Geschehen zum ersten Mal aus der Sicht eines einfachen Angestellten. Das Leben und die Arbeit eines Wirts schienen durchaus hart, doch Frauen waren in diesem Geschäft noch wesentlich schlimmer dran.

Danielle

»Komm schon, Angus. Geh nach Hause.«

Danielle spürte die Ungeduld in sich emporsteigen. Es war jede Nacht das

Gleiche mit ihm, jedes Mal aufs Neue führten sie dieselbe endlose Diskussion. Es war wahrlich ermüdend und frustrierend zugleich.

»Ich gehe dann, wann ich es will«, lallte der Betrunkene und blickte sie mit blutunterlaufenden Augen an, »solang ich bezahlen kann, will ich auch bedient werden.«

»Das kann doch wohl nicht wahr sein«, zischte Danielle und hätte sich am liebsten die Haare gerauft. Dieser Tag war eindeutig nicht der ihre. Hilfesuchend hielt sie nach ihrem Vater Ausschau, doch dieser war zwischen den mittlerweile singenden und johlenden Männern nirgends zu entdecken. Wahrscheinlich holte er Nachschub aus dem Keller.

»Kann ich dir helfen, Mädchen?«

Danielle spürte, wie eine Hand nach ihrem Oberarm griff, woraufhin sie erschrocken zurückwich. Sie blickte einem Mann mit braunem Haar und einer langen Nase entgegen. Sein Atem stank unerträglich nach Bier, während seine Kleidung nach Rauch und Schweiß roch.

»Nein, danke, ich brauche keine Hilfe«, erwiderte sie und versuchte dabei so laut und bestimmt wie möglich zu klingen. Sie kannte das Benehmen betrunkener Männer nur zu gut, doch nur selten wurde sie tatsächlich von einem angefasst.

Ihre Stellung als Tochter des Wirts bewahrte sie zumeist vor solch einer Situation.

»Ach wirklich? Für mich sah das aber eben ganz anders aus«, erwiderte der Kerl undeutlich und wollte erneut nach ihrem Arm greifen. Schnell trat sie einen Schritt zur Seite und wich seiner Hand aus.

»Wie ich bereits sagte, ich brauche keine Hilfe.«

Danielles Herz schlug mit jedem verstrichenen Augenblick lauter, sie musste sich schleunigst aus dieser Situation befreien.

Sie musste einen Weg zurück zum Tresen finden und den Sichtkontakt zu diesem Ekel unterbinden, doch leider schien dieser genau zu wissen, was sie vorhatte und stellte sich ihr grinsend in den Weg.

»Lasst mich sofort durch«, rief sie bestimmt, doch klang ihre Stimme nicht annähernd so kräftig wie beabsichtigt.

»Nicht so schnell, Kleines. Ich würde gern noch einen Moment mit dir reden«, säuselte er und versuchte erneut nach ihrem Gesicht zu fassen.

»Das würde ich an deiner Stelle nicht tun«, grollte eine dunkle Stimme hinter dem Betrunkenen, der vor Schreck seine Finger zurückzog. Brix hatte sich zu voller Größe hinter dem Mann aufgebaut, der ihm nur knapp bis zu den Schultern reichte.

»Misch dich nicht in meine Angelegenheiten ein!«

Der widerliche Kerl trat einen Schritt nach vorn und musterte Brix angriffslustig.

»Du hast sie doch verstanden, oder? Sie möchte weder mit dir reden noch will sie von deinen dreckigen Fingern berührt werden«, erwiderte Brix mit unsagbar ruhiger Stimme, doch wirkte sein Blick nahezu stechend.

Danielle konnte nicht anders, als ihren Verteidiger mit pochendem Herzen zu beobachten. Schon bei ihrer ersten Begegnung war ihr sein Tonfall aufgefallen, welcher trotz der angespannten Situation der Ruhe selbst glich.

Er erinnerte sie an das tiefe Luftholen vor dem Angriff.

Seine stechend blauen Augen fixierten den Betrunkenen wachsam. Brix sah in der Tat aus wie ein Jäger, der seine Beute genauestens beobachtete, bereit, jeden Moment zuzuschlagen.

Auch seinem Widersacher schien diese auffallend ruhige Art ein wenig einzuschüchtern. Immer wieder begann er sich umzusehen, doch niemand wollte ihm helfen, lediglich ein paar Schaulustige richteten ihre Augen auf die ungleichen Kontrahenten.

»Ich ... ich wollte keinen Ärger machen. Ich wollte nur mit ihr reden.«

»Gut, du hast bereits mit ihr geredet und sie hat dir ihre Antwort gegeben. Jetzt wirst du dein Bier austrinken und dann so schnell wie möglich dieses Haus verlassen«, sprach Brix bedrohlich und deutete auf die Eingangstür, »ansonsten werde ich dafür sorgen, dass du in den nächsten Wochen nicht mal mehr ansatzweise in der Lage sein wirst, einen Krug zu heben.«

Danielle sah verblüfft, wie sich die Augen des Betrunkenen weiteten und er kurz seine Möglichkeiten abzuwägen schien. Dann jedoch zog er seinen Hut vom Tisch und wankte ohne ein weiteres Wort zur Tür hinaus.

Dereck

Dereck blickte dem dreckigen Bastard solange hinterher, bis die Tür ins Schloss fiel und er sich sicher war, dass er nicht noch einmal auf dem Absatz kehrt machen würde.

Er wusste nicht wieso, doch als er sah, wie dieses volltrunkene Schwein Danielle am Arm packte, war eine ungeahnte Wut in ihm aufgestiegen. Sie durchfuhr seinen gesamten Körper und füllte jede Faser davon aus.

Seine Finger zitterten noch immer, er musste sie zu Fäusten ballen.

Erst jetzt wurde Dereck bewusst, wie laut es um ihn herum war. Das Gerede, das Lachen und das Aufschlagen der Steinkrüge hallte in seinen Ohren wider und riefen verschiedene Erinnerungen in ihm wach.

Er sah sich selbst am Abend des vermeintlichen Verbrechens. Die Trauer um seinen Vater und die Abneigung gegen die bevorstehende Krönung wollte er in jener Nacht im Wein ertränken. Gemeinsam mit einigen seiner Männer ging er in die Taverne, um sich abzulenken und im besten Falle zu vergessen.

Er hatte viel getrunken, zu viel.

Seine Erinnerungen verschwammen im Laufe des Abends, sie wurden immer undeutlicher. Das erste, was er nach diesem Abend wieder klar und deutlich wahrnahm, war der blutüberströmte Körper seines Bruders und der besudelte Dolch in den Händen seines Onkels.

»Brix? Brix, ist alles in Ordnung?«

Eine Berührung riss Dereck schlagartig aus seinen Gedanken, während sich seine Muskeln fast schmerzlich verhärteten. Zwei hellblaue Augen musterten ihn besorgt und verwirrt zugleich. Sein Blick suchte den ihren, bevor er hinab zu der Stelle sah, an der sie ihn am Unterarm berührte.

Er fühlte sich an, als ginge seine Haut in Flammen auf.

»Ich muss hier raus«, hauchte er mit erstickender Stimme.

Danielle

Danielle verharrte an Ort und Stelle und schien so verwirrt, wie noch niemals zuvor.

»Was war das denn?«, fragte Catia aufgeregt und lief ihrer Freundin entgegen. Binette hatte sie beauftragt, die Küchenreste nach draußen zu schaffen, wo Brix sie beinahe umgerannt hätte.

»Ich weiß es nicht«, flüsterte Danielle in Gedanken versunken. Was war da bloß passiert? Er hatte ihr geholfen und sie vor diesem widerlichen Kerl in Schutz genommen, doch dann ist irgendetwas geschehen, etwas, was sie nicht begriff. Irgendetwas hatte ihn gänzlich aus der Fassung gebracht. Vielleicht war die Arbeit in einem Wirtshaus doch nicht das Richtige für ihn? Möglicherweise hätte er sich noch einen Abend ausruhen sollen, bevor er seinen Dienst antrat.

»Danielle, Catia, wo bleibt ihr denn?«

Maxime kam soeben die Kellertreppe hinauf und hielt einen großen Holzhahn mitsamt Hammer in der Hand. Vermutlich wollte er ein neues Fass anschlagen.

»Und wo um alles in der Welt steckt dieser nichtsnutzige Kerl?«

»Ich habe ihn kurz nach draußen geschickt«, log Danielle kurzerhand und dachte fieberhaft über ihre nächsten Worte nach.

»Wieso das? Hier drinnen gibt es wohl genug zu tun.«

»Ich habe ihn beauftragt, neues Spülwasser vom Brunnen zu holen«, erwiderte sie rasch und war selbst ein wenig verblüfft, wie leicht ihr diese Lüge über die Lippen glitt.

Maxime besah seine Tochter zweifelnd, doch dann schien er sich mit ihrer Antwort zufriedenzugeben.

»Na meinetwegen«, sprach er resigniert und zuckte teilnahmslos mit den Schultern.

»Ach und wegen des Angebotes von vorhin … «

»Es gibt kein Angebot, Danielle. Ich habe nein gesagt. Er wird nicht allein und mit meiner Muskete in den Wald verschwinden. Vermutlich war das eh nur ein Vorwand, um sich von der Arbeit fernzuhalten.«

»Er wäre nicht allein«, warf Catia ein und stellte sich lächelnd neben ihre Freundin.

»Wie darf ich das wieder verstehen?« fragte Maxime und stöhnte genervt auf. Catia erklärte dem Wirt kurzerhand von Cedrics Vorhaben und dass dieser im Zweifel ein Auge auf Brix haben könnte.

»Überleg doch, Papa, wenn seine Jagd tatsächlich erfolgreich wäre, könnten wir womöglich eine Menge Geld sparen«, sprach Danielle diplomatisch.

»Wir können es doch zumindest versuchen, immerhin haben wir nichts zu verlieren.«

Erneut wurden Rufe von den umliegenden Tischen und Danielle sah, wie ihr Vater allmählich nervös wurde.

»Dann tut meinetwegen, was ihr nicht lassen könnt«, fauchte er mit verschwitzter Stirn und richtete den Zeigefinger auf Catia, »Cedric wird ihn auf Schritt und Tritt begleiten und sobald ihm etwas Merkwürdiges an diesem Kerl auffällt, wird er mir jede noch so kleine Einzelheit berichten. Verstanden?«

»Da können sie sich sicher sein«, antwortete Catia ergeben und zwinkerte Danielle heimlich zu.

»Und jetzt will ich kein Wort mehr darüber hören! Ich habe genug von diesem Tag und dem ganzen Chaos drumherum. Was braucht dieser Kerl überhaupt so lang, um Wasser aus einem lächerlichen Brunnen zu ziehen? Dieser arrogante Bursche ist zu nichts zu gebrauchen.«

***

Danielle spürte die kühle Nachtluft auf ihrem Gesicht und atmete tief ein. Einmal mehr wurde ihr bewusst, wie ekelerregend sie Pfeifenrauch tatsächlich fand.

Mit wenigen Schritten ging sie um das Haus herum und trat in den Hinterhof, in dessen Mitte sich ein einfacher Brunnen befand. Sie sah sich um, drehte sich um ihre eigene Achse, doch von Brix fehlte jede Spur. Ein unheimliches Gefühl breitete sich in ihrem Magen aus. War er etwa gegangen? Hatte er sich still und heimlich aus dem Staub gemacht?

Es war merkwürdig, denn allein der Gedanke daran stimmte sie durchaus traurig. Doch dann überkam sie plötzlich ein neuer Gedanke, der sie auf direktem Wege zum Stall führte.

Sollte er ihnen tatsächlich den Rücken gekehrt haben, hätte er sein Pferd sicherlich nicht hiergelassen.

Mit einem Ruck zog sie die schwere Holzpforte zur Seite und versuchte in der Dunkelheit etwas zu erkennen. Das Mondlicht schien in dieser Nacht klar und hell vom Himmel herab und erleuchtete den Stall. Es dauerte einen Moment, doch als sie Brix' kräftige Gestalt erkannte, fiel ihr insgeheim ein kleiner Stein vom Herzen, der in einem sanften Lächeln auf ihren Lippen mündete.

Mit dem Rücken an einem langen Holzbalken gelehnt, stand der neben seinem schwarzen Hengst und hielt den Blick gesenkt.

»Und ich dachte schon, du hättest die Arbeit bei uns satt«, sprach sie und versuchte die bedrückende Stille zu durchbrechen. Ein kläglicher Versuch, wie sie befand.

»Das bisschen Arbeit kümmert mich nicht«, antwortete Brix schnaufend und sah weiterhin stur zu Boden.

Langsam ging die Wirtstochter auf ihn zu und richtete ihre Aufmerksamkeit auf den kräftigen Rappen neben ihm.

Sie strich dem Tier über die schwarze Mähne und klopfte behutsam auf seinen Hals. Es war ein wahrhaft schönes Tier, groß und stark und seinem Reiter nicht ganz unähnlich.

»Warum bist du vorhin gegangen?«, fragte Danielle beiläufig, ihr Augenmerk lag noch immer auf dem Pferd.

»Ich brauchte etwas frische Luft.«

Sie wusste, dass er abermals log. Sein Blick sprach Bände, doch er schien nicht willig, darüber zu reden. Ein leises Seufzen verließ ihre Lippen, bevor sie einen Schritt von dem Tier wegtrat und sich Brix gegenüberstellte.

»Weißt du, es ist schwer, Vertrauen aufzubauen, wenn man nichts über den anderen weiß.«

»Warum willst du mir vertrauen?«

Danielle dachte einen Augenblick über diese Frage nach, doch erstaunlicherweise fiel ihr die Antwort überaus leicht.

»Nun, du arbeitest jetzt für uns. Du wohnst und isst mit uns in einem Haus. Wenn du eine Zeit lang hier leben willst, werden wir jeden Tag zusammen sein und ich finde, Vertrauen spielt dabei eine große Rolle.«

Dereck

Dereck ließ diese Worte auf sich wirken und begann sie nach und nach zu verinnerlichen. Er dachte an Danielles Berührung zurück und wie sie ihn damit aus seinen schrecklichen Erinnerungen riss. Vielleicht war es nur Zufall, doch in diesem Moment brachte sie ihn dazu, erneut die Kontrolle zu erlangen und sich nicht von seinen verhassten Gefühlen überwältigen zu lassen. Dies war vollkommen neu für ihn, das musste er sich eingestehen, doch es änderte dennoch nichts.

»Ich kann dir nichts von meiner Vergangenheit erzählen«, sprach er knapp und schüttelte resigniert den Kopf.

Sie würde ihn auslachen oder gar sofort verjagen. Wenn er nicht einmal ansatzweise wusste, was der Wahrheit entsprach, wie sollte er sich dann ihr gegenüber erklären?

»Na gut«, antwortete Danielle und holte tief Luft.

»Dann beantworte mir wenigstens eine Frage.«

Dereck zog die Stirn in Falten, doch schaffte er es endlich, ihr in die hellblauen Augen zu blicken. Das hereinfallende Mondlicht spiegelte sich darin wider und verlieh ihrem Aussehen eine einzigartige Erscheinung. Zum ersten Mal wurde ihm in diesem Moment bewusst, dass sie durchaus schön war.

»Muss ich mir Sorgen um meinen Vater oder um irgendjemanden aus meiner Familie machen?«

Verwundert zog Dereck die Stirn in Falten und begegnete ihrem erwartungsvollen Blick.

»Nein. Nein, das musst du nicht«, erwiderte er zögerlich, doch verspürte er tief in seinem Inneren eine nagende Unsicherheit. Mit solch einer Frage hatte er wahrlich nicht gerechnet. Danielle schien klüger als gedacht, sie schaffte es sogar, ihn aus der Reserve zu locken.

Ein seltener und durchaus beunruhigender Zustand.

Natürlich hatte er nicht vor, ihr oder irgendjemanden hier zu schaden. Er wollte nur sein Geld verdienen und dann weiterziehen. Auch wenn die unterschwellige Stimme in seinem Kopf ihn beständig daran erinnerte, dass er auch seinem Bruder niemals ein Leid hatte zufügen wollen, so versuchte er dennoch, sich auf seinen Instinkt zu verlassen.

Auf sein Herz, welches nach wie vor kalt und verbittert in seiner Brust schlug. Nein, er würde ihr nicht wehtun.

Weder ihr noch ihrer Familie.

»Ausgezeichnet. Dann muss ich mir ja keine Gedanken machen, wenn du morgen mit Cedric in den Wald fährst. Jetzt kannst du zeigen, was für ein toller Jäger du wirklich bist.«

Derecks Herz sprang ruckartig einen Satz nach vorne, während er hoffte, sich soeben verhört zu haben.

»Ich werde was? Mit wem?«

»Cedric muss morgen in den Wald fahren, um Holz für die Brennöfen in der Schmiede zu schlagen. Er wird dich also in aller Früh mitnehmen, so dass du genügend Zeit hast, dein Können unter Beweis zu stellen«, erklärte Danielle schmunzelnd.

»Cedric? Der Schmied, der dich heute Morgen noch vor mir gewarnt hat?«

»Ja, genau der. Und mach dir keine Sorgen, er weiß von seinem Glück ebenfalls noch nichts, aber Catia wird ihm alles genau erklären«, sprach Danielle und lächelte zuversichtlich.

»Wir müssen jetzt übrigens wieder rein. Ich habe meinem Vater gesagt, dass du Wasser aus dem Brunnen holst.«

Dereck blickte der jungen Frau verblüfft hinterher und konnte kaum glauben, was sie da von sich gab.

Wieso hatte ihr Vater es sich auf einmal anders überlegt? Warum musste er ausgerechnet mit diesem Cedric fahren, und was hatte das Küchenmädchen damit zu tun?

Dereck stöhnte frustriert auf und stieß sich erschöpft vom Holzbalken ab.

Morgen würde er also entweder maßgeblich in der Gunst des Wirts steigen oder er würde dem Sohn des Schmieds eine Kugel verpassen.

So oder so, der kommende Tag würde spannender werden, als erwartet.

»Ach und Brix?«

Danielle hatte die Stalltür bereits erreicht und drehte sich noch einmal zu ihm um. Erneut umfing das helle Mondlicht ihre schlanke Silhouette und brachte ihre Augen zum Funkeln. Sie erinnerten ihn an die unzähligen Sterne am Firmament.

»Danke für deine Hilfe vorhin. Ich glaube, diesen Mistkerl sehen wir so schnell nicht wieder.«

6. Jagdrivalität

Danielle

»Sie kommen!«

Danielle öffnete schwungvoll die Tür und hielt dabei einen Korb mit frischen Eiern in den Händen.

Leichten Schrittes tänzelte sie durch den Gastraum, stellte den Korb auf dem Tresen ab und trat an Dereck heran.

»Den Rest kannst du ruhig mir überlassen«, sprach sie lächelnd und deutete auf die übrigen Tische und Stühle, die er bis zu diesem Zeitpunkt hatte reinigen müssen.

Mit einem ausgedehnten Seufzer warf Brix das benutzte Leinentuch in einen nahestehenden Eimer und schaute missmutig auf.

»Du strahlst ja wirklich wie der helle Tag«, sprach Danielle amüsiert und konnte ein Schmunzeln nicht unterdrücken. Womöglich war es ein wenig gemein, doch den Spieß endlich umzudrehen und ihrerseits eine spitze Bemerkung fallen zu lassen, verlieh ihr ein Gefühl höchster Zufriedenheit.

»Oder beginnst du bereits, an deinem Können zu zweifeln?«

Brix schnaufte verächtlich und griff nach einem dunkelbraunen Ledermantel, der bis zu diesem Zeitpunkt lieblos über einer Stuhllehne hing.

»Ich bin gespannt, wie groß dein Mundwerk sein wird, wenn ich heute Abend mit meiner Beute zurückkehre«, erwiderte er gelassen und schenkte ihr ein gekonntes Lächeln.

»Siegessicher wie eh und je«, entgegnete Danielle und verdrehte die Augen.

Sein Hochmut kannte wahrlich keine Grenzen. Entweder war er tatsächlich ein so exzellenter Jäger oder aber er versteckte seine Unsicherheit besser als jeder andere.

***

»Guten Morgen.« Catia sprang mit einem Satz vom Wagen ihres Verlobten und umarmte Danielle mit einem liebevollen Lächeln.

»Ein herrlicher Tag, nicht wahr?«

»Das wird sich noch zeigen«, murmelte Brix angespannt und musterte seinen neuen Begleiter abschätzend. Auch Cedric schien an diesem Morgen nicht sonderlich guter Dinge zu sein. Mit wehmütigem Blick sah er Catia nach und wirkte alles andere als glücklich.

»Bist du wirklich sicher, dass das eine gute Idee ist?«, flüsterte Danielle und sah zwischen den beiden Männern umher.

»Ach was, die werden sich schon aneinander gewöhnen«, erwiderte die Küchenmagd und winkte locker ab.

»Guten Morgen, Cedric.«

Maxime trat mit großen Schritten aus dem Gasthaus und schenkte dem Sohn des Schmieds ein aufrichtiges Lächeln.

»Es ist sehr nett von dir, dass du unseren neuen Angestellten mit in den Wald nimmst.«

»Ach was, ich habe Danielle versprochen, euch zu helfen«, antwortete Cedric, während er den Blick auf Brix richtete und sich seine Miene verfinsterte, »wie auch immer diese Hilfe aussehen mag.«

»Dafür hast du etwas gut bei mir. Dein Vater natürlich auch«, antwortete der Wirt und richtete seine Aufmerksamkeit auf Brix. Mit einer raschen Bewegung warf er die Muskete in seine Richtung.

»Jetzt werden wir ja sehen, was in dir steckt.«

Ein letztes Mal bedachte er Brix mit einem misstrauischen Blick, wendete sich dann kopfschüttelnd ab und stapfte schweren Schrittes zurück ins Gasthaus.

»Ich glaube, ich muss mich allmählich für meinen Vater entschuldigen«, sprach Danielle zerknirscht und rieb sich nachdenklich den Unterarm.

»Ich weiß gar nicht, was du das meinst«, antwortete Brix sarkastisch und lächelte gespielt.

»Nun macht schon und fahrt endlich los. Je eher ihr euch in Bewegung setzt, desto schneller seid ihr wieder hier«, sprach Catia auffordernd und ging zum Wagen ihres Verlobten zurück. Mit einem koketten Lächeln schwang sie sich auf den Fußtritt, zog Cedric an sich heran und hauchte ihm einen Kuss auf die Lippen.

»Pass auf dich auf und nochmals vielen Dank.«

Der finstere Ausdruck in den Augen des Schmieds verschwand umgehend und wich einem sanften Funkeln.

»Das Problem ist, dass ich dir nichts abschlagen kann.«

»Und das ist auch gut so«, erwiderte die Küchenmagd grinsend.

Danielle besah das verliebte Pärchen und schlug lächelnd die Augen nieder. Sie gönnte ihren Freunden alles Glück der Welt, dennoch konnte sie das leise Gefühl der Wehmut nicht gänzlich ignorieren.

»Möchtest du auch einen Abschiedskuss von mir?«

Die Frage kam so überraschend und plump zugleich, dass es ihr schier die Sprache verschlug. Mit empörtem Blick und leicht geöffnetem Mund starrte sie Brix entgegen, während sich dieser grinsend die Muskete über die Schulter warf.

»Vielleicht solltet ihr, anstatt in den Wald zu fahren, lieber einen Heiler aufsuchen. Der Schlag auf den Kopf hat eindeutig dein Urteilsvermögen beeinträchtigt«, gab sie zurück und verschränkte die Arme vor der Brust. Sie spürte darunter den schnellen Takt ihres verräterischen Herzens und hätte sich am liebsten selbst geohrfeigt.

»Oder es geschärft«, konterte er gelassen und zwinkerte ihr obendrein noch einmal zu.

Mit sicherem Schritt stellte Brix seinen Stiefel auf den Fußtritt des Wagens und schwang sich anschließend auf die hölzerne Bank. Kaum hatte er sich jedoch neben den Schmied gesetzt, nahm er sogleich eine versteifte Haltung ein.

Danielle glaubte sogar, die Feinseligkeit der beiden mit bloßen Augen sehen zu können.

Ohne ein weiteres Wort zu sagen, gab Cedric seinem Pferd die Zügel, woraufhin sich die hölzernen Räder unter quietschenden Geräuschen in Bewegung setzten.

»Hoffentlich haben wir heute Abend keinen Todesfall zu beklagen«, flüsterte Danielle besorgt, bevor sie zögerlich ins Gasthaus trat.

Dereck

Es dauerte nicht lange, bis sie den kleinen Ort hinter sich gelassen hatten. Die frühe Morgensonne schien strahlend hell vom Himmel und versprach einen warmen Spätsommertag.

Cedric führte sein Pferd auf einer sandigen Landstraße, die zu beiden Seiten von Feldern und Wiesen gesäumt wurde. Keiner verlor bisher ein einziges Wort oder gönnte dem anderen auch nur den kleinsten Blick. Während der Schmied die Augen stur geradeaus richtete, widmete sich Dereck voll und ganz den weiten Getreidefeldern. Auch wenn er sein Herz für immer an die raue Küste Cliffhalls verloren hatte, so musste er dennoch zugeben, dass die Silvaron Region eine wahrhaft schöne Landschaft besaß.

Er konnte Danielles Hingabe für Montelans und seine blühende Umgebung durchaus nachvollziehen. Sie schien generell ein Mensch zu sein, der zu leidenschaftlichen Ansichten neigte und dachte im Zuge dessen an ihr Gespräch der letzten Nacht zurück.

Es war merkwürdig, dass sie sich anschickte, ihm vertrauen zu wollen, obwohl sie rein gar nichts über ihn wusste.

Eine leichtsinnige und überaus naive Einstellung. Seit dem Tod seines Bruders achtete er penibel darauf, keinen engeren Kontakt zu irgendeinem Menschen aufzubauen.

Solang er alleine war, besaß er die Kontrolle über sich und sein Handeln. Es konnte niemals zu einem Zwischenfall oder zu einer unüberlegten Tat kommen. Doch nun war da plötzlich diese junge Frau, die es wagte, ihm unleidliche Fragen über sich und seine Vergangenheit zu stellen. Ihm war durchaus bewusst, dass es ihr hätte egal sein können, ob er blutend und bewusstlos in ihrem Stall lag. Allein seine unfreundliche Art und Weise hätte sie dazu veranlassen können, ihn kurzerhand vom Hof zu jagen oder ihm die Waffe ihres Vaters auf die Brust zu setzen.

Dennoch tat sie nichts dergleichen.

Im Gegenteil, sie kümmerte sich um seine Wunden und setzte sich obendrein sogar für ihn ein. Wieso sie das tat, war ihm zwar nach wie vor schleierhaft, doch es konnte ihm schlussendlich vollkommen egal sein.

Er begann diesen Aufenthalt mit einer Lüge und würde ihn mit eben jener Lüge beenden. Er spielte lediglich ein Spiel, nicht mehr und nicht weniger.

»Und du bist also Jäger?«

Dereck konnte nur beschwerlich ein erschrockenes Zucken unterdrücken. Musste dieser Kerl ihn so plötzlich aus seinen Gedanken reißen?

»Ja«, erwiderte er knapp und richtete seinen Blick stur geradeaus. Was sollte das hier werden? Er hatte weder Lust noch die Geduld, diesem Cedric auch nur eine einzige Frage zu beantworten.

»Und wieso besitzt du keine eigene Waffe?«

»Wie bitte?«

»Nun, sämtliche Jäger die ich kenne, tragen eine eigene Waffe bei sich. Da du aber auf Maximes Muskete angewiesen bist, gehe ich davon aus, dass du keine eigene besitzt«, gab Cedric zurück und musterte ihn eindringlich.

Derecks Augen verengten sich zu Schlitzen, während sein Kiefer zu mahlen begann. Sollte das hier etwa ein Verhör werden? Wahrscheinlich hatte der Wirt ihn damit beauftragt.

»Ich habe meine Waffen verkauft«, log er unter zusammengebissenen Zähnen und fühlte sich zunehmend in die Enge gedrängt.

»Und wieso um alles auf der Welt verkauft ein Jäger seine Waffen?«

»Sehe ich etwa aus wie ein Weibsbild, das dir einen Schlag aus ihrem Leben erzählt? Kümmere dich um deine eigenen Belange oder verhör meinetwegen dein Pferd«, bellte Dereck zurück und spürte eine brodelnde Wut in sich aufsteigen.

Am liebsten wäre er umgehend von diesem klapprigen Wagen gesprungen und hätte sich kurzerhand aus dem Staub gemacht.

Cedric blieb währenddessen jedoch vollkommen gelassen und frönte seiner sarkastischen Bemerkung lediglich mit einem hohen Pfiff und einem amüsanten Lächeln auf die Lippen.

»Catia erwähnte bereits, dass du unter einem kleinen Wutproblem leidest.«

»Wutproblem?«, wiederholte Dereck ungläubig und meinte, sich verhört zu haben. Dieser Hinterwäldler hatte wahrlich keine Ahnung, mit wem er es eigentlich zu tun hatte.

Was erlaubte er sich?

»Allerdings. Weißt du, die Frauen reden. Und damit meine ich, dass Danielle und Catia über alles reden, wirklich alles«, offenbarte Cedric und zuckte lediglich mit den Schultern, als er Derecks zornigen Blick bemerkte.

»Ich habe keine Ahnung, wovon du sprichst«, erwiderte dieser ungehalten und dachte augenblicklich an den gestrigen Vorfall zurück. Sicher hatten sich die beiden Weibsbilder längst darüber ausgetauscht.

»Na, wie dem auch sei, es war jedenfalls sehr nett von dir, Danielle vor diesem schmierigen Bastard zu beschützen«, sprach Cedric versöhnlich und richtete den Blick geradeaus.

»Das hat deine Verlobte dir erzählt?«

»Naja, nicht ganz. Danielle hat es ihr zuerst erzählt, doch Catia und ich haben keine Geheimnisse voreinander.«

Dereck horchte überrascht auf und spürte, wie die innere Wut einem anderen, nicht gänzlich definierbarem Gefühl wich.

War es Freude oder Genugtuung? Er wusste es nicht genau und dennoch hob es seine Mundwinkel ein wenig an. Danielle hatte also ihrer Freundin von ihm erzählt. Sie redete über ihn. Ein interessanter Gedanke.

»Tja, das ist nicht unbedingt etwas Neues für mich. Die Frauen haben schon immer viel über mich und meine Taten gesprochen.«

»Oh ja, und deine maßlose Selbstherrlichkeit hat Danielle ebenfalls erwähnt«, sprach Cedric amüsiert und fuhr sich mit den Fingern durch das blonde, schulterlange Haar.

»Aber ganz im Ernst, ich finde es gar nicht mal so schlecht, wenn ein weiterer Mann im Gasthaus zugegen ist. Vor allem während der Saison. Schließlich gibt es immer wieder Probleme mit betrunkenen und anstandslosen Wegelagerern.«

Dereck wusste wahrlich nicht, was er von diesem Kerl halten sollte. Einerseits wollte er ihn augenscheinlich aushorchen, doch andererseits waren seine Worte durchaus freundlicher Natur. Vielleicht konnte er sich zumindest Letzteres zunutze machen.

»Früher hatte wohl Danielles Bruder diese Aufgabe inne?«

Cedrics Lächeln erstarb und er richtete den Blick erneut in die Ferne.

»Sie hat es dir erzählt?«

»Nur äußerst knapp«, erwiderte Dereck und versuchte, den Ausdruck des Schmieds zu deuten. Er vermutete, dass er ernsthaft abzuwägen schien, wie viel er von Danielles Bruder preisgeben konnte.

Für einen kurzen Moment sagte niemand etwas. Lediglich der fröhliche Gesang der Vögel vermischte sich mit den klappernden Geräuschen des Wagens. Doch während Dereck bereits die Hoffnung aufgeben wollte, war es schließlich Cedric, der die Stille durchbrach.

»Marcus' Verlust hat Danielles gesamte Familie zerrissen«, sprach er bedrückt und holte tief Luft.

»Als Fürst Lingus damals den Befehl erhielt, sämtliche junge Männer Silvarons in den Kampf gegen Tenebris zu schicken, sah Danielles älterer Bruder seine Zeit gekommen. Schon immer war es sein Traum gewesen, die anderen Regionen zu sehen und endlich ein richtiges Abenteuer zu erleben«, erzählte Cedric und verzog traurig das Gesicht, »auch wenn Danielle und ihre Mutter strikt gegen seine Einberufung waren und Marcus regelrecht anflehten, bei ihnen zu bleiben, platzte Maxime fast vor Stolz. Die Ängste von Frau und Tochter tat er als übertriebene Fürsorge ab.«

Ein flaues Gefühl breitete sich in Derecks Magen aus. Er wusste nicht, ob er den Rest dieser Geschichte hören wollte, denn er glaubte, ihr Ende bereits zu kennen. Vor knapp fünf Jahren hatte das Sturmheer, bestehend aus den besten und fähigsten Soldaten Rokariens, mehrere Niederschläge verkraften müssen. Über einen ungesicherten Pfad im Lapisgebirge drangen tenebrianische Truppen in die Veldun Region vor. Sie überfielen mehrere Dörfer, plünderten und brandschatzten. Alles, was sich ihnen in den Weg stellte, wurde auf brutalste Art und Weise niedergemetzelt. Dereck, der zu dieser Zeit bereits das Sturmheer befehligte, bat seinen Vater aufgrund dieser Ereignisse, ihm mehr Männer nach Veldun zu schicken. Es waren lange und verlustreiche Kämpfe. Auf beiden Seiten.

»Warst du auch an der Front?«, fragte er mit belegter Stimme und spürte ein Kratzen im Hals.

»Nein, ich musste bleiben und unsere Soldaten auf anderem Wege unterstützen. Ich erinnere mich noch gut daran, wie mein Vater und ich Tag und Nacht in der Schmiede zubrachten. Wir arbeiteten ohne Unterlass. Egal ob Schwerter, Dolche oder Rüstungsteile, es wurde alles gebraucht. Kaum war ein Transportwagen beladen, rollte bereits der nächste an«, antwortete Cedric betrübt und musste hörbar schlucken.

»Zwei Monate später, es war bereits Winter und bitterkalt, kam ein Bote des Sturmheeres ins Dorf. Er trug eine Liste bei sich, auf der die Namen derjenigen standen, die nicht mehr nach Hause kommen würden. Zehn junge Männer aus Montelans waren im Kampf gefallen. Marcus war einer von ihnen.«

Dereck senkte den Blick und ballte unbewusst die Hände zu Fäusten. Seine Fingernägel bohrten sich in die Haut der Innenflächen und hinterließen dort tiefe Abdrücke. Er wusste nur zu gut, wie schrecklich die Auswirkungen des Krieges sein konnten. Bereits während seiner Ausbildung wurde er bewusst darauf geschult, sich ausschließlich auf die vermeintlich positiven Aspekte des Krieges zu konzentrieren. Auf den glanzvollen Sieg, den darauffolgenden Ruhm und die Sicherheit für Land und Leben.

Ermutigt durch die Worte alter Männer, zogen die jungen Soldaten euphorisch aufs Schlachtfeld und wurden erst dort mit der brutalen und grausamen Wahrheit konfrontiert. Danielles Bruder schien das beste Beispiel dafür zu sein. Natürlich war es unvermeidbar, dass tapfere Männer im Gefecht starben, so war nun mal der Lauf der Dinge, doch solche Schicksalsschläge aus nächster Hand zu erfahren und das dadurch ausgelöste Leid in den Augen der Hinterbliebenen zu sehen, war selbst für einen gestandenen Heerführer nicht einfach. Obwohl Dereck glaubte, dass ihn die Jahre hatten abstumpfen lassen, so musste er dennoch feststellen, dass ihn Marcus' Schicksal durchaus berührte. Mitleid war eine Empfindung, die er nur äußerst selten verspürte, doch in diesem Moment schien sie ihn wie eine Welle zu erfassen und mitzureißen.

»Wie haben sie es aufgenommen?«, fragte er mit gebrochener Stimme und musste sich umgehend räuspern. Nun verstand er, wieso Danielle den Krieg derart verabscheute.

»Die Familie war vollkommen am Boden zerstört. Diane konnte es nicht verkraften, dass ihr einziger Sohn und Erbe nicht mehr wiederkam«, erklärte Cedric und wurde mit jedem Wort leiser, »nach dieser Nachricht haben wir sie niemals wieder lächeln sehen. Während Maxime seine Trauer hinter einer starren Maske verbarg und sich vollends in die Arbeit stürzte, wurde seine Frau krank. Obwohl Danielle Tag und Nacht am Bett ihrer Mutter verbrachte, gab es niemanden, der Diane helfen konnte. Sie starb nur drei Monate nach Marcus' Fall. Seit jenen Tagen führen Danielle und Maxime das Gasthaus allein und wir versuchen sie eben so gut es geht zu unterstützen.«

Obwohl Dereck den Drang verspürte, irgendetwas zu sagen, blieben seine Lippen dennoch verschlossen. Was war in solch einer Situation angemessen? Hatte er überhaupt das Recht, irgendetwas zu erwidern? Er war durchaus erstaunt, wie offen und ehrlich sich der Schmied ihm anvertraute. Ihm, den er weder kannte, noch vertraute. Dennoch wurde er das Gefühl nicht los, dass Cedric genau auf solch einen Moment gewartet hatte. Nach einer Gelegenheit, die traurigen Geschehnisse auszusprechen und seine Seele zu entlasten.

Allmählich begann er zu verstehen, wie nahe sich die Leute in diesem kleinen Dorf standen.

»Wir sind gleich da«, sprach der Schmied und schien das Thema schließlich wechseln zu wollen. Er deutete mit dem Kopf in Richtung der vielen Bäume, die sich mittlerweile immer größer und zahlreicher vor ihnen auftaten und schon bald ihre Sicht auf den klaren, blauen Himmel verdunkelten. Der Wald rückte nun mit jedem Radschlag näher und noch ehe sie sich versahen, waren sie umgeben von uralten Eichen und Buchen. Ihre starken Stämme ragten wie die Türme einer mächtigen Festung empor und bildeten ein natürliches Dach aus Laub und Ästen. Am Fuße wurden sie von den zarten Wedeln der Gräser und Farne liebkost, dessen feingliedrige Blätter sich über dem gesamten Waldboden erstreckten. Nur vereinzelt brachen die wärmenden Strahlen der Sonne durch die dichten Baumkronen herab und tauchten die Umgebung in ein magisches Zwielicht.

Es dauerte nur wenige Augenblicke, bis Dereck vollkommen gefangen von der natürlichen Schönheit dieses Ortes war.

Noch Stunden hätte er damit zubringen können, sich umzusehen und jedes noch so kleine Detail zu verinnerlichen.

Seit jeher fühlte er sich der Natur verbunden. Egal, ob es sich um die endlose Weite des Meeres oder die Geborgenheit eines dichten Waldes handelte. Hier konnte er die Freiheit spüren, hier fühlte er sich von sämtlichen Regeln und Pflichten losgelöst. Nur in solch einer Umgebung gelang es seinem getriebenen Geist, zu rasten.

»Siehst du den Platz an der Biegung dort vorne?«, fragte Cedric und lenkte Derecks Aufmerksamkeit auf eine lichte Stelle am Rande des Weges. Umgestürzte Baumstämme und abgesägte Stümpfe zeugten von bereits getätigten Arbeiten.

»Dort werde ich die nächsten Stunden zubringen. Du kannst derweil losziehen und dein Wild jagen. Wenn du fertig bist, kommst du hierher zurück und kannst mir beim Aufladen helfen.«

Dereck entwich ein widerwilliges Schnaufen. Er war es nicht gewohnt, Anweisungen zu befolgen, schon gar nicht von so einem einfachen Dorfmenschen.

»Kann ich sonst noch etwas für dich tun? Soll ich uns auf dem Rückweg vielleicht noch ein paar Pilze sammeln?«, fragte er sarkastisch und sprang mit einer leichtfüßigen Bewegung vom Wagen. Sofort durchfuhr der Schmerz seinen Brustkorb und erinnerte ihn an seine gebrochene Rippe. Nur sein unangefochtener Stolz befähigte ihn dazu, keinerlei Miene zu verziehen.

»Ganz schön große Worte für jemanden, der nun gemütlich durch den

Wald flaniert, während andere ihre Muskelkraft sprechen lassen«, konterte Cedric und zügelte sein Pferd nur widerwillig.

»Nun, jedem gebührt eben das, was ihm zusteht«, erwiderte Dereck und zuckte lediglich mit den Schultern.

»Wie halten es die Durands bloß mit dir aus?«

»Ist das denn nicht offensichtlich?«

»Also bisher sehe ich nur einen arroganten Kerl, der die Schmerzen seiner gebrochenen Rippe überspielen will.«

Ein ertapptes Funkeln glänzte in Derecks blauen Augen auf. Leider schien seine neuerliche Begleitung nicht so dumm wie gehofft. Ganz im Gegenteil sogar.

»Ich glaube, du vergisst, wer von uns beiden hier eine Waffe in den Händen hält.«

»Um mir Angst zu machen, musst du schon wesentlich bessere Geschütze auffahren, als eine alte Muskete«, antwortete Cedric noch immer grinsend und gab seinem Pferd erneut die Zügel, »ach und Brix, es wäre ungemein nett von dir, wenn du dich nicht aus dem Staub machen würdest.«

Dereck blickte dem Schmied verärgert nach und stieß schnaubend die Luft aus.

»Wie könnte ich denn? Jetzt, wo wir uns so gut verstehen«, rief er spöttisch zurück und betrat kopfschüttelnd den Wald. Er würde Danielle und ihren hinterwäldlerischen Freunden schon beweisen, was wahrlich in ihm steckte. Er brauchte weder einen Titel noch den Ruhm vergangener Tage, um seinen wahren Wert zu zeigen.

Als seine schweren Stiefel den weichen mit Moos und Gräsern bedeckten Waldboden berührten, veränderte sich Derecks Wahrnehmung. Seine gesamte Konzentration gehörte nun einzig und allein der Umgebung um ihn herum. Er vernahm den seichten Wind, der sich in den Baumkronen verfing und das Laub zum Tanz aufforderte. Auch das Plätschern eines nahegelegenen Flusses drang an seine Ohren. Mit etwas Glück, könnte er dort eine flache Stelle finden, die die Tiere des Waldes als Tränke nutzten.

Dereck spürte, wie seine Atmung mit jedem Augenblick tiefer und ausgeglichener wurde. Hier schienen alle Sorgen und Nöte kleiner zu werden. An jenem Ort fiel es ihm bedeutend leichter, ungeliebte Erinnerungen auszublenden und sich die schönen Momente ins Gedächtnis zu rufen. Momente, die er mit seinem Vater und seinem Bruder in den Wäldern von Cliffhall verbrachte.

Dereck war sich sicher, dass er an diesem Tag erfolgreich sein würde, ganz gleich, wie viel Wild die Jäger des Fürsten bereits erlegt hatten. Die Hirschbrunft war bereits in vollem Gange, während Wildgänse in Scharen durch die Lüfte flogen. Er brauchte nur etwas Geschick und ein Quäntchen Glück, um Danielle und den Rest seiner neuen Bekanntschaften von sich zu überzeugen.

Auf leisen Sohlen bewegte er sich durch den Wald, immer darauf bedacht, kein Geräusch von sich zu geben und eine plötzliche Bewegung zu vermeiden. Schon nach kurzer Zeit hatte er den kleinen Fluss entdeckt, der sich kurvenreich um die hohen Bäume zog. Ein angenehmes Kribbeln durchfuhr Derecks Körper und endete erst in seinen Fingerspitzen.

Mit ruhigem Griff umfasste er den Abzugsbügel der Muskete ein wenig fester und war sich sicher, den idealen Ausgangspunkt gefunden zu haben, um eine mögliche Beute zu erspähen. Er brauchte sich nur im Schatten der Bäume aufzuhalten, den Blick über den Flusslauf schweifen lassen und zu warten.

Danielle

»Du lieber Himmel, Danielle. Wenn du das Holz weiter derart schrubbst, wird der Tresen irgendwann zusammenbrechen«, sprach Catia und musterte ihre Freundin schmunzelnd.

»Wie bitte?«

Die Wirtstochter blickte erschrocken auf und erkannte erst jetzt, dass sie bereits seit ewiger Zeit die gleiche Stelle putzte. Sie war vollkommen in Gedanken versunken und hatte nicht mehr auf ihre Hände geachtet.

Der Nachmittag war längst angebrochen, die ersten Gäste bereits eingekehrt, doch von Cedric und Brix fehlte noch immer jede Spur.

»Du machst dir viel zu viele Sorgen«, stellte Catia beiläufig fest und sortierte mehrere Krüge in ein Regal ein.

»Umso erstaunter bin ich, dass du dir anscheinend gar keine machst«, erwiderte Danielle nachdenklich.

»Das stimmt so nicht. Auch ich mache mir schon meine Gedanken, aber ich vertraue Cedric und außerdem hat er mir versprochen, nett zu Brix zu sein.«

Es war auch nicht Catias Verlobter, um den Danielles Gedanken kreisten. Vielleicht war sie unsicher, ob Brix tatsächlich sein Wort halten würde oder doch die Gunst der Stunde ergriff und sie im Stich ließ. Möglicherweise war es auch seine aufbrausende Art und Weise, die ihn in gewisser Hinsicht unberechenbar machte. Was wäre, wenn die beiden sich stritten? Wenn sie sich gegenseitig hochschaukelten und sich am Ende doch an die Kehle sprangen? Frustriert von ihren eigenen schwarzmalerischen Gedanken stöhnte sie leise auf und griff nach einem hölzernen Tablett. Selbst die Arbeit schien ihr heute keinerlei Ablenkung zu verschaffen.

Weitere Stunden zogen dahin und allmählich ging der Nachmittag in den Abend über. Die Sonne kam dem Horizont bereits sehr nahe und tauchte den Himmel in warme Rot- und Gelbtöne. Die Luft wurde vom schweren Duft der Wildblumen gesättigt, den ein seichter Wind von den umliegenden Wiesen bis zu ihrem Hof trug. Nun, da mit jedem Tag die Sonne ein wenig früher unterging, würde der stürmische Herbst nicht mehr lange auf sich warten lassen.

Mittlerweile traten immer mehr hungrige und durstige Reisende durch die Tür des Gasthauses und gesellten sich zu den bereits eingekehrten Stammgästen.

»Ich gehe kurz zum Brunnen und hole frisches Wasser«, rief Danielle ihrem Vater zu und griff nach zwei leeren Eimern.

Vereinzelte Schleierwolken umrahmten die abendliche Szenerie eines tiefroten Himmels. In einiger Entfernung konnte sie die Silhouette eines Vogelschwarms erkennen, der ihr ein zartes Gefühl von Sehnsucht verlieh. Wie es wohl sein musste, die Flügel auszubreiten und durch die Lüfte zu gleiten?

Schwerelos von Ort und zu Ort zu fliegen und sich einzig von seinem Herzen leiten lassen?

Zu gern hätte Danielle noch einen Augenblick länger verweilt, doch die lauten Stimmen aus dem Gastraum drangen sogar durch die geschlossene Tür zu ihr hinaus und riefen sie in die Gegenwart zurück.

Ihrem Schicksal ergeben lief sie mit einem Eimer in jeder Hand zum Brunnen im Hinterhof, als sie plötzlich innehielt und den Kopf ein wenig anhob. Hatte sie gerade das klappernde Geräusch von Wagenrädern vernommen? Sie verharrte an Ort und Stelle und lauschte genauer. Zu ihrer Freude hörte sie abermals den bekannten Laut und noch ehe sie sich versah, hatte sie die Eimer bereits zu Boden geworfen und lief zurück zum Eingang des Gasthauses.

Ihr suchender Blick glitt die sandige Straße hinunter, wo sie zu ihrer Freude den alten Wagen erkannte, der gemächlich auf sie zusteuerte und auf dessen Sitzbank deutlich die Umrisse zweier Männer zu erkennen waren.

»Doch kein Todesfall«, flüsterte sie erleichtert und kam sich bereits im nächsten Moment schrecklich albern vor. Wieso hatte sie bloß an den beiden gezweifelt? Mit einem Mal kamen ihr all die Befürchtungen und Sorgen völlig unbegründet und beinahe lachhaft vor.

»Tut mir leid, dass wir erst so spät zurückkommen, doch unser großer Jäger hier nahm seine Aufgabe doch ernster als erwartet«, verkündete Cedric grinsend und deutete auf Brix, welcher in diesem Moment vom Wagen stieg und neben Danielle zum Stehen kam.

»Großer Jäger?«, wiederholte sie verwirrt und musterte die beiden Männer genauer. Irgendetwas schien anders zu sein, die Feindseligkeit vom heutigen Morgen war nicht mehr annähernd zu spüren. Beide wirkten zu ihrer Verblüffung beinahe entspannt.

»Schieb die Schuld nicht auf mich. Wärst du mit deiner hochgelobten Muskelkraft etwas schneller gewesen, wären wir längst zurück.«

»Also wart ihr erfolgreich?«, hakte Danielle nach und musterte Brix hoffnungsvoll. Obwohl seine blauen Augen ein wenig müde wirkten, grinste er über das ganze Gesicht.

»Überzeug dich doch selbst«, antwortete er und deutete auf die Ladefläche des Wagens. Gerade wollte die Wirtstochter einen Schritt nähertreten, als die Tür zum Gasthaus abermals schwungvoll geöffnet wurde und Catia lächelnd hinaustrat. »Ich wusste doch, dass ich deine Stimme am Küchenfenster gehört habe«, sagte sie lachend und begrüßte ihren Verlobten herzlich.

Danielle besah währenddessen die Ladefläche, doch konnte sie außer mehreren dunklen Leinendecken nichts erkennen. Fragend richtete sie ihren Blick auf Brix, der daraufhin an ihre Seite trat und mit einem Ruck die Decken zur Seite zog.

»Ach du meine Güte.«

Danielle schlug verblüfft die Hände vor den Mund und konnte kaum glauben, was sie sah. Dort lagen wahrhaftig ein erlegter Hirschbock und zwei Wildgänse.

»Das ist ja unglaublich«, flüsterte sie und war schier sprachlos. Brix hatte sein Wort tatsächlich gehalten, er hatte weder gelogen, noch übertrieben.

»Ich hatte zwar eher mit einem Dankeschön gerechnet, aber mit einem *unglaublich* gebe ich mich ebenfalls zufrieden«, sprach er verschmitzt und lehnte sich gegen die Ladefläche. Danielle konnte den Stolz in seinem Blick erkennen, doch glaubte sie, dass da noch etwas anderes war. Er wirkte wahrhaft glücklich.

»Vielen Dank, Brix.«

»Ist das etwa ein Hirsch?« Catia trat ungläubig neben Danielle und besah den Jäger mit einem anerkennenden Blick. »Du bist besser, als ich dachte.«

»Danielle, Catia, rein mit euch, sofort!«

Maxime trat nun ebenfalls vor die Tür und wollte bereits zu einer neuen Schimpftirade ansetzen, doch als er Cedric und Brix erkannte, besann er sich eines Besseren.

»Vater, sieh dir das an«, sprach Danielle freudig und ignorierte seinen wütenden Blick. Mit zögerlichen Schritten trat der Wirt an seine Tochter heran und musste abrupt innehalten. Es sah fast so aus, als wollte er sich die Überraschung nicht anmerken lassen, welche ihm jedoch buchstäblich ins Gesicht geschrieben stand.

Unschlüssig trat er von einem Fuß auf den anderen, doch suchte er letztendlich den Blick des Jägers, welcher ihn bereits erwartend musterte.

»Gut gemacht, Junge«, murmelte er leise und schlug Brix anerkennend auf die Schulter.

»Und jetzt rein mit euch, die Gäste warten!«

***

»War dein Vater gerade wirklich freundlich zu mir?«

»Ich vermute es beinahe«, antwortete Danielle erstaunt und konnte sich ein Lachen kaum verkneifen.

»Falls du dich ebenfalls als freundlich erweisen willst, das Angebot mit dem Kuss ist noch nicht erloschen«, sprach Brix kokett und zwinkerte ihr anzüglich zu.

Während Danielles Miene sich schlagartig wandelte, konnte sie deutlich die Röte spüren, die von ihren Wangen Besitz ergriff. Wie konnte er es nur wagen, so unverschämt zu sein?

»Als ob ich jemals so ein dreckiges Mundwerk küssen würde«, erwiderte sie und ging schnurstracks an ihm vorbei.

»Das nächste Mal kannst du ihn ruhig im Wald lassen, Cedric«, rief sie an ihren Freund gewandt und würdigte Brix keines Blickes mehr.

»Also entweder mag sie dich, oder sie brät dir bei der nächsten Gelegenheit eins mit der Pfanne über«, lachte der Schmied und gab seiner Verlobten zum Abschied einen Kuss.

»Ich denke, eher letzteres«, erwiderte Brix schmunzelnd.

7. Der Dieb

Dereck

Mit einem erschöpften Seufzen ließ sich Dereck in sein weiches Daunenkissen sinken. Obwohl das kleine Bett unsäglich knarrte, war es dennoch eine wahre Wohltat, sich endlich zur Ruhe legen zu können. Das frühe Aufstehen am Morgen, die darauffolgende Jagd und der nächtliche Dienst im Gastraum erschöpften ihn weitaus mehr, als er jemals angenommen hätte. Früher war solch ein geregelter Tagesablauf vollkommen normal für ihn, doch mittlerweile musste er sich eingestehen, dass seine militärische Disziplin beständig nachließ.

Und dennoch, die Mühen des heutigen Tages hatten sich im wahrsten Sinne des Wortes bezahlt gemacht. Noch immer sah er Danielles überraschten Gesichtsausdruck vor sich.

Wie ihre hellen Augen zu strahlen begannen und von Freude und Dankbarkeit zeugten. Er konnte mittlerweile nicht mehr leugnen, dass sie etwas Besonderes an sich hatte. Schließlich war sie weder dumm noch um Worte verlegen und ebenso schlagfertig wie einfühlsam. Trotz der harten Arbeit beschwerte sie sich nicht und schien zufrieden mit dem, was sie hatte.

Sie legte eine Leidenschaft an den Tag, die er so nicht kannte. Wenn er genauer darüber nachdachte, verwunderte es ihn, dass Danielle keinen Mann an ihrer Seite hatte.

Sie schien definitiv im heiratsfähigen Alter und war darüber hinaus recht hübsch.

Vielleicht würde er den Schmied bei ihrem nächsten Treffen danach fragen, denn so wie es aussah, würde er nun des Öfteren die Vorzüge seiner Gesellschaft genießen. Cedric war ein wahrlich merkwürdiger Kerl und Dereck schien sich noch nicht darüber im Klaren, ob er ihn entweder mochte oder lediglich verprügeln wollte.

Zwar konnte der Schmied ihm nicht im Geringesten das Wasser reichen, doch war er ein hart arbeitender Mann, dem Familie und Freundschaft sehr viel bedeuteten. Generell schienen die Menschen in Montelans viel Wert auf diese elementaren Dinge zu legen.

Schnaufend legte er sich einen Arm unter den Kopf und starrte nachdenklich an die niedrige Zimmerdecke.

Es überraschte ihn, wie sehr sich doch die Tugenden und Werte am Hof von denen der einfachen Bevölkerung unterschieden. Hier zählten weder Ansehen noch Ruhm, sondern Gemeinschaft und ein aufrichtiges Miteinander.

Dinge, von denen er bisher nicht einmal wusste, dass er sie wahrlich vermissen würde.

***

Das wiederholte Krähen des Hahns weckte Dereck aus einem tiefen, traumlosen Schaf. Müde vergrub er das Gesicht unter der warmen Decke, doch konnte er bereits die bekannten Geräusche aus dem Gastraum hören. Stühle wurden geschoben, Stimmen erklangen und das Klirren von Geschirr hallte durch das alte Gemäuer. Er war sich ziemlich sicher, dass, wenn er nicht langsam aufstand, der Wirt am Ende selbst in sein Zimmer treten und ihn auf seine ganz persönliche Art und Weise wecken würde. Ein Umstand, auf den er getrost verzichten konnte, vor allem, da Maxime ihn nach seinem gestrigen Erfolg augenscheinlich ein klein wenig besser leiden konnte.

Es blieb ihm also schlicht nichts anderes übrig, als sich mit einem langgezogenen Gähnen aufzuraffen und langsam aber sicher den neuen Tag zu begrüßen. Doch selbst der Blick aus dem Fenster konnte seine Laune nicht im Geringsten anheben, denn er gab lediglich die Sicht auf einen grauen, wolkenverhangenen Himmel frei. Es schien nur eine Frage der Zeit, bis sich die ersten Regentropfen ihren Weg zur Erde bahnen würden.

Danielle

»Guten Morgen, na ausgeschlafen?«

Danielle wischte gerade den Boden, als Brix die Treppe hinunterkam. Sie bedachte ihn mit einem freundlichen Lächeln, doch erkannte sie rasch, dass er alles andere als ausgeschlafen wirkte. Sein weißes Leinenhemd steckte nur halbherzig in der dunklen Stoffhose, weshalb es hier und dort unter der dunkelbraunen Weste hervorlugte. Er hatte sich nicht einmal die Mühe gemacht, sein schwarzes Haar zusammenzubinden, sodass es ihm wild ins Gesicht fiel und seine müden Augen locker umrahmte.

Alles, was sie von ihm als Antwort erhielt, war lediglich ein griesgrämiger Blick und ein merkwürdiger Laut, der sie ein wenig an ein bockiges Maultier erinnerte.

»Also einen Morgenmenschen werden wir aus dir wohl nicht machen können«, sprach sie sachlich, doch begannen ihre Mundwinkel bereits zu zucken, »du kannst jetzt erstmal in die Küche gehen und dir dort etwas zu Essen nehmen. Danach gehst du bitte hinaus, siehst nach den Pferden und holst die Eier aus dem Hühnerstall«, fügte sie hinzu und deutete auf einen geflochtenen Korb, der auf einem nahestehenden Tisch bereitstand. Als Antwort darauf ließ Brix nur ein genervtes Stöhnen verlauten.

»Sklaventreiberin«, murmelte er leise und stieß lustlos die Flügeltür zur Küche auf.

Dereck

Ein frischer Wind wehte Dereck ins Gesicht und erinnerte ihn sogleich an die stürmischen Tage seiner Heimat. Es schien nicht mehr lang zu dauern, bis die ersten Blätter sich verfärbten und anschließend von den Bäumen fielen.

Viele konnten mit der ungemütlichen Zeit des Jahres nichts anfangen, doch er liebte jene Monate. Kälte, Wind und das Prasseln eines warmen

Kaminfeuers gehörten für ihn zu Cliffhall und waren damit ebenso ein Teil von ihm.

Mit gemächlichem Schritt betrat er den Pferdestall und warf den Eierkorb lieblos ins Heu. Die Pferde der Gäste standen ruhig nebeneinander, fraßen genüsslich und gaben ab und an einen zufriedenen Laut von sich.

Mit einem sanften Lächeln trat er an seinen eigenen Rappen heran und strich ihm über den starken Hals. Nur zu gern hätte er sich in diesem Moment auf seinen Rücken geschwungen und sich auf und davon gemacht.

»Keine Sorge, Ventus, ich werde schon eine Möglichkeit zum Ausritt finden«, flüsterte er sehnsuchtsvoll und legte seinen Kopf an die Stirn seines geliebten Pferdes.

Es war nur ein kurzer Augenblick, doch konnte Dereck spüren, wie Ventus mit einem Mal unruhiger wurde und nervös mit den Hufen aufschlug. Die Anspannung jagte wie ein Blitz durch seinen Körper, während er konzentriert aufhorchte und mit dem nächsten Atemzug ein merkwürdiges Geräusch vernahm. Alarmiert lief er zur Stalltür zurück, stieß sie kurzerhand auf und ließ den Blick in Richtung Hinterhof schnellen. Die Verriegelung des Hühnerstalls stand offen, das Federvieh flatterte aufgeregt durcheinander und schrie aus Leibeskräften. Zuerst konnte Dereck in all der Aufregung nichts erkennen, doch dann sah er aus dem Augenwinkel eine hastige Bewegung. Er erblickte einen hageren Mann, der so schnell ihn seine Füße trugen am Pferdestall vorbeihechtete und in Richtung Straße rannte. Die Hände voller Eier.

»Stehen bleiben«, rief Dereck mit dunkler Stimme und nahm sofort die Verfolgung auf.

»Nicht mit mir, du Bastard.«

Es dauerte nur wenige Sekunden, bis er den vermeintlichen Dieb eingeholt hatte. Anspannung paarte sich mit einer aufflammenden Wut, die umgehend von ihm Besitz ergriff.

Mit festem Griff packte er den Unbekannten an der Schulter und riss ihn kraftvoll herum. Dieser verlor sogleich das Gleichgewicht und ging zusammen mit Dereck unter lautem Geschrei zu Boden.

Der hagere Mann versuchte sich zu wehren und wandte sich hin und her, doch er hatte unter den kräftigen Armen seines Kontrahenten keinerlei Chance, zu entkommen.

»Du elender Dieb«, zischte Dereck und verlagerte sein Gewicht, sodass sich sein ungleicher Gegner kaum mehr bewegen konnte.

»Lasst mich gehen, bitte, ich habe nichts gemacht«, rief dieser winselnd und versuchte erneut, erfolglos zu entkommen. Der Geruch von Schweiß und Alkohol stieg Dereck in die Nase und ließ sein inneres Feuer gefährlich auflodern. Er hatte es also nicht nur mit einem Lügner, sondern obendrein auch noch mit einem Säufer zu tun.

»Lüg mich nicht an«, knurrte er hasserfüllt und spürte, wie er allmählich die Kontrolle verlor. Seine Muskulatur spannte sich bis zum Bersten an, er spürte keinerlei Schmerz.

Der erste Faustschlag traf den wimmernden Mann direkt im Gesicht. Blut schoss aus seiner Nase, während er panisch versuchte, die Hände vor seine Augen zu ziehen.

»Es tut mir leid, bitte, bitte, hört auf.«

»Das hätte dir ein wenig früher einfallen sollen«, schrie Dereck und holte zum zweiten Schlag aus. Die Augenbraue des Diebs platzte unter der Wucht auf. Sofort begann sich die dunkelrote Flüssigkeit einen Weg über sein Gesicht zu bahnen und vermischte sich mit dem Blut, welches ihm bereits aus der Nase rann.

Der Fremde begann um Hilfe zu schreien, er jammerte und weinte, doch Dereck kannte kein Mitleid. Er fühlte nichts. Nichts außer Hass und einem wilden, unbändigen Zorn.

Danielle

Nachdem Danielle den Boden so kräftig geschrubbt hatte, dass die Dielen beinahe einem Spiegel glichen, widmete sie sich nun den milchigen Fenstern des Gästeraums.

Ihr Vater verbrachte währenddessen seine Zeit im Vorratskeller, um die Bierbestände genauestens zu überprüfen und die Fässer auf mögliche Schäden zu kontrollieren.

Die letzten Tage liefen derart gut, dass sie bereits Ende dieser Woche eine weiterte Bestellung bei der örtlichen Brauerei aufgeben konnten.

Gerade hatte Danielle eine weitere Fensterscheibe geöffnet und das schmutzige Leinentuch in frisches Wischwasser getaucht, als sie plötzlich einen lauten Schrei vernahm.

Das Blut gefror ihr in den Adern, während sie vor Schreck das Tuch fallen ließ. Sie kannte die tiefe Stimme mittlerweile nur zu gut und sprang sogleich von der Fensterbank hinunter und stürzte ohne Umschweife zur Tür hinaus.

Im ersten Augenblick erkannte sie nur zwei Personen, die auf dem staubigen Sandboden miteinander rangen, doch dann vernahm sie bereits den dumpfen Klang gezielter Faustschläge und schnappte entsetzt nach Luft.

»Bei den Göttern! Brix, hör auf!«

Um die beiden Männer herum lagen lauter Eier verstreut, einige zerbrochen, andere noch heil. Danielle hatte nicht die leiseste Ahnung, was hier geschehen war, doch sie konnte klar und deutlich hören, wie der Mann unter Brix vor Schmerzen winselte.

»Brix, um Himmels Willen, hör auf«, schrie sie erneut und trat ohne darüber nachzudenken an ihn heran. Mit ganzer Kraft versuchte sie an seinem Arm zu zerren, ihn irgendwie von seinem Opfer loszulösen, doch es machte keinen Sinn.

Er nahm sie nicht im Geringsten wahr. Sein ganzer Körper wirkte hart wie Stein, während seine blauen Augen wie wild funkelten.

»Brix, du bringst ihn um, hör sofort auf!«

Danielle zog und riss ohne Unterlass an ihm, doch entweder reagierte er nicht oder stieß sie lediglich beiseite. Panik durchfuhr ihren Körper, während sie sich hektisch umsah. Ihr Vater verweilte noch immer im Keller und ihn zu holen würde viel zu viel Zeit kosten. Sie brauchte eine schnelle Lösung, irgendetwas, das die beiden auseinandertrieb oder sie zumindest für einen Moment innehalten ließ. Dann nahm sie plötzlichen den Brunnen im Hinterhof wahr, auf welchem sich ein mit Wasser gefüllter Eimer befand. Vielleicht mochte es Schicksal oder lediglich purer Zufall sein, doch sie erkannte es als ein Zeichen und rannte in Windeseile los.

Mit voller Wucht schüttete sie das kalte Wasser über die beiden Kontrahenten und hoffte, damit die entsprechende Wirkung zu erzielen. Ihr Plan schien aufzugehen, denn für einen kurzen Augenblick ließ Brix von seinem Opfer ab und blickte erschrocken auf.

»Hör auf! Siehst du denn nicht, was du da tust? Du bringst ihn um!«

Ein Moment der Stille verstrich, doch dann erhob sich Brix ruckartig und stand mit geballten, blutverschmierten Fäusten zwischen ihr und dem hageren Mann.

Ein eisiger Schauer jagte Danielle über den Rücken und brachte ihr Herz zum Trommeln. Zum ersten Mal verspürte sie in seiner Gegenwart einen Hauch von Angst. Unbewusst trat sie einen Schritt zurück und hob zitternd die Hände.

»Brix, du musst dich beruhigen«, sprach sie behutsam und versuchte, so gefasst wie möglich zu klingen. Ein weiterer Moment zog ins Land, doch dann glaubte sie zu beobachten, dass das Funkeln in seinen Augen ein wenig an Kraft verlor.

Der Mann auf dem Boden stöhnte erneut unter Schmerzen auf, während er sich noch immer die aufgeschlagenen Hände vor das Gesicht hielt.

»Du liebe Güte, Blaise«, hauchte Danielle schockiert und ging an Brix vorbei, um sich neben den Verletzten zu knien.

»Bleib bloß weg von ihm, er ist ein dreckiger Dieb!«, rief Brix warnend und sah so aus, als hätte er sich am liebsten von Neuem auf sein Opfer gestürzt.

»Bist du völlig wahnsinnig?«, rief die Wirtstochter nun ihrerseits und half dem Verletzten, sich vorsichtig aufzusetzen.

»Was tust du denn da?«, bellte Brix fassungslos und begann, wild mit den Händen zu gestikulieren.

»Nach was sieht es denn aus?« schrie Danielle zurück und spürte mittlerweile selbst eine gewisse Wut in sich aufsteigen.

»Danielle … es tut mir leid … ich wollte nicht … ich musste doch …«, stammelte der gepeinigte Mann und zitterte am ganzen Leib.

»Ich weiß, Blaise.«

Dereck

Dereck konnte nicht begreifen, was da vor seinen Augen geschah. Eben noch hatte er diesen dreckigen Bastard davon abgehalten, mit seinem Diebesgut zu entkommen, und nun kümmerte sich Danielle um ihn? Das konnte doch nicht wahr sein, das musste ein schlechter Scherz sein.

»Warum zum Henker hilfst du ihm? Er hat eure verdammten Eier gestohlen!«

»Und das gibt dir das Recht, ihn halb tot zu schlagen?« zischte Danielle entsetzt.

»Wegen ein paar wertlosen Eiern?«

»Es ist doch vollkommen egal, was er gestohlen hat«, schrie Dereck und verstand die Welt nicht mehr.

Seine blutverschmierten Finger gruben sich mittlerweile so tief in seine Innenflächen, dass diese ebenfalls zu bluten begannen.

»Ich musste es tun. Danielle, bitte ... meine Kinder ... meine Marie ...«, wimmerte der Dieb erneut und versuchte auf die Beine zu kommen. Die Wunde an seiner Braue blutete stark, doch er konnte stehen und schien schnellstens die Flucht ergreifen zu wollen.

»Ich weiß, doch stehlen ist nicht die Lösung, Blaise«, erwiderte die Wirtstochter ruhig und begann die übrig gebliebenen Eier einzusammeln.

»Nimm sie mit und verschwinde jetzt. Lass deine Verletzungen von Marie oder dem Wundarzt behandeln. Du hast weiterhin Hausverbot bei uns.«

»Ich danke dir ... ich danke dir vielmals«, wisperte der hagere Mann, nahm die Eier in seine aufgeschlagenen Hände und humpelte so schnell er konnte aus Derecks Sichtweite.

»Ich kann nicht glauben, dass du das wahrhaftig getan hast«, sprach er fassungslos und schenkte Danielle einen abwertenden Bick.

»Was ich getan habe?«, rief sie erschüttert und ballte die Hände zu Fäusten.

»Du warst gerade dabei, einen wehrlosen Mann beinahe totzuschlagen, nur weil er ein paar Eier gestohlen hat.«

»Was wäre denn deiner Meinung nach das Richtige gewesen? Hätte ich ihm vielleicht noch den passenden Korb dazu reichen sollen?«

»Nein, du hättest ihn festhalten und einen von uns rufen sollen. Aber du lässt ja lieber deine Fäuste sprechen«, erwiderte sie, während ihre Augen vor Zorn zu glänzen begannen.

Dereck wusste nicht im Geringsten, was er darauf erwidern sollte. Er verstand nicht, warum Danielle derart aufgelöst reagierte.

Seiner Meinung nach hatte er alles richtig gemacht.

Frustriert fuhr sich die Wirtstochter durch das braune Haar und löste unbeabsichtigt mehrere Strähnen aus ihrem dicken Zopf. »Es war doch wohl kaum zu übersehen, dass dieser Mann völlig verarmt ist. Er lebt in einem brüchigen Haus am Rande des Dorfes. Seine Frau ist krank und er hat fünf Kinder. Keines davon ist alt genug, um zu arbeiten. Um seine Sorgen zu ertränken, greift er immer wieder zur Flasche, was schließlich auch der Grund dafür ist, dass er keine Arbeit findet und beinahe überall Hausverbot hat.«

Dereck verharrte reglos an Ort und Stelle und spürte, wie die blinde Wut aus seinem Körper wich. Er musste schwer schlucken.

»Hättest du uns gerufen, anstatt einfach draufloszuprügeln, würde dir das schlechte Gewissen erspart bleiben, welches du jetzt hoffentlich empfindest«.

Der allzu bekannte Zweifel vermischte sich mit einem Gefühl der Scham und durchfuhr Dereck rasend schnell.

Das Schlimmste war jedoch, den enttäuschten Ausdruck in Danielles Augen ertragen zu müssen.

Er verstand selbst nicht, wie er derart die Fassung verlieren konnte, doch er vermutete, dass, wenn Danielle nicht dazwischen gegangen wäre, er ihn wahrscheinlich umgebracht hätte.

»Danielle ... ich ... ich weiß nicht ...«

Dereck wollte sich verteidigen, irgendeine Begründung für sein Verhalten finden, doch er geriet ins Stocken. Er konnte sich selbst nicht erklären, warum er so viel Hass empfand. Er wusste nur, dass es ihm nun wahrhaftig leidtat.

Doch dafür schien es allemal zu spät.

»Weißt du was, lass es einfach.«

Der Wind gewann allmählich an Stärke und die ersten Regentropfen verließen das graue Wolkenzelt.

»Ich habe tatsächlich geglaubt, dass möglicherweise mehr in dir steckt, aber du verstehst dich nur aufs Kämpfen und lässt dich ausschließlich von blinder Wut leiten«, sprach sie erschüttert und wischte sich unwirsch eine Träne von der Wange. Ohne ihn eines weiteren Blickes zu würdigen, hob sie den Eimer vom Boden auf und ging zurück ins Haus.

Dereck fühlte sich in einen seiner Alpträume versetzt.

Er konnte sich nicht rühren. Danielles Worte brannten sich in sein Gedächtnis und gesellten sich zu denen seines Onkels. Er wusste, dass er sie wieder hören würde.

Wieder und immer wieder.

Jetzt, da sein Geist sich klärte und seine Gedanken zur Ruhe kamen, erkannte er, wie sehr er überreagiert hatte.

Aus einer vermeintlich guten Tat heraus hatte er etwas Abscheuliches getan, ohne es bewusst zu wollen.

Wie sollte er das nur jemals wieder gut machen?

Nachdem er seine Hände am Brunnen gereinigt und den gröbsten Dreck von seinen Kleidern gewaschen hatte, trat Dereck erneut den schweren Weg ins Wirtshaus an. Verstohlen blickte er zu Danielle hinüber, die auf der hinteren Fensterbank saß und akribisch die Scheiben putzte. Sie ignorierte ihn penibel und blickte stur auf ihre Arbeit.

»Ach Brix, gut, dass ich dich gleich erwische.«

Maxime kam gerade die Kellertreppe herauf und musterte ihn mit fragendem Blick.

»Was ist denn mit dir passiert?«

»Der Regen«, erwiderte Dereck knapp.

Er hatte keinerlei Kraft, um sich in diesem Moment in ein Gespräch verwickeln zu lassen.

Maxime besah ihn misstrauisch, doch dann schüttelte er resigniert den Kopf.

»Na wie dem auch sei, ich habe hier deinen versprochenen Anteil«, sprach er geschäftig und reichte Dereck einen kleinen Lederbeutel, »deinen restlichen Lohn bekommst du am Ende der Woche.«

Dereck musterte den Beutel nachdenklich. Eigentlich hätte er sich über das Geld freuen müssen, doch er tat es nicht.

»Ach wisst ihr, die erste Beute geht immer aufs Haus. Es reicht, wenn ihr mich das nächste Mal bezahlt«, sprach er mit einer Lockerheit, die ihm alles abverlangte und gab Maxime kurzerhand den Lederbeutel zurück.

»Du willst es nicht?«

»Nein, nicht dieses Mal«, erwiderte Dereck und stieg ohne ein weiteres Wort die Treppen hinauf. Er musste aus diesen nassen Sachen raus, doch vor allem brauchte er dringend einen ruhigen Moment für sich.

8. Erinnerungen

Danielle
»Glaub mir, du hättest seine Augen sehen sollen«, sprach die Wirtstochter bedrückt und ließ sich erschöpft auf den nächstbesten Stuhl sinken. Fröstelnd schlang sie die Arme um den Oberkörper und konnte ein Zittern nur mühsam unterdrücken.

»Sie waren so voller Zorn und Hass. So etwas habe ich noch nie erlebt.«

Der Abend zog sich wieder einmal unerträglich in die Länge. Viele der Gäste tranken und spielten bis in die Nacht hinein und gingen erst, als sie kaum mehr aufrecht sitzen konnten oder aber ihren Einsatz gänzlich verloren hatten. Kartenspiele waren äußerst beliebt, doch Danielle konnte solcher Art des Vergnügens nicht viel abgewinnen.

»Dieser Mann ist und bleibt unausstehlich«, sprach sie resigniert und fuhr sich müde durch das braune Haar.

»Das erwähntest du bereits«, erwiderte Catia schmunzelnd und ließ sich neben ihr nieder, »und zwar schon zum vierten Mal an diesem Abend.«

Nachdem auch der letzte Gast wankend zu Bett gegangen war, begannen die Freundinnen mit den allabendlichen Aufräumarbeiten. Die Herren des Hauses brachten währenddessen neue Fässer aus dem Vorratskeller hinauf.

Seit dem Vorfall mit Blaise hatte Danielle kaum mehr ein Wort mit Brix gewechselt. Sie gab ihm lediglich ein paar knappe Anweisungen, welchen er ohne Widerworte nachging. Sie konnte durchaus sehen und mitunter sogar spüren, dass es ihm leidtat, doch noch saßen der Schock und die Wut über seine Art und Weise ungemein tief.

»Wir wussten zumindest von Anfang an, dass er sehr temperamentvoll ist«, sprach die Küchenmagd und klopfte sich den Staub von ihrer Schürze.

»Temperamentvoll? Wäre ich nicht dazwischen gegangen, hätte er Blaise vermutlich totgeschlagen«, antwortete Danielle bestürzt und bekam die schrecklichen Bilder kaum aus ihrem Kopf. Allein der Gedanke an seinen wilden, zornentbrannten Blick ließ ihre Nackenhaare aufs Neue emporschnellen.

So ein Ausdruck war ihr noch nie begegnet.

»Aber dennoch, grundsätzlich hat er schon richtig gehandelt. Nur an der Ausführung ist es ein wenig gescheitert«, entgegnete Catia versöhnlich und musste ein Gähnen unterrücken. Es konnte nicht mehr allzu lange dauern, bis die aufgehende Sonne erneut den Horizont überschritt und den neuen Tag willkommen hieß.

Ein lautes Klopfen erregte die Aufmerksamkeit beider Frauen und als sie sich gemeinsam zur Tür umdrehten, blickten sie sogleich in das warme Lächeln einer wohlbekannten Person. »Guten Abend, die Damen«, sprach Cedric lächelnd und trat in den leeren Gastraum.

Überrascht sprang Catia von ihrem Stuhl und fiel ihrem Verlobten freudig in die Arme.

»Was machst du denn hier?«

»Na, was wohl? Ich hole dich ab, damit du in der Dunkelheit nicht verloren gehst«, erwiderte der Schmied und grinste breit.

Es geschah nicht oft, doch wenn Cedric früher mit seiner Arbeit fertig wurde, kam er zum Gasthof gelaufen und holte Catia von ihrer langen Schicht ab.

»Du wirst einmal ein guter Ehemann«, witzelte Danielle und lächelte schelmisch.

»Na, das will ich wohl meinen«, erwiderte der Schmied mit einem Augenzwinkern, »und wo wir beim Thema sind, wo ist denn unser Meisterjäger?«

Noch bevor Danielle antworten konnte, ertönten polternde Geräusche aus dem Keller. Nur einen Augenblick später kamen Brix und Maxime mit einem großen Holzfass die Treppe hinauf und trugen es gemeinsam hinter den Tresen.

Die Erschöpfung stand beiden buchstäblich ins Gesicht geschrieben.

»Noch ein Gast zu so später Stunde«, sprach der Wirt lächelnd und reichte dem Schmied zum Gruß die Hand.

»Kann ich dir noch etwas zu trinken anbieten oder möchtet ihr euch gleich auf den Weg machen?«

»Vielen Dank, aber ich denke, wir sollten aufbrechen«, erwiderte Cedric freundlich.

»Mein Vater ist in Sorge wegen des anstehenden Erntefestes. Er befürchtet, dass so viele neue Aufträge reinkommen werden, dass wir mit unserer eigentlichen Arbeit gar nicht mehr hinterherkommen. Er hat mich deshalb angewiesen, morgen früh noch einmal in den Wald zu fahren«, fuhr er fort und richtete seinen Blick anschließend auf Brix, »schließt du dich mir an?«

»Das liegt nicht unbedingt in meiner Entscheidungsgewalt«, erwiderte dieser schulterzuckend und richtete sein Augenmerk auf den Wirt.

»Also meinetwegen kannst du mit ihm fahren. Solltest du wieder derart erfolgreich sein, brauchen wir Gustav erst Ende nächster Woche einen erneuten Besuch abstatten«, sprach Maxime einwilligend und richtete dann das Wort an Danielle. »Und du läufst morgen Vormittag zur Brauerei und gibst Henry die Liste mit meinen Bestellungen. Wir sind eh schon wieder viel zu spät dran, das Fest ist immerhin bereits in zwei Tagen.«

Danielle schluckte schwer und spürte sogleich die Enge in ihrem Hals. Sie mochte die Dorfbrauerei nicht, doch noch weniger konnte sie den Brauherren und dessen hochnäsige Tochter leiden.

»Das ist doch wunderbar! Dann können wir uns doch gleich morgen früh auf dem Marktplatz treffen. Ich brauche unbedingt noch ein neues Haarband für das Fest«, rief Catia enthusiastisch und sah von Danielle zu Maxime.

»Tut, was ihr nicht lassen könnt, aber ich verlange, dass ihr bis zum Mittag zurück seid. Ich kann Binettes üble Laune nicht den ganzen Tag alleine ertragen.«

»Dann ist es also abgemacht«, sprach Cedric entschlossen und verschränkte zufrieden die Arme vor der Brust.

»Eine Bedingung hätte ich allerdings«, entgegnete Brix und besah den Schmied mit einem schiefen Grinsen.

»Ich reite morgen auf meinem eigenen Pferd. Noch eine Fahrt neben dir ertrage ich wohl kaum.«

»Und dabei haben wir uns doch so wunderbar unterhalten«, antwortete Cedric mit gespielter Traurigkeit und fasste sich ergriffen an die Brust.

Dereck

Den Blick in die Dunkelheit gerichtet, lag Dereck in seinem Bett und konnte trotz der anhaltenden Müdigkeit weder Ruhe noch Schlaf finden. Der Vorfall zwischen ihm und dem Dieb beschäftigte ihn ohne Unterlass. Danielle ignorierte ihn seitdem gekonnt und sprach, wenn überhaupt, nur sehr knapp mit ihm. Ob sie ihre Meinung nun vollends änderte? Was sah sie nach dieser Tat in ihm? Unmengen an Antworten durchzogen seinen Geist, eine schlimmer als die andere. Er wusste nicht genau warum, doch wollte er um alles in der Welt verhindern, in ihrer Gunst zu sinken. Er konnte den Gedanken nicht ertragen, selbst wenn er es wahrscheinlich sogar verdiente. Einen hungernden Mann wegen ein paar gestohlener Eier derart zuzurichten, war definitiv der falsche Weg.

Wie hatte er nur so rasch die Kontrolle verlieren können?

So lange war er darauf bedacht, nicht noch einmal in solch eine Situation zu geraten und dann geschah es ausgerechnet wegen solch einer mickrigen Lappalie.

Unzufrieden kniff er die Augen zusammen und fuhr sich unwirsch durch das schwarze Haar. Er konnte sich ganz genau an den Moment erinnern, in dem die Wut und der aufschäumende Hass ihn, ohne es zu wollen, übermannten. Er konnte sich weder dagegen wehren, noch schaffte er es, bewusst dagegen ankämpfen. Es war wie ein plötzlich entfachtes Feuer, das sich unkontrolliert durch sein Innerstes fraß und jeden klaren Gedanken mit sich verschlang. Wenn er zurückdachte, glaubte er sich sogar daran zu erinnern, dass ihm jenes Gefühl erstmals vor vielen Jahren auf dem Schlachtfeld begegnete. Als er zum ersten Mal mit der Wahrheit des Krieges konfrontiert wurde und seine verletzten und toten Kammeraden vor sich auf dem schlammigen Erdboden liegen sah, ist es ganz plötzlich über ihn gekommen. Es trieb ich an, verlieh ihm eine ungeahnte Kraft und den dazugehörigen Mut.

Von diesem Tag an trug er diese nagende Unruhe und das innere Brodeln tief in sich verborgen. Es verschwand nicht, sondern schien beständig in der Dunkelheit zu lauern.

Es wurde ein Teil von ihm.

Damals war er der festen Überzeugung, dass jene Gefühlsausbrüche sich nur auf dem Schlachtfeld offenbarten und dass sie ihm und seinen Soldaten sogar von Nutzen sein konnten. Doch vielleicht musste er sich mittlerweile eingestehen, dass er diesbezüglich irrte. Auch wenn sein Herz sich mit aller Macht dagegen wehrte, so musste er dennoch schmerzhaft in Betracht ziehen, dass er in jener Nacht vor gut einem Jahr abermals die Kontrolle verloren hatte. Nicht auf dem Schlachtfeld, nicht im Zuge des Krieges, sondern in den Räumlichkeiten seines eigenen Bruders.

Müde und ungemein frustriert fuhr sich Dereck mit den rauen Händen übers Gesicht und seufzte leise auf. Je mehr Gedanken er sich über seine Vergangenheit machte, umso stärker schien die Illusion des glorreichen Kriegshelden zu bröckeln.

Er musste endlich aufhören, in seinen Erinnerungen zu graben und nach der Wahrheit zu suchen. Es machte keinen Sinn, er würde sie ohnehin niemals erfahren und es wurde allmählich Zeit, diesen Umstand ein für alle Mal hinzunehmen.

***

Das ungewöhnlich laute Rauschen in seinen Ohren erinnerte ihn an einen stürmischen Tag auf hoher See. Doch es waren nicht die tosenden Wellen, die jene Laute verursachten, sondern sein eigenes Blut. Es jagte durch seine Venen und versetzte ihn derart in Aufruhe, dass er sogar den trommelnden Herzschlag durch seinen stählernen Brustpanzer spüren konnte. Er lag auf einem weichen, unebenen Boden, der ihm das Aufstehen erschwerte und keinen sicheren Halt zuließ. Dereck fühlte die bleierne Schwere seines Körpers, er war am Ende seiner Kräfte, am liebsten wäre er zwischen Schlamm und Dreck liegen geblieben. Doch dann vernahm er unter all dem Chaos und Lärm einen bekannten Laut. Erst leise, doch dann drang er immer deutlicher an sein Ohr, bis er schließlich seinen eigenen Namen hörte. Irgendjemand rief nach ihm, flehte und bettelte darum, dass er endlich aufstand.

Unter schweren Lidern öffnete Dereck die Augen und versuchte sich erschöpft aufzurichten. Seine Rüstung wog ungemein schwer und er spürte das unsägliche Brennen seines gesamten Körpers. Nur am Rande nahm er die zwei starken Arme wahr, die ihm beim Aufrichten halfen, doch dann rückte ein bekanntes Paar Augen in sein Sichtfeld.

Arios, Leutnant des Sturmheeres und sein engster Freund. »Komm weiter, wir dürfen hier nicht verweilen«, schrie der Blonde ungehalten und richtete seinen Blick hastig auf die tenebrianischen Truppen, »Mach schon! Wir brauchen dich an unserer Seite!«

Plötzlich änderte sich das Szenario und Dereck fand sich an einem anderen Ort wieder. Gehetzt und mit brennender Lunge rannte er zwischen dunklen Gängen umher. Die hohen Steinmauern, die ihn umgaben, schienen mit jedem Schritt näher zu kommen. Fackeln hingen an schweren Eisenbeschlägen von den Wänden und ließen schattenhafte Fratzen vor seinen Augen tanzen. Aus einiger Entfernung hörte er mehrere Stimmen. Auch sie riefen seinen Namen, doch diesmal wollten sie ihm nicht helfen, sondern daran hindern, die Flucht zu ergreifen. Kalter Schweiß rann ihm von der Stirn und ließ seine Sicht verschwimmen. Er konnte nicht klar denken, alles wandte und überschlug sich, er wusste nur, dass er die Stallungen erreichen musste. Sie durften ihn nicht einholen, er musste schneller sein.

»Dereck, was ist geschehen? Wieso hetzt Varian seine Wachen auf dich?« Arios erreichte den Thronerben nur einen Augenblick, bevor dieser seinen Rappen bestieg.

»Ich war es nicht«, stammelte Dereck wie in Trance und ergriff die Zügel.

»Was warst du nicht?«

»Egal, was sie dir sagen, Arios, egal, was sie dir einreden, ich war es nicht, ich kann es nicht gewesen sein!«

Ein Schuss hallte durch die Mauern Stormarcs und donnerte krachend von den Wänden wider, doch alles, was Dereck vernahm, war das aufregte Wiehern seines Pferdes und den Klang schwerer Hufschläge auf kargem Gestein.

Danielle

Ein plötzlicher Schrei erklang inmitten der Nacht und riss Danielle ruckartig aus dem Schlaf. Mit klopfendem Herzen schnellte sie hoch und blickte in die tiefe Dunkelheit der Nacht. Sie horchte angestrengt, doch es schien alles ruhig. Sie konnte kein weiteres Geräusch vernehmen. Hatte sie sich den Schrei lediglich eingebildet? War er möglicherweise ihrem Traum entsprungen? Nein, das konnte sie sich nicht vorstellen. Sie war erst vor kurzem eingeschlafen und glaubte, bis dahin noch nichts geträumt zu haben. Mit einer schnellen Bewegung schlug sie die Bettdecke zur Seite und griff nach ihrem Morgenmantel, der locker über einer Stuhllehne hing. Sie schlang den wärmenden Stoff eng um ihre Mitte und schlüpfte leise in die ledernen Schuhe.

Vorsichtig und darauf bedacht, möglichst keinen Laut von sich zu geben, öffnete sie die Tür und blickte zögerlich den Flur entlang.

Es schien alles normal, sie hörte nichts Ungewöhnliches. Vielleicht war der Schrei tatsächlich ihrer Fantasie entsprungen? Doch gerade als sie im Begriff war, die Tür wieder zu schließen und ins warme Bett zu schlüpfen, konnte sie das helle Klirren von Geschirr und eine schimpfende Stimme vernehmen.

Ohne zu zögern lief Danielle mit flinken Füßen über den kalten Flur und kam unsicher vor Brix' Tür zum Stehen.

Sie vermutete, dass die Geräusche aus seinem Zimmer kamen, eigentlich war sie sich sogar vollkommen sicher. Doch sollte sie wirklich klopfen? Vielleicht sollte sie ihn in Ruhe zu lassen. Doch warum hatte er geschrien? Hatte er möglicherweise Schmerzen? Innerlich schallte sie sich bereits für ihre maßlose Neugierde, doch aus irgendeinem Grund konnte sie nicht einfach so zurück in ihr Zimmer gehen.

Sie nahm einen langen Atemzug und hob ihre rechte Hand, um nach einem weiteren zögernden Moment behutsam an seine Tür zu klopfen. Nichts geschah.

Sie klopfte ein zweites Mal, diesmal sogar ein wenig lauter, doch wieder rührte sich nichts. Unschlüssig biss sie sich auf die Innenseite ihrer Unterlippe und trat von einem Bein aufs andere.

»Brix, ist alles in Ordnung?«, fragte sie flüsternd und kam sich im selben Moment ungeahnt einfältig vor. Er war ein erwachsener Mann, wahrscheinlich stärker als sie und ihr Vater zusammen. Warum sollte er ausgerechnet ihre Hilfe wollen? Langsam zog sie ihre Hand zurück und atmete hörbar aus. Vielleicht war sie ja mittlerweile vollkommen verrückt geworden, doch dann hörte sie mit einem Mal das Knarren von alten Holzdielen.

Mit einem kräftigen Ruck öffnete sich die Tür und ließ sie erschrocken zurückspringen. Nur einen Herzschlag später blickte sie in ein aufgewühltes Gesicht, das lediglich von einem flackernden Kerzenlicht beleuchtet wurde.

»Was?«, fragte Brix unfreundlich, doch konnte Danielle deutlich den unruhigen Ausdruck in seinen blauen Augen erkennen.

»Ich wollte nur ... naja ... eigentlich wollte ich ...«, begann sie zu stammeln und hätte sich am liebsten in Luft aufgelöst.

Sie kam sich mit einem Mal fürchterlich naiv vor. Was sollte er nur von ihr denken? Doch eigentlich konnte es ihr vollkommen egal sein, denn schließlich war sie noch immer verärgert über seinen Auftritt am gestrigen Morgen.

Sie wollte schon zu einer spitzen Antwort ansetzen, als ihr Blick plötzlich auf sein Hemd fiel. Es war vollkommen durchnässt. Sie konnte jeden einzelnen Muskel unter dem feuchten Soff erkennen. Ein Schauer jagte über ihren Rücken, gefolgt von einem ungewöhnlichen Kribbeln in der Magengegend. Was um alles in der Welt tat dieser Mann des nachts? Entweder hatte er sich mit Wasser überschüttet oder er war vollkommen durchgeschwitzt. Hatte er möglicherweise Fieber? Erneut blickte sie in sein Gesicht, es wirkte trotz des warmen Kerzenlichts ungewöhnlich fahl.

»Geht es dir gut?«

Dereck

Dereck wusste nicht, was er darauf antworten sollte. Natürlich war ihr sein durchgeschwitztes Hemd aufgefallen. Möglicherweise gefiel es ihr sogar, doch ihr Blick wirkte zu seiner Enttäuschung mehr besorgt als schmachtend.

Vielleicht sollte er sie anlügen, ihr einfach sagen, dass alles in Ordnung wäre, doch irgendetwas sträubte sich in ihm. Er wollte sie nicht belügen, nicht schon wieder.

Doch was sollte er ihr sagen? Dass er panisch aus einem seiner niemals enden wollenden Träume erwacht war? Dass er daraufhin nur eine Kerze anzünden wollte und dabei versehentlich den Wasserkrug auf seinem Nachttisch umgeworfen hatte? Wohl kaum.

»Es ist alles in Ordnung, Danielle. Verzeih, wenn ich dich geweckt habe«, antwortete er stattdessen und war durchaus überrascht, wie leicht diese Worte über seine Lippen kamen.

»Also hast du tatsächlich geschrien?«

Im ersten Moment vermutete er, dass sie sich möglicherweise über ihn lustig machen wollte, doch er konnte weder Spott noch Hohn in ihrem Blick erkennen. Sollte er ihr tatsächlich die Wahrheit sagen? Sollte er nach all den Jahren der Stärke schlussendlich eine Schwäche preisgeben? Er war verwirrt, die Bilder seines Traumes wirbelten noch immer durch seinen Kopf und gaben ihm zum wiederholten Male das Gefühl, wahrhaftig allein zu sein. Vielleicht war es nun an der Zeit, einen neuen Weg einzuschlagen.

Ein zögerliches Nicken musste der Wirtstochter als Antwort genügen, sie konnte nicht mehr von ihm verlangen.

Danielle

Danielle wollte sich ihre Überraschung nicht anmerken lassen. Noch vor ein paar Stunden war sie so wütend auf ihn gewesen, doch nun schien er wiederum völlig verändert. Nichts erinnerte mehr an den hasserfüllten, unberechenbaren Mann. Sie wusste nicht, ob sie verunsichert oder mitunter sogar fasziniert von solch einem plötzlichen Wesenswandel sein sollte. Wer war bloß dieser Mann und was verbarg er vor ihr?

»Kann ich … ich meine … möchtest du vielleicht darüber reden?«

Im ersten Moment sagte er nichts, sondern sah sie nur an. Seine flackernden Augen schienen ihr bis tief in die Seele zu blicken und lösten dort ein unbehagliches Gefühl aus. Doch dann öffnete er unerwartet die Tür ein Stückchen weiter und gab ihr mit einem leichten Wink zu verstehen, dass sie sein Zimmer tatsächlich betreten durfte.

Danielle betrachtete Brix und begann unruhig mit ihren Fingern zu spielen. Sie verweilte auf einem Stuhl, während er ihr gegenüber auf dem Bett saß. Er hielt den Blick gesenkt, sodass ihm einige seiner schwarzen Strähnen ins Gesicht fielen. Sie umspielten seine markanten Gesichtszüge, die gerade Nase und das kräftige Kinn. Er trug noch immer das nasse Hemd am Leib, welches sich eng an seine Haut schmiegte.

Erst jetzt wurde Danielle vollends bewusst, dass sie sich allein mit einem Mann im selben Zimmer aufhielt.

Mitten in der Nacht.

Dieser Gedanke ließ ihr Herz einen Takt schneller schlagen und eine ungeahnte Hitze in ihr aufsteigen.

»Nun, wenn du darüber reden möchtest, ich bin ganz Ohr.«

Sie versuchte, so gelassen wie möglich zu klingen, er sollte nicht einmal ansatzweise erahnen, wie es wirklich in ihr aussah.

Brix schnaufte angespannt und fuhr sich über das stoppelige Kinn. Er sah aus, als wäre er bis zu diesem Augenblick einer schweren Arbeit nachgegangen, die ihn völlig verausgabte.

Es wirkte so merkwürdig, beinahe befremdlich, ihn in einer solchen Verfassung zu sehen. Er schien fast verletzlich.

»Ich bin aus dem Schlaf hochgeschreckt«, sprach er leise, doch konnte sie deutlich sehen, wie sich die Muskeln seiner Arme umgehend verhärteten.

»Oh«, erwiderte sie überrascht und zog die Stirn in Falten, »hattest du einen schlechten Traum?«

»Nicht direkt«, antwortete er langsam und atmete laut aus. Er schien nach den richtigen Worten zu suchen.

»Es sind Erinnerungen.«

Danielle zog verwundert die Augenbrauen hinauf.

Niemals hätte sie geglaubt, dass ein Traum oder eine bloße Erinnerung einen Mann wie ihn derart aus der Fassung bringen konnten.

»Woran erinnerst du dich denn?«, fragte sie sanft, doch sie glaubte beinahe erahnen zu können, um was es hier ging. Zumindest schlussfolgerte sie es aus dem, was sie bereits über ihn wusste. Selbst wenn es sich dabei um reichlich wenig handelte.

Brix schnaufte frustriert auf, bevor er sich erhob und an das kleine Fenster neben seinem Bett trat. Während er den Blick starr in die Dunkelheit richtete, hinterließ sein schwerer Atem seichte Abdrücke auf der durchsichtigen Scheibe.

»An den Krieg.«

Danielle hatte mit dieser Antwort fast gerechnet. Sie kannte die Erzählungen über Soldaten, die nach dem Krieg unter schlechten Träumen litten und nachts auf das Schlachtfeld zurückkehrten.

Und mithilfe dieses Wissens begann sie die Dinge plötzlich in einem völlig anderen Licht zu sehen. Anscheinend verband sie beide durchaus mehr als gedacht, denn sowohl er als auch sie litten unter den Auswirkungen dieser schrecklichen Ereignisse.

»An was genau erinnerst du dich?«, fragte sie vorsichtig und rieb sich die schwitzigen Hände. Auch wenn sie sich in gewisser Weise vor der Antwort fürchtete, wollte sie es dennoch hören. Es war ihr wichtig.

Sie konnte ihm ansehen, wie intensiv er über die nächsten Worte nachdachte, auch wenn sein Blick noch immer aus dem Fenster glitt.

»Meist stehe ich allein auf dem Schlachtfeld. Ich höre Schüsse, Schreie und sehe so viel Leid und Tod.«

Ein Schauer jagte über ihren Rücken und Mitleid umfing ihr Herz.

»Deswegen redest du also nur über die positiven Dinge. Du versuchst damit, die schrecklichen Erinnerungen an den Krieg auszublenden«, schlussfolgerte sie nachdenklich.

Plötzlich machte alles Sinn.

»Nun, es gibt durchaus auch eine Reihe positiver Dinge«, antwortete Brix rasch und suchte ihren Blick.

»Man verteidigt sein Land, beschützt seine Familie und kann Ruhm und Ehre erlangen.«

»Das mag schon sein, doch du blendest dabei aus, was du dafür durchleben musstest. Du bezahlst einen hohen Preis für deinen Heldenmut.«

Erneut wurde es still zwischen ihnen. Danielle konnte förmlich sehen, wie er über ihre Worte nachzudenken schien. Möglicherweise betrachtete er die Dinge nun zum ersten Mal aus einem völlig neuen Blickwinkel.

Vielleicht brauchte Brix tatsächlich jemanden, dem er seine Gedanken anvertrauen konnte, jemanden, der ihn verstand und dessen Ansichten nicht durch jahrelange Kriegserfahrungen geprägt wurden.

»Ich bin erstaunt, wie gut du doch mit Worten umgehen kannst, für eine einfache Wirtstochter«, sprach er schließlich und hob die Mundwinkel ein klein wenig an.

Danielle zog überrascht eine Augenbraue hinauf.

»Und ich bin erstaunt, dass du zu tieferen Gefühlen fähig scheinst, obwohl du doch ein so arroganter und selbstverliebter Kerl bist.«

Ein weiterer Moment der Stille folgte, doch dann konnte sich Danielle ein Schmunzeln nicht länger verkneifen.

Brix erging es ähnlich. Für wenige Sekunden konnten sie nicht anders, als sich lediglich anzulächeln und die Stimmung auf sich wirken zu lassen.

»Wie dem auch sei«, begann er schließlich und musste sich räuspern, »es tut mir leid, was heute Morgen passiert ist. Ich wollte wirklich nur helfen, doch ab und an fällt es mir schwer, mich ... mich zu kontrollieren.«

Langsam aber sicher verstand Danielle ihn besser.

Jetzt, da sie wusste, dass die Erinnerungen an seine Vergangenheit nach wie vor allgegenwärtig waren und er vieles immer und immer wieder durchleben musste, betrachtete sie ihn mit anderen Augen.

»Also gut, es sei dir verziehen. Aber versuche beim nächsten Mal, dein Temperament zumindest ein wenig zu zügeln.«

»Glaub mir, in manchen Situationen ist dieses Temperament durchaus von Vorteil«, sprach Brix mit einem anzüglichen Grinsen und verschränkte die Arme vor der Brust.

Danielle erhob sich ohne Umschweife und schnappte leise nach Luft. Es schien höchste Zeit zu gehen, es war eigentlich schon viel zu spät.

»Du bist so ein widerwertiger Kerl«, sprach sie und schritt erhobenen Hauptes zur Tür.

»Und wir wissen beide, dass du das nicht so meinst.«

»Gute Nacht, Brix«, sprach sie ohne auf seine letzte Bemerkung einzugehen und schloss ruckartig die Tür.

Wie konnte er nur so unausstehlich sein? Wie konnten ihm diese anzüglichen Sprüche nur derart leicht über die Lippen gehen?

Und wieso um alles in der Welt konnte sie nicht aufhören, darüber zu lächeln?

9. Etwas ganz Besonderes

Dereck

»Ein wirklich stattliches Pferd hast du da, das muss doch ein Vermögen gekostet haben«, sprach Cedric und betrachtete Ventus mit hochgezogenen Augenbrauen.

Auch wenn die Sonne erst vor kurzem aufgegangen war, befanden sich beide Männer bereits zum wiederholten Male auf der staubigen Landstraße. Von den umliegenden Wiesen stiegen seichte Nebelschleier auf und verliehen der Landschaft etwas Mystisches. Noch wurden sie von der kühlen Nachtluft umhüllt, doch die wärmenden Sonnenstrahlen nahmen bereits den Kampf auf. Schon in Kürze würden Insekten und allerhand Getier aus ihren Unterschlümpfen kriechen und die Luft mit ihren Klängen erfüllen. Der gestrige Regen schien vollends vorüber und es versprach ein neuer wunderbarer Spätsommertag zu werden.

»Ich habe ihn geschenkt bekommen«, erwiderte Dereck und unterdrückte ein Gähnen. Die Nacht war abermals viel zu kurz, doch er konnte nicht leugnen, dass ihm Danielles nächtlicher Besuch durchaus gefallen hat. Selbst wenn es ihn mittlerweile beschämte, sich ihr derart geöffnet zu haben, so fühlte er dennoch eine gewisse Erleichterung.

Zum ersten Mal in seinem Leben sprach er über seine Kriegserinnerungen und konnte fühlen, wie sich langsam aber stetig ein Knoten in seiner Brust zu lösen begann.

Danielle tat ihm wahrlich gut, auch wenn er diesem Umstand bislang so wenig Beachtung wie möglich schenken wollte.

»Geschenkt? Wofür?«, fragte Cedric neugierig und lehnte sich ein wenig aus dem Wagen heraus.

»Für meine Kriegsdienste«, antwortete Dereck und setzte sich sogleich ein wenig aufrechter in den Sattel.

Ein anerkennender Pfiff verließ die Lippen des Schmieds, gefolgt von einem vielsagenden Schmunzeln.

»Du musst ja ein wahrer Held des Nordens sein.«

Ein Stich fuhr durch Derecks Brust, doch war er nicht sicher, ob er von seiner gebrochenen Rippe herrührte.

»Das war ich«, flüsterte er bedrückt und richtete den Blick starr geradeaus. Er hoffte inständig, dass dieses unsägliche Plappermaul endlich den Mund hielt. Wie konnte er bloß so viel reden? Noch dazu zu solch einer Zeit? An ihm war definitiv ein tratschendes Weib verloren gegangen.

»Und warum bist du dann weggegangen?«

Dereck schnaufte gereizt. Diese neugierigen Fragen ließen seine Laune auf den Tiefpunkt sinken. Warum glaubte er, dass er ihm einen Schlag aus seinem Leben erzählen würde? Seine Vergangenheit ging nur ihn etwas an und dabei sollte es auch bleiben.

»Wie kann man am frühen Morgen nur so viele Fragen stellen?«, zischte er bissig und blickte warnend drein.

»Meine Güte, du bist wirklich kein Morgenmensch«, erwiderte Cedric kopfschüttelnd, »ich wollte lediglich ein Gespräch angefangen, aber wenn du nicht reden willst.«

Die nächsten Minuten hüllten sie sich in Schweigen, nur das Quietschen der alten Holzräder und der gemütliche Trab der Pferde durchbrachen die Stille. Jeder hing fortan seinen eigenen Gedanken nach, bis Dereck plötzlich eine Frage durch den Kopf schoss, dessen Antwort ihn brennend interessierte.

»Na schön, wenn du unbedingt reden willst«, sprach er schulterzuckend und war darauf bedacht, so gelassen wie möglich zu klingen, »wie kommt es eigentlich, dass Danielle noch niemandem versprochen ist?«

Er hatte die Frage noch nicht einmal vollständig ausgesprochen, da schnellte Cedrics Kopf bereits herum.

»Wieso interessiert dich das?«

»Weil es ungewöhnlich ist«, antwortete Dereck schlicht und hoffte, dass der Schmied endlich anbeißen würde.

»Nun, es ist nicht so, dass sich in den letzten Jahren keiner um sie beworben hat. Sie war sogar schon einmal so gut wie verlobt, doch Danielle hat eben ihren eigenen Kopf«, erklärte Cedric zögerlich und strich sich nachdenklich über den blonden stoppeligen Bartansatz.

»Wie meinst du das?« hakte Dereck nach und spürte ein ungewöhnliches Gefühl in der Magengegend.

»Der Sohn eines vermögenden Kaufmanns wollte vor ein paar Jahren um ihre Hand anhalten«, antwortete der Schmied und verzog das Gesicht.

»Danielle hatte eigentlich nie viel übrig für ihn, doch er war, zugegeben, eine mehr als vorteilhafte Partie. Soweit ich weiß, ist sein Vater noch heute ein überaus erfolgreicher Stoffhändler, der in allen Regionen hoch angesehen ist.«

»Und warum ist daraus nichts geworden?«

Derecks Müdigkeit verschwand schlagartig, es überraschte ihn selbst, wie sehr ihn der Ausgang dieser Geschichte interessierte.

»Weil der Krieg und der Tod von Bruder und Mutter dazwischen kamen«, erwiderte Cedric bedrückt.

»Danielle weigerte sich, ihren Vater und das Gasthaus nach dieser Tragödie zu verlassen. Dieser selbstherrliche Esel brachte dafür jedoch keinerlei Verständnis auf. Unter keinen Umständen wollte er in einer Wirtschaft tätig werden. Als er sie nochmals aufforderte, mit ihm zu gehen und sie sich abermals weigerte, ließ er sie kurzerhand sitzen und heiratete stattdessen die arrogante Tochter unseres reichen Brauherrn.«

Dereck dachte über diese verblüffenden Worte nach. Er selbst hatte nie einen Gedanken ans Heiraten oder eine feste Bindung verschwendet. Wäre er König geworden, wäre dies allerdings ein unvermeidbarer Schritt gewesen. Ein weiterer Umstand, der seine Abneigung gegen den Thron vollendete. Doch in Danielles Fall sah dies ein wenig anders aus.

Sie war ein einfaches Mädchen vom Land, ein Schankmädchen mit wenig

Vermögen und einer geringen Stellung. Es war sehr leichtsinnig von ihr, diese vorteilhafte Partie auszuschlagen, doch Dereck wusste mittlerweile auch, wie sehr sie an ihrer Familie und an ihrem Zuhause hing.

Maxime hätte es ohne ihre Hilfe sicher nicht geschafft, das Gasthaus weiterzuführen.

Die Bedürfnisse der Familie vor die seinen zu stellen war sicher eine noble, doch kaum gedankte Eigenschaft.

Danielle hatte durch diese Entscheidung immerhin die Chance auf ein besseres Leben verspielt.

»Das war doch sicher ein schwerer Schlag für sie, nicht wahr? Also ich meine, dass dieser Kerl dann die Tochter eines anderen geheiratet hat.«

»Leicht war es sicher nicht, doch ich glaube, Danielles größeres Problem ist die maßlose Arroganz der Brauherrntochter. Aurelie ist ein schreckliches Frauenzimmer. Egoistisch und überaus prahlerisch«, antwortete Cedric und verdrehte die Augen. »Wenn ich ehrlich bin, erinnerst du mich fast sogar ein bisschen an sie.«

Schallendes Gelächter hallte durch die frühe Morgenluft, während Dereck krampfhaft versuchte, nicht dem Bedürfnis nachzugehen, Cedric an die Kehle zu springen.

»Weißt du, auch wenn du mich ständig mit deinen gemeinen Blicken foltern willst, glaube ich dennoch, dass du mich insgeheim mehr magst, als du eigentlich zugeben willst«, sprach der Schmied prustend und lehnte sich entspannt auf der Sitzbank seines Wagens zurück.

Danielle

Danielle wanderte einen mit Feldsteinen befestigten Weg entlang, der sie auf direktem Wege zum Markplatz von Montelans führte. Sie genoss die angenehme Luft, welche wie an jedem Morgen nach frisch gebackenem Brot und duftenden Blumen roch. Schon als kleines Mädchen bildete sie sich ein, dass es diesen einzigartigen Geruch nur in ihrem Heimatort gab und sie ihn überall wiedererkennen würde, ganz gleich, wohin es sie auch verschlug. Normalerweise liebte sie ihre morgendlichen Spaziergänge ins Dorf, doch diesmal konnte sie diesem Umstand keinerlei Freude abgewinnen. Das heutige Ziel widerstrebte ihr mit jeder Faser, am liebsten wäre sie umgedreht und hätte Catia oder Binette mit diesem Botengang beauftragt.

Henry Arabac, der Herr der örtlichen Brauerei, war ein überheblicher und geldgieriger Mann, der nur durch seine günstigen Beziehungen zu Ansehen und Reichtum gekommen war. Er gehörte zu den wohlhabendsten Männern in der gesamten Umgebung und viele kamen von weit her, nur um sein Bier zu kaufen. Sein stattliches Haus mit den markanten roten Dachziegeln ließ er direkt neben der Brauerei am Marktplatz erbauen und liebte es, dessen Räumlichkeiten mit den schönsten Dingen auszuschmücken.

Doch auch wenn Henry eingebildet und überaus maßlos erschien, so konnte man ihn dennoch bis zu einem gewissen Grad ertragen. Leider galt dieser Umstand nicht für seine Tochter. Aurelie war von Grund auf ein schlechter Mensch. Obwohl sie viel Wert darauf legte, nach außen hin höflich und wohlerzogen zu wirken, verbarg sich hinter dieser Maskerade doch ein durchtriebener falscher Kern. Sie liebte es, Danielle das Leben schwer zu machen und sie mit spitzen Kommentaren aufzuziehen. Seit ihrer Jugend verband sie eine unergründliche Feindseligkeit, die mit den Jahren nur noch an Stärke gewann.

Ein leises Seufzen glitt über Danielles Lippen. Warum musste ausgerechnet Aurelie ihren damaligen Verlobten heiraten? Auch wenn die beiden einander wunderbar ergänzten, so war es dennoch äußerst unangenehm, ihnen nach wie vor begegnen zu müssen.

»Danielle!« Catia kam freudestrahlend auf ihre Freundin zugelaufen und riss sie sogleich aus ihren trüben Gedanken. Ohne es bewusst zu bemerken, war sie soeben am Rande des Marktplatzes angekommen, auf dem bereits ein reges Treiben herrschte. An etlichen Stellen stellten Handwerksmeister mit ihren jungen Gesellen hölzerne Stände und Bänke auf, während einige Frauen reich verzierte Blumengirlanden an die Hausfassaden banden. Aus jeder Gasse und jedem Winkel hallten die lauten Geräusche von Hämmern und Sägen wieder. Die Aufbauarbeiten für das morgige Erntedankfest schienen in vollem Gange und die Vorfreude der Dorfbewohner flirrte wie die Hitze eines heißen Sommertages durch die Luft.

»Ich kann es kaum noch erwarten«, sprach Catia glücklich und deutete auf mehrere Männer, die in jenem Moment versuchten, eine große Holzbühne aufzubauen.

Danielle bewunderte ihre Freundin für deren unangefochtenen Enthusiasmus. Catia war ein durch und durch fröhlicher Mensch und solch ein Fest versetzte sie in Hochstimmung.

»Freust du dich denn gar nicht?«, fragte die Küchenmagd und stieß Danielle auffordernd in die Seite.

»Doch, doch, ich freue mich ebenso sehr wie du! Aber ich glaube, ich muss erst den Besuch bei Henry hinter mich bringen, bevor ich wieder richtig lachen kann.«

»Dann lass uns keine Zeit verlieren, immerhin müssen wir noch einkaufen«, entgegnete Catia entschlossen, griff nach der Hand ihrer Freundin und zog sie in Richtung Brauerei.

Der Geruch von gegorener Hefe und frischem Hopfen stieg der Wirtstochter in die Nase und ließen sie erschaudern. Eine leichte Übelkeit begann sich in ihrem Inneren auszubreiten und machte ihr deutlich bewusst, dass sie es nicht allzu lang in diesem Gebäude aushalten würde.

Nachdem sie den imposanten, mit Holztäfeln verzierten Eingangsbereich passiert hatten, näherten sie sich einem langgezogenen Arbeitsraum. Dort standen in regelmäßigen Abstanden große Holzfässer verteilt, in denen der braune Gerstensaft dampfend vor sich hin brodelte.

Einige Behälter waren sogar so groß, dass man nur über eine kleine Holzrampe in ihr Innerstes blicken konnte. Überall liefen gehetzt aussehende Knechte umher. Einige rührten ohne Unterlass in den Fässern, während andere beständig Feuerholz nachlegten. Niemand schenkte den beiden Frauen Beachtung oder würdigte sie auch nur eines Blickes. Da Danielle durch den immer strenger werdenden Geruch allmählich Tränen in die Augen stiegen, begann sie konzentriert nach dem Brauherrn Ausschau zu halten und konnte ihn letztendlich am anderen Ende des Raumes entdecken. Er schien in ein Gespräch mit einem seiner Mitarbeiter verwickelt, sodass ihr nichts anderes übrigblieb, als ihm widerwillig entgegen zu laufen.

»Ah Danielle, wie schön, die Tochter eines meiner besten Kunden zu sehen«, sprach Henry mit übertriebener Freundlichkeit und breitete einladend die Arme aus. Er trug einen dunkelgrünen Frack mit vergoldeten Knöpfen und darunter ein weites Spitzenhemd. Seine schwarze Kniehose war an den Seitennähten ebenfalls mit glänzenden Knöpfen verziert, welche bei jeder Bewegung abzuspringen drohten. Seine schwarzen Absatzschuhe rundeten das illustre Bild zu guter Letzt vollständig ab.

»Wie kann ich den Damen helfen?«

»Guten Morgen, Herr Arabac, ich bringe Euch die Bestellung meines Vaters« sprach Danielle höflich und reichte ihm die besagte Liste.

»Nun, wie ich sehe, scheint euer Gasthaus in dieser Saison wahrlich zu florieren«, erwiderte er und überflog das feine Stück Pergament halbherzig.

»Wir können uns nicht beklagen.«

»Gut, gut, dann richte Maxime aus, dass ich ihn gleich nach dem Fest beliefere«, entgegnete Henry geschäftig und steckte die Liste in eine seiner Fracktaschen, »vorher schaffe ich es nicht. Meine Knechte sind so mit dem Brauen des Festbieres beschäftigt, dass die alltäglichen Bestellungen vorerst hintenanstehen müssen.«

Danielle nickte. Das Festbier gehörte seit vielen Jahren zu den wichtigsten Bestandteilen des Erntefestes und bescherte dem Brauherrn stets hohe Einnahmen.

Gerüchten zufolge verstärkte er das besondere Getränk mit einer speziellen Zutat, die die Menschen schneller betrunken und dadurch deutlich zahlungswilliger machte. Doch bisher hatte ihm niemand diesen Verdacht nachweisen können.

»Ich werde es meinem Vater ausrichten. Ich danke Ihnen und wünsche einen schönen Tag«, sprach sie ergeben und vollzog einen leichten Knicks.

»Den wünsche ich den Damen ebenfalls und richte deinem Vater einen Gruß von mir aus. Es muss hart sein, so viel arbeiten zu müssen, noch dazu mit so wenig Personal«, antwortete der Brauherr und setzte eine mitleidige Miene auf.

Danielle rang sich ein gequältes Lächeln ab und machte auf dem Absatz kehrt, doch warf sie dem arroganten Mistkerl gedanklich eine passende Antwort zu. Was wusste dieser Mann schon von harter Arbeit? Sein geheucheltes Mitleid konnte er getrost für sich behalten.

»Mach dir nichts aus seinen Worten«, flüsterte Catia besänftigend und legte eine Hand auf die vergoldete Türklinke der hohen Eingangstür.

»Ich gebe mir die größte Mühe«, erwiderte Danielle gereizt und wollte soeben hinausschreiten, als sie plötzlich mit einem Berg aus Stoff und blonden Locken zusammenstieß.

Ein aufgebrachter Schrei durchdrang das gesamte Haus und noch ehe die Wirtstochter wusste, wie ihr geschah, sah sie in Aurelies echauffiertes Gesicht. Für einen Moment starrten sich beide Frauen lediglich an, doch dann schien sich die Blonde allmählich zu fangen, strich sich über den ausladenden Überrock und zog ihr feines Seidentuch zurück über die Schultern.

»Ach Danielle, du bist es nur«, sprach sie lächelnd, doch funkelten ihre grünen Augen argwöhnisch.

»Aurelie«, erwiderte Danielle knapp und atmete tief ein.

Sie wusste, dass sie sich entschuldigen musste, doch alles in ihr sträubte sich dagegen. Sie wollte dieser hochnäsigen Person keinerlei Genugtuung verschaffen.

»Du musst schon ein bisschen besser aufpassen, wo du hintrittst«, trällerte die Brauherrntochter und strich sich eine blondgelockte Strähne aus dem Gesicht, »aber ich schätze, wenn man den ganzen Tag so viel arbeiten und noch dazu so viele männliche Tätigkeiten übernehmen muss, verlernt man wohl einen Teil seines weiblichen Anstands.«

»Den du natürlich zur Genüge besitzt«, entgegnete Danielle sarkastisch und spürte sogleich die Hitze in ihrem Gesicht. Wie konnte sie es nur wagen? Wieso mussten sie auch ausgerechnet im gleichen Moment die Tür durchschreiten?

Wäre sie doch nur ein wenig schwungvoller mit ihr zusammengestoßen, dann wäre Aurelie vielleicht in den Dreck gefallen.

»Nun, weißt du, Lucas gibt mir jeden Tag das Gefühl, wahrlich eine Frau zu sein«, säuselte die Blonde und schien Danielle allein durch ihre Augen erdolchen zu wollen. »Dieses Tuch ist gestern direkt aus der Veldun Region eingetroffen. Es ist aus feinster Seide. Lucas hat es extra für mich ausgesucht.«

Danielle spürte, wie sich ihr Magen unweigerlich zusammenzog. Ihr war durchaus bewusst, dass sie an ihrer Stelle hätte stehen können, doch ihre Wahl war bereits vor langer Zeit gefallen. Vielleicht konnte sie es in diesem Moment nur schwer erkennen, doch eigentlich besaß sie so viel mehr, als diese egoistische Person jemals haben könnte.

»Sehr hübsch, Aurelie, hoffentlich machst du es dir bei deinen vielen Einkäufen nicht schmutzig«, mischte sich Catia schließlich ein und griff nach Danielles Handgelenk.

Die Brauherrntochter besah die Küchenmagd zuerst mit einem abschätzenden Blick, doch dann verzog sich ihr Gesicht zu einem hämischen Grinsen.

»Ist es nicht schön, wenn sich das Personal für ihre Herrschaft einsetzt?«

»Sie ist meine Freundin, Aurelie. Und auch wenn du mit diesem Wort nicht viel anfangen kannst, würde dir eine Freundin unter Umständen sicher auch ganz guttun«, antwortete die Wirtstochter abschließend und trat ohne ein weiteres Wort an Aurelie vorbei.

Sie liefen bereits den feingearbeiteten Treppenabsatz hinunter, als Danielle zu allem Übel erkennen musste, dass die Brauherrentochter anscheinend noch nicht am Ende war. Erneut ertönte ihre Stimme aus dem Eingangsbereich und zischte wie eine wütende Schlange durch die Luft.

»Dann wird wohl euer neuer Angestellter ebenfalls zu deinen lieben Freunden zählen, nicht wahr?«

Mit entrüstetem Blick drehte sich Danielle ihrer Erzfeindin entgegen und wünschte sich in diesem Moment nichts sehnlicher, als Feuer speien zu können.

»Wie war das?«

»Oh bitte, Danielle, als ob du so etwas vor mir verheimlichen könntest. Das ganze Dorf spricht doch mittlerweile über den Fremden, den ihr einfach so aufgenommen habt und jetzt für euch arbeiten lasst. Ihr müsst wahrlich große Not leiden«, erwiderte Aurelie und setzte ein triumphierendes Lächeln auf, »aber ich habe auch gehört, dass er recht gutaussehend sein soll. Vielleicht wird er dir ja früher oder später einen Antrag machen. Ein Knecht passt ohnehin viel besser zu dir, als so ein wohlhabender Kaufmann wie mein Lucas.«

Nun war es genug. Danielle konnte die Hitze in ihrem Inneren keinen Augenblick länger ertragen. Sie wollte schreien, sie wollte ihr die Augen auskratzen und die blonden Locken ausreißen. Es war einzig Catias schneller Reaktion geschuldet, dass Danielle nicht die Treppen hinaufrannte und Aurelie die Falschheit aus dem Gesicht schlug. Mit festem Griff umfasste sie ihren Oberarm und zog sie zu sich zurück.

»Lass dich von ihr nicht provozieren! Sie ist es doch nicht wert«, sprach die Küchenmagd rasch und bekräftigte ihre Worte mit einem eindringlichen Blick.

Irgendwann, so war Danielle sich sicher, würde diese arrogante Kuh ihre gerechte Strafe erhalten. Das Schicksal bescherte jedem früher oder später das, was er schlussendlich verdiente und in Aurelies Fall wäre dies ein großer übelriechender Misthaufen, auf dem sie den Rest ihres Lebens thronen müsste.

***

»Wie kann sie es nur wagen?«, wetterte Danielle, während sie gemeinsam mit Catia einen kleinen Stoffladen inmitten der vielen Nebengassen betrat.

»Nun hör doch endlich auf, dich über sie aufzuregen. Aurelie ist nichts weiter als eine einfältige dumme Gans.«

»Ja, sie und Lucas passen wirklich ganz wunderbar zusammen.«

»Richtig. Also lass dir von der nicht weiter den Tag verderben. Konzentrier dich lieber auf das Fest«, erwiderte die Küchenmagd lächelnd und deutete auf die vielen bunten Stoffbänder, die an einem hohen Holzgestell hingen.

Obwohl der kleine Laden kaum größer als der Gastraum im Wirtshaus war, empfand Danielle im Inneren dennoch eine wohlige Atmosphäre. Sowohl zur rechten als auch zur linken erstreckten sich zwei lange Tische, auf denen verschiedene Stoffbahnen ausgebreitet lagen und sich in ihren schönsten Farben präsentierten. Von sonnengelb bis weinrot, von dunkelblau bis zartrosa, es war alles vorhanden, vom einfachen Leinen bis hin zum teuren Samtstoff.

Danielle atmete tief durch und versuchte sich zu besinnen. Natürlich behielt Catia Recht, doch Aurelie war so eine schreckliche Person.

»Also, was hältst du von diesem hier?«, fragte die Küchenmagd und hielt ihr ein grasgrünes Seidenband vor die Nase. Ein leichtes Lächeln begann sich auf die Lippen der Wirtstochter zu stehlen. Catia wusste genau, was sie tat, sie hätte sich keine bessere Freundin wünschen können.

Dereck

»Wie sieht es eigentlich aus, gehst du morgen gemeinsam mit Danielle zum Fest?« fragte Cedric und wischte sich den Schweiß von der Stirn. Nachdem Dereck von seiner Jagd zurückgekehrt war, hatten sie gemeinsam mit dem Aufladen des Brennholzes begonnen.

Unsicher zog Dereck die Stirn in Falten und klopfte sich den Dreck von seinem braunen Ledermantel. Er hatte bereits selbst über diese Frage nachgedacht, doch wusste er nicht, ob Danielle tatsächlich mit ihm gehen würde, schließlich kannten sie sich erst seit kurzer Zeit.

»Oder hast du Angst, sie könnte dich abweisen?«, hakte der Schmied grinsend nach und warf sich seine Axt über die Schulter. Er hatte ja keine Ahnung, wie sehr er damit ins Schwarze traf.

»Mich abweisen? Du hast anscheinend wirklich keine Ahnung, wen du hier vor dir stehen hast«, erwiderte Dereck ausweichend und deutete auf die zwei toten Graugänse und die erschossene Hirschkuh.

»Wenn sie erst meine heutige Beute sieht, wird sie von ganz allein mit mir hingehen wollen.«

»Dir ist schon bewusst, dass es einen Unterschied zwischen der Jagd auf Wild und der Jagd auf Frauen gibt, mein Freund«, entgegnete Cedric lachend und stieg mit einem erschöpften Schnaufen auf die Sitzbank des Wagens.

»Für dich vielleicht«, antwortete Dereck, während er sich auf Ventus' Rücken schwang. Niemals würde er sich die nagende Unsicherheit anmerken lassen, die ihn beim Gedanken an die Wirtstochter überkam.

Eher würde er auf der Stelle tot umfallen.

Danielle

Danielle zwang sich den restlichen Tag mehr oder weniger erfolgreich dazu, nicht mehr über Aurelie nachzudenken. Zuerst fiel ihr dieses Vorhaben zwar alles andere als leicht, doch als Brix mit seiner großartigen Beute wiederkehrte, begann sich ihre Laune endgültig zu bessern. Sogar Maxime schien allmählich gefallen an seinem neuen Jäger zu finden, auch wenn er es nach wie vor nicht unbedingt offenkundig zeigte.

»Du kannst ruhig zugeben, dass du beeindruckt bist«, sprach Brix triumphierend, während er einen nassen Krug abtrocknete.

»Ich weiß absolut nicht, wovon du sprichst«, erwiderte sie und reichte ihm ein neues Tablett voll dreckigem Geschirr.

»Na, dann überleg noch mal. Soweit ich weiß, ist es nur meinen überragenden Jagdkünsten zu verdanken, dass du deinem fülligen Metzgerfreund diese Woche keinen weiteren Besuch abstatten musst.«

»Und ich weiß, dass du irgendwann an deinem ewigen Selbstlob ersticken wirst.«

Natürlich war Danielle ihm dankbar, sehr sogar, doch sie musste es ihm dennoch nicht pausenlos unter die Nase reiben. Seine maßlose Selbstherrlichkeit reichte ohnehin für das halbe Dorf aus.

Der letzte Abend vor dem Fest war unsagbar anstrengend, doch jeder von ihnen hielt bis zum Schluss und ohne jegliche Nörgelei durch. Es schien merkwürdig und fast ein wenig unheimlich, doch Danielle glaubte mittlerweile, einen gewissen Wandel zu verspüren. Er strömte durch das gesamte Haus und durchdrang jeden Angestellten.

Brix schien wahrlich eine Bereicherung für sie zu sein.

»Und wir treffen uns alle morgen Mittag auf der Wiese, abgemacht?«, fragte Catia zum wiederholten Male und umarmte Danielle zum Abschied.

»Wir werden dort sein«, erwiderte die Wirtstochter zum gefühlt zehnten Mal und müde lächelnd.

»Und vergiss ja nicht, dein neues Band zu tragen«, mahnte die Küchenmagd und grinste vielsagend, bevor sie in die kalte Nachtluft trat.

»Jedes Jahr gehen wir zu diesem Fest und jedes Jahr benimmt sich Catia wie ein kleines Mädchen«, sprach Maxime und schüttelte den Kopf.

»Du kennst sie doch, sie ist eben eine wahre Frohnatur. Bleib doch Morgen auch den ganzen Tag bei uns. Ein bisschen Abwechslung würde dir sicher guttun.«

Der Wirt bedachte seine Tochter mit einem undurchdringlichen Blick und schien ihr Angebot tatsächlich für einen Moment zu überdenken. Doch dann verschloss sich seine Miene erneut.

»Nein, Danielle. Ich gehe ausschließlich zur Danksagung und komme danach wieder hierher zurück«, antwortete er schnaufend, »es sind alle Zimmer für morgen Abend belegt und außerdem muss jemand hier anwesend sein, wenn die volltrunkenen Herrschaften in ihre Betten wollen.«

Danielle wusste genau, dass er diese Gründe nur vorschob. Seit dem Tod ihrer Mutter wollte ihr Vater keinem einzigen Fest im Dorf mehr beiwohnen. Er besuchte nur die nötigsten Zeremonien und zog sich anschließend wieder ins Wirtshaus zurück. Früher waren Diane und er bis spät in die Nacht auf solchen Feierlichkeiten geblieben. Sie tanzten, lachten und genossen die gemeinsame Zeit, doch nun schien dieses Kapitel für immer abgeschlossen. Doch auch wenn es Danielle nicht unbedingt gefiel und sie befürchtete, dass ihr Vater durch seine selbstauferlegte Isolation noch eigensinniger werden würde, so hatte sie dennoch Verständnis für sein Verhalten. Jeder verkraftete den Tod eines geliebten Menschen auf seine eigene Art und Weise. Sie durfte sich darüber kein Urteil erlauben.

»Wie du willst, Papa«, sprach sie ergeben und schenkte ihm ein letztes trauriges Lächeln, bevor er sich mit schweren Schritten in seine privaten Räumlichkeiten zurückzog.

Danielle war gerade dabei, die letzten Kerzen zu löschen, als Brix von draußen hereintrat. Maxime hatte ihm zu guter Letzt aufgetragen, noch einmal nach den Pferden zu sehen und die Verriegelung am Hühnerstall zu kontrollieren.

»Dein Vater ist schon hinaufgegangen?«, fragte er ein wenig unsicher und blickte die Treppe hinauf.

»Ja, es war ein langer Abend«, erwiderte Danielle und löschte eine weitere Flamme.

»Wieso fragst du?«

»Ach nur so«, erwiderte Brix rasch, doch schwang ein nervöser Unterton in seiner Stimme mit, der sie aufhorchen ließ.

»Ist alles in Ordnung?«

Danielle legte den Kerzenlöscher aus poliertem Messing zur Seite und blickte ihm ein wenig misstrauisch entgegen.

Aus irgendeinem Grund wirkte er zerstreut, beinahe ein wenig verwirrt. Angespannt lehnte er mit dem Rücken gegen den Tresen und kratze sich nachdenklich am Hinterkopf. Wahrscheinlich hätte sie sich unter anderen Umständen über sein Verhalten amüsiert, doch in diesem Moment war ihr weder nach Lachen noch nach Scherzen zumute.

»Natürlich ist alles in Ordnung«, entgegnete er unbeholfen und schien händeringend nach den richtigen Worten zu suchen.

»Cedric erzählte mir nur, dass er gemeinsam mit Catia und dir zum Fest geht.«

»Das stimmt, wir gehen jedes Jahr gemeinsam hin«, antwortete Danielle stutzig, während plötzlich ein wahnwitziger Gedanke durch ihren Geist schoss.

Könnte es etwa sein, dass er …? Nein, das konnte sie sich nicht vorstellen, dafür besaß er zu viel Stolz.

»Richtig. Nun ja und ich dachte mir … also jetzt, da ich ebenfalls hier bin … und du …also wir …«

Dereck

Dereck wollte sterben. Jetzt. Sofort.

Er wollte hinauslaufen, sich eigenhändig ein Loch schaufeln und sich anschließend darin begraben. Er kam sich vor, wie das dümmste Rindvieh im gesamten Dorf. Was war nur mit ihm los? Wieso begann seine mühevoll aufgebaute Fassade derart zu bröckeln?

»Ach, weißt du, vergiss es einfach«, sprach Dereck letztendlich und fuhr sich unwirsch mit den Fingern durch das schwarze Haar. Er konnte es nicht, er hatte es von Anfang an vermasselt. Wahrscheinlich war es ohnehin eine vollkommen dumme und irrwitzige Idee. In dem Wissen, sich mit der Schmach dieser Niederlage abfinden zu müssen, drehte er sich ohne ein weiteres Wort zur Treppe und wollte schon den ersten Fuß auf die unterste Stufe setzen, als Danielle plötzlich einen Schritt auf ihn zu trat.

»Brix?«

Seinen falschen Namen aus ihrem Mund zu hören, bescherte ihm eine Gänsehaut. Wie es wohl klingen mochte, wenn sie ihn bei seinem richtigen Namen nennen würde?

Mit einem leisen Seufzen drehte er sich zu ihr um.

Er betete inständig, dass sie sich zu allem Überfluss nicht auch noch lustig über ihn machen wollte.

»Ich würde gern mit dir zum Fest gehen.«

Dereck brauchte mehrere Augenblicke, um ihre Worte gänzlich aufzunehmen. Er konnte sie einfach nur ansehen, während sich seine Gedanken überschlugen.

»Wirklich?« fragte er verblüfft und musste sich aufgrund seiner viel zu hohen Stimmlage umgehend räuspern.

»Ich meine, wie schön. Dann sehen wir uns also morgen. Gute Nacht.«

Mit einem lauten Trommeln in der Brust schüttelte er frustriert den Kopf und erklomm die letzten Stufen in Windeseile. Er hatte ein für alle Mal genug von diesem Tag.

Danielle

»Schlaf gut«, erwiderte Danielle und sah ihm erstaunt nach. Was war hier geschehen? Würden sie tatsächlich morgen gemeinsam zum Fest gehen? Was würden die Leute dazu sagen? Was würden sie von ihr denken? Auch wenn es vielleicht nicht richtig war, so verspürte Danielle weder ein schlechtes Gewissen, noch interessierte es sie, was die geschwätzigen Dorfbewohner über sie dachten. Catia und Cedric würden schließlich ebenfalls an ihrer Seite sein und außerdem waren sie und Brix nur … ja, was waren sie eigentlich? Bekannte? Freunde? Nun, eigentlich konnte es ihr vollkommen gleich sein, denn der morgige Tag würde so oder so etwas Besonderes werden … etwas ganz Besonderes.

10. Die Wette

Dereck

Ein dumpfes, nicht enden wollendes Geräusch weckte Dereck aus einem tiefen, traumlosen Schlaf. Er bemühte sich mit ganzer Willensstärke, es zu ignorieren. Er zog sich die Bettdecke über den Kopf und drehte sich auf die andere Seite, doch es wollte einfach nicht aufhören. Erneut wurde seine Zimmertür von harten Schlägen malträtiert, die das alte Holz unbarmherzig erzittern ließen.

»Das darf doch wohl nicht wahr sein«, stöhnte er genervt und wischte sich mit beiden Händen über das verschlafende Gesicht. Er schien nicht in einem Wirtshaus, sondern vielmehr in einem Sklavenhort gelandet zu sein.

»Ist ja gut, ich komme ja schon«, brummte er schläfrig und schwang lustlos die Bettdecke zur Seite. Er würde sich niemals an das frühe Aufstehen gewöhnen. Niemals.

Mit trägen Schritten schlurfte er zur Tür und öffnete sie mit grimmiger Miene. Wie nicht anders zu erwarten, blickte er sogleich in ein Paar graue Augen, die ihn mit strengem Ausdruck musterten.

»Guten Morgen«, sprach Maxime und blickte an ihm herab, »zu dieser späten Stunde noch im Bett?«

Dereck holte tief Luft und bemühte sich, die Tür nicht umgehend wieder zuzuschlagen. Er durfte es sich nicht erneut mit dem Wirt verscherzen, jetzt, da das Misstrauen gegen ihn langsam aber sicher abebbte.

»Ich bin noch dabei, mich auf eure Arbeitszeiten einzustellen«, erwiderte er daher mehr oder minder höflich, während ihm erstmals das große Stoffbündel in den Händen seines Gegenübers auffiel. Auch Maxime schien seinen interessierten Blick zu bemerken, was dazu führte, dass er seine groben Finger noch tiefer in den weichen Stoff drückte.

»Nun, wie dem auch sei«, begann er zögerlich und musste sich kräftig räuspern. Es war unverkennbar, dass sich der alte Mann sichtlich unwohl fühlte.

»Heute ist ein Festtag und daher wollte ich … eigentlich habe ich lediglich gedacht, dass du …«

Dereck zog aufgrund dieses merkwürdigen Auftritts die Stirn in Falten und lehnte sich wortlos gegen den Türrahmen.

Er hatte nicht die leiseste Ahnung, was der Wirt eigentlich von ihm wollte, doch allem Anschein nach war er nicht nur hier, um ihn unsanft aus dem Bett zu werfen. Auch wenn der Anblick des alten, unbeholfenen Mannes fast ein wenig amüsierend wirkte, besann er sich letzten Endes doch darauf, ihm zumindest ein wenig unter die Arme zu greifen.

Sie konnten schließlich nicht ewig so voreinander stehen.

»Kann ich Euch irgendwie helfen?«

Bevor Maxime erneut zu sprechen begann, bedachte er Dereck mit einem letzten bohrenden Blick. Es sah beinahe so aus, als wollte der Alte sich davon überzeugen, dass er wahrhaftig das Richtige tat.

»Durchaus«, antwortete er knapp und drückte Dereck kurzerhand das Stoffbündel in die Hände.

»Meine Frau bewahrte sie bis zu ihrem Tod stets in einer verschlossenen Truhe auf. Ich bin jedoch zu dem Entschluss gekommen, dass es nun an der Zeit ist, dies zu ändern.«

Mit wachsender Neugier begann Dereck die feinen Schnüre des großen Bündels zu lösen. Mühelos wickelte er die weichen Stoffbahnen auseinander, schlug sie behutsam zur Seite, bis er endlich auf dessen unerwarteten Inhalt stieß. Ein leiser Laut der Verblüffung glitt über seine Lippen, als er den dunkelbraunen, mit feingearbeiteten Holzknöpfen verzierten Mantel entdeckte. Umgehend nahm er den herben Geruch von Wildleder wahr, während seine Finger bedächtig über die raue Oberfläche strichen. Erst jetzt bemerkte er, dass sich unter dem feinen Gewand sogar eine farblich abgestimmte Stoffweste und ein weißes Leinenhemd befanden. Die Kleidung war in einem makellosen Zustand, sie sah beinahe aus wie neu und schien nur selten getragen worden zu sein.

»Dies war das Festgewand meines verstorbenen Sohnes«, sprach Maxime mit belegter Stimme und ließ seinen Blick wehmütig über den feinen Stoff gleiten.

Dereck spürte, wie das Bündel augenblicklich schwerer in seinen Händen wog. Dies war eine Geste, mit der er nicht gerechnet hatte.

Wie sollte er auf solch einen Akt der Freundlichkeit reagieren? Welche Worte schienen angemessen? Er wusste zwar sehr gut, wie man Gefühle verbergen und überspielen konnte, doch sie ehrlich und offen zu zeigen war etwas, das ihn vor eine vollkommen neue Herausforderung stellte.

»Wie komme ich zu dieser Ehre?«

»Ach weißt du, es liegt nun schon mehrere Jahre in dieser alten Truhe und fristet dort ein recht undankbares Dasein«, erwiderte Maxime stockend und fuhr sich mit der rechten Hand durch das strähnige Haar, »solche Kleidung gehört getragen und nicht verschnürt. Da setzt sie nur Staub an und wird von Motten zerfressen.«

Dereck sah dem Wirt in die grauen Augen und konnte darin sowohl Ehrlichkeit als auch einen tiefen Schmerz erkennen. Ein Gefühl, welches niemals von ihm lassen würde, das er bis an sein Lebensende bei sich trug, selbst wenn er lernte, damit umzugehen. Dereck kannte diesen Umstand besser als jeder andere, er wusste nur zu gut, wie Maxime sich fühlte. Eine Woge der Rührung erfasste sein Herz und breitete sich wärmend in seiner Brust aus. Vielleicht war der Alte doch kein so unerträglicher Mensch wie anfangs gedacht.

Ab und an schien der erste Eindruck wohl doch zu täuschen.

»Ich danke Eeuch. Ich werde gut auf diese Kleidung achten und sie mit Stolz tragen«, sprach Dereck und lächelte aufrichtig.

Danielle

Danielle stieß nervös die Luft aus und drehte sich zum wiederholten Male hin und her. Saß ihr Kleid auch richtig? Waren ihre Haare ordentlich frisiert und das Haarband vernünftig eingeflochten? Seit viel zu langer Zeit hatte sie sich nicht mehr so viele Gedanken um ihr Aussehen gemacht, doch heute war eben ein besonderer Tag und ja, sie wollte schön aussehen.

Ihr beiges Unterkleid bildete einen hervorragenden Kontrast zu ihrem weinroten Überkleid, welches sich dank der vorderseitigen Schnürungen eng um Brust und Taille legte. Die Ärmel reichten ihr bis zu den Ellenbogen und waren an den Rändern mit einem feinen Spitzenbesatz versehen.

Ihr dunkelbraunes Haar trug sie weitestgehend offen, lediglich einige Strähnen hatte sie gemeinsam mit einem roten Haarband nach hinten geflochten.

Danielle wusste zwar, dass ihr Kleid niemals an die prachtvollen Stoffe bei Hofe heranreichen und das Aurelies Gewand wohl alles in den Schatten stellen würde, doch sie fühlte sich dennoch wohl und durchaus ansehnlich.

Es würde heute ein herrlicher Tag werden, geprägt von Spaß und Freude und nur darauf kam es an.

***

Gemeinsam folgten Danielle, Maxime und Dereck dem kleinen sandigen Pfad, der sie vom Gasthaus direkt nach Montelans führte. Auch die Sonne schien dem Erntefest fröhlich gesonnen, denn sie erstrahlte in ihrer ganzen Pracht vom Himmel herab und erwärmte die Luft.

Normalerweise wurde der staubige Weg zu dieser Tageszeit nur von wenigen Menschen begangen, doch am heutigen Morgen waren bereits viele Leute unterwegs. Sie kamen zu Fuß oder fuhren mit ihren Wagen vor, niemand wollte die traditionelle Erntedanksagung verpassen. Egal, wohin man auch blickte, überall entdeckte man freundliche Gesichter und konnte das Lachen aufgeregter Kinder vernehmen. Eine friedliche und ausgelassene Stimmung lag in der Luft und schien jeden in Dorf anzustecken.

Dereck

Dereck betrachtete die vergnügte Stimmung mit gemischten Gefühlen. Auch wenn er sich beinahe sicher war, von keiner Menschenseele erkannt oder entdeckt zu werden, so blieb dennoch ein gewisser Restzweifel an ihm haften.

Doch wer sollte sich hier an ihn erinnern? Montelans war ein kleiner Ort inmitten der Silvaron Region. Er war noch niemals zuvor hier gewesen und hatte Fürst Lingus nur äußerst selten auf seiner Burg besucht. Dieser würde sich jedoch niemals anschicken, einem solch kleinen Dorf seine Aufwartung zu machen. Es schien also völlig unsinnig, sich darüber den Kopf zu zerbrechen und vor sich hin zu grübeln. Vielleicht wäre es tatsächlich sinnvoller, den Tag zu genießen und sich von der ausgelassenen Stimmung treiben zu lassen.

Möglicherweise war das sogar einfacher als gedacht, denn immer wieder ertappte er sich dabei, wie er Danielle von der Seite aus beobachtete. Sie wirkte heute sehr verändert und dies lag nicht allein an ihrem Festkleid, nein, sie wirkte fröhlich, beinahe unbeschwert und er musste zugeben, dass ihm dieser Umstand durchaus gefiel.

Anfangs befürchtete er insgeheim, dass die Kleidung ihres verstorbenen Bruders ihr Missfallen erwecken könnte, doch nachdem sie ihn für einen Moment ansah und er ein Lächeln auf ihren Lippen erkannte, wurde er glücklicherweise vom Gegenteil überzeugt. Einmal mehr kam Dereck nicht umher festzustellen, dass ihr Lachen wie Musik in seinen Ohren klang und sie im Zusammenspiel mit ihrem Kleid und dem offenen Haar eine wahre Schönheit war.

Danielle

»Meinst du nicht, wir hätten noch mehr einpacken sollen?«, fragte Danielle an ihren Vater gewandt und blickte verunsichert auf den Inhalt ihres Korbes. Allerhand Gemüse und ein großes Stück Wild lagen ordentlich angerichtet und mit vielen Wildblumen verziert darin.

»Glaub mir, hätten wir noch mehr eingepackt, wäre uns das Flechtwerk gerissen«, erwiderte Maxime lächelnd.

Es war seit jeher üblich, zum Erntefest einen gefüllten Korb mit verschiedenen Lebensmitteln mitzubringen, welcher im Anschluss an die Danksagung den Armen und Bedürftigen übergeben wurde. Dieses alte Brauchtum war eine wunderbare Tradition und wurde bereits seit mehreren Jahrhunderten auf einer geweihten Wiese vor dem Dorf durchgeführt.

Die Menschen Rokariens glaubten an vier verschiedene Götter, die sie verehrten und als Schutzpatrone für ihre jeweiligen Regionen ansahen. Während Cliffhall vom Gott des Sturmes und Veldun vom Gott des Feuers beschützt wurden, beteten die Bewohner von Montelans den Gott des Waldes an. Dem Herrn über Felder und Wiesen und allen darin lebenden Wesen.

Er herrschte über die Silvaron Region, war verantwortlich für das milde Klima und entschied über eine gute oder schlechte Ernte.

In ganz Rokarien gab es nur einen Gott, den vierten im Bunde, der von den Menschen gleichsam geachtet wie gefürchtet wurde. Der Herr der Dunkelheit und des Todes. Seine Macht erstreckte sich über das ganze Land, vom nördlichen clarisischen Meer bis hin zur brennenden Pulviswüste im Süden.

Dieser herrliche Spätsommertag gehörte jedoch ganz allein dem Gott des Waldes und da die Ernte in diesem Jahr besonders ertragreich war, würde es ein herrliches und ausschweifendes Fest werden.

Je näher sie der geweihten Wiese kamen, desto voller und enger wurde es um sie herum.

Alle Einwohner von Montelans versammelten und reihten sich in einem großen Kreis um ein hölzernes Podest auf, das inmitten des grünen Grases errichtet worden war.

Seine dunklen Holzbalken bildeten die Form eines mächtigen Throns, während duftende Blumenkränze und unzählige bunte Bänder ihn prachtvoll verzierten. Im Zentrum des Podestes war ein mächtiges Hirschgeweih platziert worden, das Symbol des Herrn des Waldes, umgeben von zwei prächtigen Erntekronen aus gebundenem Stroh.

Dereck

»Wann hast du das letzte Mal einem solchen Fest beigewohnt?«, fragte Danielle und versuchte inmitten der Menschenmenge einen Blick auf das Podest zu erhaschen.

»Das ist schon eine ganze Weile her«, erwiderte Dereck, darauf bedacht, sich nicht erneut von seinen Erinnerungen verleiten zu lassen. Sie mochten ihn vielleicht des nachts heimsuchen, doch an solch einem Tag wie diesem wollte er sie mit ganzer Macht verdrängen. Selbst wenn Montelans nur ein kleines, unbedeutendes Dorf war, so musste er dennoch zugeben, dass er sich auf dieses Fest freute. Es war eine wahrlich willkommene Ablenkung, die er sich nicht verderben lassen wollte, schon gar nicht, wenn er solch eine hübsche Partnerin an seiner Seite wusste.

»Danielle, Brix, wir sind hier!«

Die tiefe Stimme Cedrics durchdrang die Menschenreihen, während sich der Schmied und seine Begleitung geschickt einen Weg zu ihnen bahnten.

»Wie aufregend, dass so viele Leute gekommen sind, nicht wahr?«

Catia trug ebenso wie ihre Freundin ein beiges Unterkleid, doch erstrahlte ihr Überkleid in einem satten Grünton mit gelben Schnürungen auf dem Rücken. Ihr hellbraunes Haar hatte sie zu einem hohen Zopf gebunden, der von einem grünen Haarband gehalten wurde. Cedric trug ebenfalls seine beste Kleidung, doch wirkte diese eher rustikal und war der eines Schmieds angemessen. Sein Oberkörper wurde von einem weißen Leinenhemd bedeckt, während er darüber eine schwarze Weste mit silbernen Knöpfen trug. Seine Stoffhose war aus einem derben, dunklen Stoff gefertigt und passte hervorragend zu seinen polierten Stiefeln.

»Du siehst wirklich hübsch aus«, sprach Catia an Danielle gewandt und lächelte liebevoll.

»Das Kompliment kann ich nur zurückgeben«, erwiderte die Wirtstocher und zwinkerte ihrer Freundin lachend zu.

»Mensch, du hast dich ja heute ebenfalls richtig rausgeputzt«, sprach Cedric grinsend und schlug Dereck kräftig auf den Oberarm.

»Und es freut mich, dass du es ebenfalls versucht hast. Sei nicht traurig, dass es nicht funktioniert hat«, erwiderte dieser spitz, doch umspielte ein Lächeln seine Lippen.

»So galant wie eh und je. Wenn du mir noch so ein Kompliment machst, fordere ich dich vielleicht zum Tanz auf.«

Dereck verschränkte die Arme vor der Brust und grinste überheblich.

»Was dir wahrscheinlich guttun würde. Von mir könntest du sicher noch so einiges lernen.«

»Hört, hört«, erwiderte der Schmied amüsiert und ließ die Bemerkungen gekonnt an sich abprallen.

»Wenn das Jungvolk dann endlich so weit ist, würde ich gern in aller Ruhe der Danksagung beiwohnen«, mischte sich Maxime zu guter Letzt aus dem Hintergrund ein und deutete auf das geschmückte Podest.

Der Priester des Dorfes nahm seine Position vor dem hölzernen Thron ein und wartete mit aufforderndem Blick darauf, dass die Gespräche um ihn herum verstummten.

Es dauerte nur noch wenige Momente, bis das alles übertönende Summen der Stimmen schlussendlich verklang. Einzig die Worte des Priesters hallten nun über die weite Wiese und wurden vom Hauch des Windes in Richtung des strahlenden Himmels getragen.

Die Danksagung war ein recht langer und ausschweifender Prozess und während der Priester mit kräftiger Stimme den Gott des Waldes verehrte, bemerkte Dereck ein bedrückendes Gefühl in seinem Inneren.

Seit seiner Flucht aus Cliffhall verspürte er weder den Wunsch zu beten, noch den Schutzpatron seiner Region, den Gott des Sturms, in irgendeiner Form zu ehren.

Vielleicht ließen ihn Schuldgefühle zurückschrecken, möglicherweise sogar ein gewisser Zorn, denn was hatte der Herr des Windes schon für ihn getan? Sein Leben lang war er für seine Region und sein Land in den Krieg gezogen, doch nichts von alledem konnte ihn davor bewahren, das Leid zu erfahren, welches er nun Tag für Tag erdulden musste. Trotzdem musste sich Dereck eingestehen, dass dieser Priester es mit seinen Worten tatsächlich schaffte, eine absolut friedfertige und unbefangene Stimmung zu vermitteln.

Er begann sich allmählich zu entspannten und lauschte gelassen den Danksagungen für das gute Wetter, einer ertragreichen Ernte und den wenigen kriegerischen Auseinandersetzungen im bisherigen Jahr. Doch als der Diener des Waldgottes sich langsam dem Ende seiner Rede näherte und mit seinen letzten Worten um ein weiteres segenreiches Jahr und eine erfolgreiche Regentschaft für König Varian bat, spürte Dereck, wie sich jede Faser seines Körpers augenblicklich verhärtete.

König Varian.

Dieser Titel war ein Schlag ins Gesicht, er klang falsch und fühlte sich nicht richtig an.

Nun herrschte sein Onkel über Rokarien und es schien durchaus erstaunlich, wie gut Varian in den letzten Monaten mit den kriegerischen Auseinandersetzungen zwischen Tenebris und seinem Land umgegangen war. Wie hatte er es nur geschafft, den immer wiederkehrenden Überfällen und Eroberungsversuchen Einhalt zu gebieten? Vielleicht war Varian wahrlich eine Bereicherung für das Land.

Dereck wusste nur zu gut, wie geschickt sein Onkel mit Worten umgehen konnte, wie zielsicher er Reden formulierte und wie einprägend seine Sätze wirkten. Sicher war er ein weitaus besserer König, als er selbst es jemals hätte werden können. Und dennoch, es fühlte sich nicht richtig an.

Tief in seinem Inneren vernahm Dereck ein Zetern und Schreien, etwas, das ihn anflehte, seine Entscheidung zu überdenken und nach Stormarc zurückzukehren. Etwas, das ihn aufforderte, nach jener Wahrheit zu suchen, vor der er seit über einem Jahr, seit Elrics grausamen Tod, zu fliehen versuchte.

Nachdem der Priester die letzten Worte verlauten ließ, konnten die Dorfbewohner ihre reich gefüllten Körbe vor dem hölzernen Thron platzieren, wo sie zu guter Letzt ihren Segen erhielten.

Damit endete die Zeremonie und alle machten sich allmählich auf, den Marktplatz zu erreichen, da nun das Fest vollends beginnen sollte.

Ganz Montelans präsentierte sich im Zeichen des Erntefestes. An den hölzernen Hausfassaden hingen bunte Girlanden mit floralen und tierischen Verzierungen, die die Silvaron Region prachtvoll symbolisierten. Der deftige Geruch von gebratenem Fleisch und das verführerische Aroma von Süßspeisen durchzogen die Straßen und jede noch so kleine Seitengasse. Sie ließen die Mägen der Dorfbewohner knurren und schickten ihre Sinne auf eine köstliche Reise.

Je näher man dem Herzen des Dorfes kam, desto deutlicher wurde der Klang der Musikanten, die sich bereits auf der Bühne versammelt hatten und ihre ersten Lieder zum Besten gaben. Während sich die Besucher langsam, aber stetig auf dem weitläufigen Marktplatz verteilten, richteten sie ihre Augen auf die große Festbühne inmitten des Zentrums. Dort befand sich ein opulentes hölzernes Fass, welches, wie Dereck erfuhr, traditionell vom Brauherrn des Dorfes angeschlagen wurde.

Dieser trat unter unzähligen Jubelrufen die wenigen Stufen zur Bühne hinauf und erstrahlte im Glanze der ungeteilten Aufmerksamkeit. Begleitet wurde er von einer jungen Frau, die einen Schlegel und den dazu passenden Zapfhahn in ihren Händen trug. Ihr Kleid schimmerte in einem dunklen Blauton und war mit goldenen Fäden durchwebt, die im Licht der Sonne funkelten. Ihr blondes Haar trug sie zu einer aufwendigen Frisur hochgesteckt, die Dereck ungemein an ein Taubennest erinnerte.

Ein gezielter Stoß in die Seite richtete seine Aufmerksamkeit von der Bühne auf Cedric, der sich näher zu ihm beugte. »Darf ich vorstellen, das ist Aurelie«, flüsterte er und verzog angewidert das Gesicht.

Dereck betrachtete die Frau auf der Anhöhe nun erstmals genauer und zog die Augenbrauen hoch. Er konnte nicht leugnen, dass sie hübsch war, doch wirkte ihr Auftreten tatsächlich durch und durch gekünstelt.

Sie erinnerte ihn an die herrschaftlichen Damen bei Hofe, die den lieben langen Tag damit zubringen konnten, in aller Kleinlichkeit zu erläutern, wie teuer der Stoff ihres Kleides oder wie groß das Vermögen ihrer Familie war.

Reden konnten sie alle gut, obwohl Dereck ihnen nie länger als wenige Augenblicke zuhören konnte. Wenn sie hübsch genug waren, konnten sie unter Umständen die Nacht mit ihm verbringen, dafür war er sogar gewillt, dass ein oder andere Gespräch über sich ergehen zu lassen. Waren sie jedoch nicht nach seinem Geschmack, ließ er sich kurzerhand entschuldigen. Damals empfand er dieses Verhalten als völlig normal, doch nun betrachtete er diese Situationen durchaus mit gemischten Gefühlen. Es hatte sich vieles verändert.

»Hier, du großer Jäger«, sprach Cedric grinsend und reichte Dereck einen vollen Krug mit dunklem Gerstensaft.

Nach einer kurzen Suche hatten sie am Rande des Festplatzes eine Stelle gefunden, von der aus man sowohl die Bühne als auch den anschließenden Tanzboden überblicken konnten. Während er und der Schmied nun ihr erstes Bier genossen, war Danielle unterdessen damit beschäftigt, ihren Vater zu verabschieden und sich anschließend mit Catia in das ein oder andere Gespräch mit irgendwelchen Dorfbewohnern verwickeln zu lassen.

»Wie lange seid ihr beide eigentlich schon ein Paar?«, fragte Dereck an Cedric gewandt, während er die beiden Frauen beobachtete.

»Seit ungefähr fünf Jahren, aber kennen tun wir uns schon fast ein Leben lang«, erwiderte der Schmied und nahm einen großen Schluck, »vor gut einem Jahr haben wir uns dann schließlich verlobt und würde es nach Catia gehen, wären wir mittlerweile wohl längst geheiratet.«

»Was hält dich ab?«

Cedric betrachtete seine Verlobte mit einem nachdenklichen Blick.

»Wenn ich sie schon heirate, dann möchte ich ihr mehr bieten können, als das Dachgeschosszimmer über der Schmiede meines Vaters. Ich spare seit einiger Zeit und versuche so viel Geld wie möglich zusammenzubekommen, um ihr ein kleines Haus am Rande des Dorfes zu kaufen.«

Einmal mehr musste Dereck über die ehrlichen Worte des Schmieds staunen. Er schien Catia sehr zu lieben, es war offensichtlich, denn sobald das Wort auf sie fiel, veränderte sich seine Stimmlage und seine Augen begannen zu strahlen. Es musste wahrlich schön sein, jemanden zu haben, für den sich die harte Arbeit lohnte und mit dem man eine gemeinsame Zukunft aufbauen wollte. Mit diesen Gedanken im Kopf nahm Dereck ebenfalls einen tiefen Zug aus seinem Krug und ließ die bittere Flüssigkeit auf seiner Zunge zergehen. Sie brannte angenehm in seinem Hals und verlieh ihm ein wärmendes Gefühl in der Magengegend.

»Sag mal, was trägst du da eigentlich?«, fragte Dereck ablenkend und deutete auf ein grasgrünes Band, das Cedric am linken Handgelenk trug.

»Neidisch?«, fragte der Schmied und grinste breit.

»Ich bin weniger ein Mann für Bändchen und Schleifchen, aber dir steht es ausgezeichnet. Es betont deine weibliche Seite ganz wunderbar.«

»Glaub mir, du würdest dich freuen, wenn du auch so eins bekämest. Wenn du genau hinsiehst, kannst du erkennen, dass ich das gleiche Band trage wie Catia in ihrem Haar. Es ist ein alter Brauch in Montelans, dass die Frauen diese Art Bänder an die Männer verschenken, die ihnen wirklich etwas bedeuten«, antwortete der Schmied und sah zu den beiden Freundinnen hinüber.

»Danielle trägt ein rotes Band in ihrem Haar und ein weiteres um ihr Handgelenk, was bedeutet, dass sie noch eins zu verschenken hat. Also, streng dich an, Brix, vielleicht hast du ja Glück«, fügte er seinen Worten hinzu und zwinkerte schalkhaft.

Dereck wollte auf diese Spitze gerade eine passende Antwort formulieren, als er ein Ziehen an seinem Mantelsaum bemerkte. Sofort blickte er an sich hinab und erkannte das Gesicht eines kleinen Jungen. Verwirrt und überrascht zugleich sah er dem Kind entgegen, welches ein schmutziges Leinenhemd trug und dessen Haare ganz staubig waren.

»Habt Ihr vielleicht ein paar Taler für mich?«

Dereck hatte noch nie viel für Bettler übrig. Er vertrat die Meinung, dass jeder, der wirklich arbeiten wollte, auch eine Anstellung bekam. Alle anderen waren lediglich zu faul oder strengten sich nicht genug an.

Sein erster Impuls riet ihm, den Jungen ohne Umschweife wegzuschicken, ihm einen Schubs zu geben und sich erneut Cedric zuzuwenden, doch als er ihm in die braunen Augen sah, begann er mit sich zu ringen.

Irgendetwas hielt ihn davon ab, den Kleinen einfach so abzuweisen. Doch was war es? Was gingen ihn die Angelegenheiten eines fremden Balges an? Er wusste es nicht, möglicherweise lag es an der feierlichen Stimmung des Festes.

»Für was brauchst du denn die Münzen?«, fragte er mit kräftiger Stimme und sah dem Kind in die glasigen braunen Augen.

»Ich möchte nur ... die anderen haben auch ...«, begann es zu stottern und deutete mit dem schmutzigen Finger auf einen Stand in der Nähe, welcher unzählige bunte Küchlein und allerlei Zuckerzeug anbot. Dereck folgte seinem Blick und spürte, wie sich sein Magen unweigerlich zusammenzog.

Egal, in welche Richtung er auch sah, überall begegneten ihm lachende Kinder, die mit leuchtenden Augen eine klebrige Süßigkeit in ihren kleinen Händen hielten.

Sie liefen umher, zeigten sich gegenseitig ihre Errungenschaften und strahlten wie die Sonne selbst.

Mitleid begann sein Herz zu nähren, nicht dazuzugehören war ein Gefühl, welches ihm mittlerweile durchaus vertraut erschien. Mit einem leisen Seufzen beugte er sich zu dem Jungen hinunter, sodass sie erstmals einander auf Augenhöhe ansahen. Sein Gesicht war schmutzig und seine Mundwinkel eingerissen. Vielleicht war er in eine Rauferei geraten und hatte dabei den Kürzeren ziehen müssen.

»Wie heißt du denn?«

»Yanis«, erwiderte der Junge leise und senkte scheu den Blick.

Mit einem hörbaren Schnaufen griff Dereck nach einem kleinen Lederbeutel, der sich in der rechten Seitentasche seines Wildledermantels befand. Glücklicherweise schien Maxime ein ehrlicher Mann zu sein, denn noch am heutigen Morgen erhielt er den versprochenen Wochenlohn mitsamt dem Zuschlag für seine Jagderfolge. Eigentlich wollte Dereck das meiste davon beiseitelegen, doch anscheinend änderten sich seine Pläne allmählich.

»Hier, Kleiner, und jetzt verschwinde«, sprach er mit einem schiefen Lächeln und reichte dem Kind einen glänzenden Taler.

Für einen kurzen Moment blickte der Junge ganz verdutzt auf das runde Stück Metall, doch dann weiteten sich seine Augen schlagartig. Mit einem strahlenden Gesichtsausdruck rannte er umgehend zum Zuckerwarenstand und hinterließ ein warmes Gefühl in Derecks Brust.

Danielle

»Was war das denn?« fragte Danielle und blickte dem kleinen Jungen hinterher. Leider war sie so sehr in ein Gespräch mit einem der örtlichen Fischer verwickelt, dass sie nur das Ende von Brix' selbstloser Tat mitbekam.

»Nichts weiter. Ich habe dem Jungen lediglich etwas Kleingeld gegeben.«

»Tatsächlich?«

Danielle zog überrascht die Augenbrauen hoch. »Selbstverständlich, ich bin immer zur Stelle, wenn es um eine gute Tat geht«, entgegnete er und zwinkerte ihr vielsagend zu.

»Oh bitte«, erwiderte Danielle und verdrehte lächelnd die Augen. Dieser Mann würde seine Selbstherrlichkeit wohl niemals ablegen, doch je länger er bei ihnen verweilte, desto mehr schien eine neue Seite an ihm zum Vorschein zu kommen und diese war, zugegeben, gar nicht mal so übel.

Erneut ertönte eine fröhliche Musik von der Festbühne, woraufhin ein aufgeregtes Raunen durch die Menschenmenge ging. Endlich begannen die Tänze, auf die sich die meisten Dorfbewohner und vor allem die Damen unsagbar freuten.

»Es geht endlich los«, jubelte Catia glücklich und griff umgehend nach Cedrics Hand, noch bevor dieser zu einer Ausrede ansetzen konnte.

Die Küchenmagd zog ihren Verlobten direkt auf die Mitte der Tanzfläche, sodass Danielle ein Auflachen nicht unterdrücken konnte. Catia konnte wirklich einnehmend sein.

»Und wie sieht es mit Euch aus?«, fragte Brix kokett und trat einen Schritt an Danielle heran. Überrascht blickte sie zu ihm auf und zog die Stirn in Falten.

»Du tanzt?«

Seine Mundwinkel verzogen sich zu einem breiten Grinsen, während seine blauen Augen zu leuchten begannen.

»Ich bitte dich, gemeinhin bin ich auch als größter Tänzer Rokariens bekannt«, erwiderte er und ergriff völlig unerwartet ihre Hand.

Danielle war erstaunt. Nein, sie war mehr als erstaunt, sie war tatsächlich verblüfft. Brix sprach zum wiederholten Male die Wahrheit. Er beherrschte die Schrittfolge des Tanzes ausgesprochen gut und während der ein oder andere über seine Füße stolperte, bewegte er sich in fließenden Bewegungen über den Tanzboden. Abermals standen sie sich gegenüber und verbeugten sich voreinander, bevor sie sich erneut an die Hände nahmen und im Kreise drehten.

Danielle spürte seine warme, raue Hand, die die ihre sicher umfasste und wirkte beinahe ein wenig irritiert. Obwohl ihr Tanzpartner groß und von kräftiger Statur war, bewegte er sich äußerst leichtfüßig.

»Wie ich sehe, bist du wieder einmal überrascht«, stellte er triumphierend fest.

»Bilde dir bloß nicht zu viel ein«, erwiderte sie und hüpfte gemäß der Schrittfolge von einem Bein auf das andere.

»Du kannst es ruhig zugeben, ich verspreche dir auch, dass ich es niemandem verraten werde.«

»Na meinetwegen, ich bin vielleicht tatsächlich ein wenig ... stutzig ... aber mehr auch nicht.«

»Stutzig? Vergiss es, Wirtstochter, du kannst mir nichts vormachen.«

Danielle wollte nicht schmunzeln. Sie versuchte es so gut es ging zu unterdrücken, doch sie musste zugeben, dass ihr dieser Schlagabtausch gefiel. Brix war alles andere als dumm, vielleicht war er sogar ehrenhafter, als sie sich eingestehen wollte.

»Weißt du eigentlich, wem du gerade dein Geld gegeben hast?«, fragte sie, während er vor ihr in die Knie ging und sie um ihn herumtanzte.

»Ich bin mir sicher, du wirst mich gleich darüber aufklären«, erwiderte er und erhob sich rasch, um erneut ihre Hand zu nehmen.

»Sein Name ist Yanis und er ist der älteste Sohn von Blaise.«

Danielle sah, wie sich Brix' Augen umgehend weiteten und er beinahe aus dem Takt gekommen wäre. Er schien den Namen des Mannes, welchen er so übel zugerichtet hatte, nicht vergessen zu haben. Unangenehm berührt, brach er den Blickkontakt zwischen ihnen ab. Das schlechte Gewissen stand ihm förmlich ins Gesicht geschrieben.

»Hör zu, was geschehen ist, kannst du nicht mehr rückgängig machen, aber ich versichere dir, dass du dem Jungen eine große Freude bereitet hast« versprach sie lächelnd und verbeugte sich abermals vor ihm, »sieh es als einen Schritt in die richtige Richtung.«

Danielle sah, wie Brix einen Moment über ihre Worte nachdachte, doch zu guter Letzt zögerlich nickte.

»Und bin ich jetzt in deiner Gunst gestiegen?«, fragte er und schien, wie so oft, seine Unsicherheit mithilfe von Ablenkung überspielen zu wollen.

»Möglicherweise«, erwiderte sie schmunzelnd und ließ sich bereitwillig auf das Spiel ein.

»Dann könntest du mir ja als Zeichen deiner Anerkennung so ein hübsches Haarband schenken«, entgegnete er und deutete auf ihr Handgelenk.

Danielle stockte für einen Augenblick der Atem.

Woher wusste er von diesem Brauch? Doch dann erblickte sie inmitten der Tanzfläche Cedric und Catia, die sie verschwörerisch beobachteten.

Nun wurde ihr so einiges klar.

»Um so eins zu bekommen, musst du schon ein wenig mehr vollbringen, als einem Kind einen Taler zu schenken«, sprach sie selbstbewusst und blickte entschlossen drein.

»Ist das eine Herausforderung?«

»Es ist eine Tatsache.«

»Also gut«, erwiderte Brix und zog sie ein wenig näher an sich heran. Danielle konnte seinen muskulösen Arm um ihre Taille und seinen Atem auf ihrer Stirn spüren.

Ihr wurde umgehend warm.

»Dann wette ich, dass ich es noch vor Morgengrauen schaffe, dir dieses hübsche Haarband zu entlocken.«

Mit einem gezielten Schritt nach hinten entzog sie sich seinem Griff und verbeugte sich zum Abschluss des Tanzes.

»Diese Wette kannst du nur verlieren«, konterte sie und war vollkommen überzeugt, dass das niemals geschehen würde. Doch sie konnte das lodernde Feuer in seinen Augen sehen, ein Funkeln, das ihn antreiben würde.

»Abwarten«, entgegnete er grinsend und verbeugte sich ebenfalls.

11. Tanz und Feuer

Dereck

Die späte Nachmittagssonne schien mit ganzer Kraft vom Himmel herab und brachte die Luft auf dem Festplatz von Montelans zum Flimmern. Es war ungewöhnlich schwül für einen Spätsommertag und die Aussicht auf ein Gewitter wurde mit jeder verstrichenen Stunde höher.

Das Wetter spielte an diesem Tag jedoch wahrlich die geringste Rolle.

Das Erntefest war in vollem Gange und die Menschen feierten ohne Unterlass. Ein seichter Wind trug die wunderbaren Melodien der Musiker durch sämtliche Gassen und ließ die Girlanden an den Hausfassaden vor Freude tanzen.

Die Stimmung wirkte überaus fröhlich und ausgelassen.

Für einen einzigen Tag im Jahr schienen die Dorfbewohner ihr schweres Tagwerk zu vergessen und gaben sich der Freude, dem Tanz und nicht zuletzt dem Festbier hin.

Ganz gleich, zu welchem Stand sie auch zählten, ob Bettler oder wohlhabender Bürger, heute waren sie alle gleich und es schien nichts unmöglich.

Dereck nahm einen tiefen Zug aus seinem mittlerweile dritten Krug und konnte allmählich die berauschende Wirkung des Gebräus spüren. Normalerweise vertrug er viel, doch dieses Bier schien wirklich eine kräftigere Wirkung zu besitzen.

Zwei Tänze hatte Danielle ihm bereits zugestanden, doch er hoffte auf mehr. Die Wirtstochter war eine gute Tänzerin und jedes Mal, wenn sich ihre Hände berührten, veränderte sich etwas in seinem Inneren. Es fühlte sich an wie ein Funken, ein seichtes Glühen, das mit jeder weiteren Berührung an Stärke gewann. Vielleicht lag es an der heiteren Wirkung des Festes oder sogar an dem Inhalt seines Kruges, doch Dereck wollte um jeden Preis seine kleine Wette mit Danielle gewinnen. Er musste es unbedingt schaffen, ihr ein seidenrotes Band zu entlocken, das sie sowohl im Haar als auch um ihr Handgelenk trug.

Ein Schmunzeln umspielte seine Lippen, denn das Verlangen nach diesem kleinen Stück Stoff weckte seinen Jagdinstinkt.

»Komm schon Cedric, noch einen Tanz, bitte«, jammerte Catia und griff nach der Hand des erschöpften Schmieds.

»Auf keinen Fall, lass mich erst einmal zu Luft kommen«, erwiderte dieser abwehrend und wischte sich die Schweißperlen von der Stirn.

Die Küchenmagd verdrehte daraufhin nur enttäuscht die Augen und blickte dann zu Danielle, die das Schauspiel mit einem amüsierten Lächeln verfolgte.

»Hörst du das? Männer haben einfach keinerlei Ausdauer«, sprach sie trotzig und verschränkte die Arme vor der Brust.

»Als ob«, erwiderte der Schmied, »wir heben uns unsere Ausdauer nur für wichtigere Dinge auf«, fügte er mit einem Zwinkern hinzu und blickte verschwörerisch zu Dereck.

»Du bist schrecklich, Cedric«, sprach Catia und schlug ihrem Verlobten auf den muskulösen Oberarm.

»Was? Ich habe nur die Wahrheit gesagt. Wir brauchen unsere Kraft eben für richtige Männerdinge, davon versteht eine Frau halt nichts.«

»Und was sollen das bitte für wichtige Männerdinge sein?«, fragte Danielle mit einem Hauch von Ironie.

Cedric wirkte für einen kurzen Moment ein wenig unentschlossen, bis er schließlich zu Dereck blickte und sich ein triumphierendes Grinsen auf seine Lippen stahl.

»Wie wäre es beispielsweise mit Armdrücken? Ich vermute, dass ich unseren Meisterjäger schneller zu Boden drücke als er selbstverliebt gucken kann.«

Dereck schüttelte aufgrund dieser Bemerkung nur belustigt den Kopf, doch dann trat er einen Schritt auf den Schmied zu.

»War das etwa eine Herausforderung?«, fragte er angriffslustig und spürte ein Kribbeln in den Fingern.

Cedric unterschätze ihn bei Weitem, doch er würde ihn mit Freuden eines Besseren belehren. Möglicherweise bekam er auf diese Weise einmal mehr die Gelegenheit zu zeigen, was wirklich in ihm steckte.

»Oh bitte, lässt du dich wirklich darauf ein?«, fragte Danielle und bedachte ihn mit skeptischem Blick.

»Mir bleibt wohl keine andere Wahl. Ich schätze, jemand muss deinem Freund endlich die Augen öffnen.«

Danielle

Noch ehe Danielle oder Catia erneute Einwände äußern konnten, war Cedric bereits dabei, ein leeres Fass heranzuschleppen, das ursprünglich als eine Art Tisch diente. Es dauerte nur wenige Augenblicke, bis erste neugierige Besucher auf die beiden Kontrahenten aufmerksam wurden und sich eine Traube Schaulustiger um sie herum bildete. Eine solche Art Wettbewerb war auf jedem Dorffest enorm beliebt und heizte die Stimmung zusätzlich an.

Nicht oft bekamen die einheimischen Männer Gelegenheit, ihre Stärke in angemessener Art und Weise unter Beweis zu stellen, weswegen ihnen Kraftspiele wie Armdrücken oder Weitwürfe ungemein gelegen kamen.

»Du wirst es bereuen, wenn du gegen Cedric verlierst. Er ist bärenstark«, sprach Danielle und hoffte auf einen Funken Vernunft.

»Es beleidigt mich beinahe ein bisschen, dass du eher zu deinem Freund hältst, anstatt zu mir«, erwiderte Brix und lächelte triumphierend.

Überrascht blickte sie zu ihm auf. Er schien sich seiner Sache mehr als sicher zu sein. Sie wusste zwar, dass er ein kräftiger Kerl war und mitunter hart zupacken konnte, doch sie kannte Cedric bereits ihr Leben lang. Allein durch seine schwere Arbeit war er stärker als die meisten jungen Männer in Montelans und sie vermutete, dass Brix diese Aufgabe zu sehr auf die leichte Schulter nahm.

Beide Männer stellten sich mit dem Fass in der Mitte voreinander auf und funkelten sich kampfeslustig an.

Die Anspannung war förmlich greifbar, während sich immer mehr Menschen um sie herum versammelten. Bald wurden erste Rufe laut, die natürlich ausschließlich Cedric galten.

»Ich hoffe, du wirst nicht allzu böse auf mich sein, wenn ich dir gleich die Hand breche«, sprach der Schmied und grinste hämisch.

»Und ich hoffe, dein Weib wird sich nach deiner Niederlage dennoch mit dir vergnügen wollen«, erwiderte Brix, zog seinen Mantel aus und warf ihn Danielle mit einem Augenzwinkern entgegen.

Siegessicher legte er seinen Ellenbogen auf den Fassdeckel und besah seinen Kontrahenten mit glühendem Blick.

Als beide Männer ihre kräftigen Hände miteinander verbanden, war es schließlich Danielle, die für einen Moment die Luft anhielt. Sie konnte deutlich das Muskelspiel unter Brix' Hemd erkennen. Je länger sie es betrachtete, umso stärker umfassten ihre schlanken Finger den Stoff seines Ledermantels.

Beide waren von ähnlicher Größe und Statur, doch für Danielle unterschieden sie sich dennoch wie Feuer und Wasser. Brix' dunkles Haar war ordentlich nach hinten gekämmt und im Nacken zusammengebunden. Seine Gesichtszüge wirkten wie so oft völlig verhärtet, sie konnte sogar das angespannte Mahlen seines Kiefers erkennen. Er fixierte Cedric mit wachsamen Augen, genauso wie es ein Jäger für gewöhnlich mit seiner Beute tat. Der Schmied hingegen grinste noch immer und legte eine wesentlich entspanntere Miene an den Tag. Seine blonden Strähnen fielen ihm locker ins Gesicht und verliehen seinem Aussehen etwas Wildes, Unberechenbares. Die Traube aus Schaulustigen wuchs mittlerweile derart an, dass sie sogar einen Teil des Tanzbodens in Beschlag nahm. Danielle glaubte sogar zu hören, wie bereits erste Wetten abgeschlossen wurden.

»Ich glaube, das war alles andere als eine gute Idee«, murmelte sie und suchte Catias Blick, die jedoch ebenso wie der Rest der Menge gebannt auf die Hände der beiden Gegenspieler starrte.

Es dauerte nur noch wenige Augenblicke, bis irgendein Kerl aus der Menge plötzlich den Startruf gab und die Kontrahenten ihren Kräften freien Lauf ließen.

Ihre Muskulatur war bis zur kleinsten Faser angespannt, keiner räumte dem anderen auch nur den kleinsten Vorteil ein. Ihre geröteten Gesichter verhärteten sich mit jedem Augenblick und schon nach kurzer Zeit wurde ein angestrengtes Schnaufen laut.

Dereck

»Nicht schlecht, aber nicht gut genug«, presste Cedric unter zusammengebissenen Zähnen, während ihm erste Schweißtropfen von der Stirn rannen.

»Hör auf zu reden, Prinzessin. Streng dich lieber mal ein bisschen an«, erwiderte Dereck stoßweise und versuchte seine Atmung zu kontrollieren. Er musste zugeben, dass der Schmied stärker war als angenommen. Er machte seinem Ruf alle Ehre, doch dies war bei Weitem nicht sein erster Wettbewerb im Armdrücken. Sobald es die Soldaten des abends in die Tavernen zog, dauerte es niemals lange, bis sie ihre Kräfte gegeneinander ausspielten. Damals geschah es beinahe täglich, dass Dereck von irgendeinem Jungspund herausgefordert wurde und er ihn dann mit Vergnügen auf den Grund der Tatsachen zurückholte.

Kämpfe um Stärke und Überlegenheit zählten seit jeher zu seinen Schwächen. Er liebte es, sich mit ihrer Hilfe zu Beweisen und seine Kraft zur Schau zu stellen.

Danielle

Danielle beobachtete die beiden mittlerweile ebenfalls wie gebannt. Obwohl sie längst mit einer Entscheidung gerechnet hätte, schienen beide Männer äußerst standhaft zu sein. Immer wieder ertappte sie sich dabei, wie sie Brix mit klopfendem Herzen musterte und insgeheim hoffte, dass er den Sieg errang. Sie wusste, dass es wahrscheinlich nicht richtig war, sich gegen ihren Freund aus Kindheitstagen zu stellen, doch irgendetwas an Brix faszinierte sie. War es sein unerschütterlicher Siegeswille? Seine Kraft? Oder die Tatsache, dass er sie vorhin auf der Tanzfläche wirklich beeindruckt hatte?

Sie musste zugeben, dass er einen ungemein vielschichtigen Charakter in sich trug. Kaum bildete sie sich eine Meinung über ihn, riss er das Konstrukt im nächsten Moment wieder ein. Nur zu gern wollte sie mehr über ihn erfahren, über seine Herkunft und was ihn zu dem Menschen machte, der er nun war. Noch niemals zuvor verspürte sie ein derartiges Interesse an einem Mann. Lucas hätte sie nicht im Traum auch nur annähernd derart reizen können, doch bei Brix war es von Anfang an anders gewesen. Sie wusste nicht genau, ob es reine Neugierde oder die prickelnde Gefahr des Unbekannten war, doch eins stand definitiv fest, so schnell würde sie ihn nicht mehr aus ihren Gedanken verbannen können.

»Die, dessen Mann verliert, muss der anderen einen Würzwein ausgeben«, sprach Catia atemlos und sah von Danielle erneut zu ihrem Verlobten.

Diese zog daraufhin die Stirn in Falten und konnte kaum glauben, was sie da hörte.

»Er ist nicht mein Mann«, erwiderte sie empört.

»Jetzt schon«, entgegnete die Küchenmagd kurzerhand und schien Gefallen an dem kleinen Spielchen zu finden.

Danielle spürte die Röte in ihr Gesicht aufsteigen.

Manchmal konnte Catia sie wirklich reizen. Doch sie würde sich davor hüten, in diesem Moment kleinbeizugeben.

Nein, wenn ihre liebe Freundin dieses Spiel spielen wollte, dann sollte sie eben mit den Konsequenzen leben.

»Also gut«, sprach sie entschlossen und richtige ihre Augen erneut auf die beiden Kontrahenten.

»Los Brix, du schaffst es!«

Dereck

Es war ihre Stimme, die ein aufgeregtes Beben durch seinen Körper jagte. Feuerte Danielle ihn tatsächlich an oder hörte er mittlerweile geisterhafte Laute?

Nein, sie war es tatsächlich.

Er hörte sie erneut, nun, eigentlich hörte er sie und Catia zugleich, doch es war die helle Stimme der Wirtstochter, die ihn anfeuerte und einen neuerlichen Willen in ihm erzeugte. Die Genugtuung, dass sie sich nun lauthals für ihn einsetzte, dass sie hinter ihm stand, veranlasste Dereck, nochmals alle verbliebenen Kräfte zu sammeln. Er schloss angestrengt die Augen und konzentrierte sich. Er wusste, dass er nun entweder gewinnen oder restlos verlieren würde und setzte deshalb alles auf eine letzte entscheidende Karte. Mit einem lauten Aufschrei und einem mächtigen Ruck drückte er gegen Cedrics Hand, die daraufhin endlich nachgab und unter der Wucht zur Seite kippte.

Für einen kurzen Moment herrschte vollkommene Stille, die Schaulustigen schienen mehr als überrascht zu sein, doch dann brachen erste Jubelrufe aus und die Wetteinsätze wurden lauthals verteilt.

Schwer atmend taumelte Dereck zwei Schritte nach hinten, doch umspielte ein breites Grinsen sein völlig verschwitztes Gesicht. Cedric starrte noch immer völlig fassungslos auf seine Hand und schien nur langsam zu begreifen, was soeben geschehen war.

Danielle

Ein jubelnder Schrei verließ Danielles Lippen und ohne wirklich zu wissen, was sie tat, lief sie übermütig auf Brix zu und umarmte ihn fest. Sie spürte sogleich die unglaubliche Hitze seines Körpers, das kräftig schlagende Herz und schon im nächsten Moment vernahm sie zwei starke Arme, die sich erstaunlich sanft um ihren Rücken legten.

»Hätte ich gewusst, dass du derart reagierst, hätte ich schon eher an irgendwelchen Wettkämpfen teilgenommen«, raunte er ihr ins Ohr, woraufhin sie sich abrupt von ihm löste.

Erst jetzt wurde ihr vollends bewusst, was sie soeben im Eifer des Gefechts getan hatte. Sie spürte die wallende Hitze in ihrem Gesicht, während ihr Kopf gänzlich leer zu sein schien. Was war nur in sie gefahren? Sie konnte doch nicht einfach so einen fremden Mann umarmen, schon gar nicht vor all den

Leuten. Sie wusste nicht, was sie sagen sollte, sie konnte ihm kaum in die Augen sehen.

»Nicht schlecht für einen einfachen Jäger. Sei froh, dass das Glück diesmal auf deiner Seite war. Beim nächsten Mal wird es definitiv anders laufen.«

Cedric ging lächelnd auf Brix zu und reichte ihm kameradschaftlich die Hand.

»Rede dir das ruhig ein, Schmied.«

Danielle sah den Glanz des Triumpfs in seinen stechend blauen Augen, welcher sich mit einem strahlenden Lächeln verband. Sie konnte sich nicht daran erinnern, Brix schon einmal derart losgelöst, ja fast euphorisch erlebt zu haben. Er wirkte jugendlicher und unbeschwerter denn je und sie kam nicht umhin festzustellen, dass sie diese Veränderung an ihm mochte. Sie löste ein wohliges Kribbeln in ihr aus, dass sich bis in die Zehenspitzen ausbreitete.

»So, da dies nun geklärt ist, hätte ich unheimlich gern die Münzen für meinen Würzwein«, sprach Danielle und hielt Catia die offene Hand hin. Ein missmutiger Seufzer entwich der Küchenmagd, doch übergab sie ihrer Freundin die geforderten Münzen ohne Umschweife.

»Ihr habt auf uns gewettet?« fragte Cedric entgeistert und sah zwischen den Damen umher. Schließlich war allgemein bekannt, dass Frauen keine Wetten abschließen durften, dies war eindeutig ein Privileg der Männer.

»Es war allein die Idee deiner Verlobten, bedanke dich also bei ihr«, antwortete Danielle schulterzuckend und richtete ihren Blick anschließend auf Brix.

»Und ich danke dir für meinen Würzwein.«

»Immer wieder gern«, entgegnete dieser amüsiert und deutete eine galante Verbeugung an.

***

»Jetzt kannst du aber endlich zugeben, dass du beeindruckt von mir bist«, sprach Brix grinsend und reichte Danielle einen Becher mit heißem Wein. Der wohltuende Duft von Gewürzen der Veldun Region vermischte sich mit dem süßlichen Geruch des Rotweins. Er umspielte ihre Nase, kitzelte sie darin und verlieh ihr eine leichte Gänsehaut.

»Das scheint dir wohl wirklich wichtig zu sein, was?«

»Nun, ich arbeite immer noch an unserer eigenen kleinen Wette«, erwiderte er und deutete auf das rote Band, das sich noch immer an ihrem Handgelenk befand.

Danielles Blick richtete sich ebenfalls auf das dünne Stück Stoff, während sich ein zartes Schmunzeln auf ihre Lippen legte. Er schien wirklich darum bemüht, ihr das Band abzunehmen, doch so leicht würde sie es ihm nicht machen. Die Tradition besagte, dass sie ihr Band nur an einen Mann weitergeben durfte, der ihr wahrlich etwas bedeutete.

Nun, Brix war definitiv ein sonderbarer Kerl, doch sie fürchtete, dass er ihre Wette lediglich als eine Art Spiel betrachtete. Ein weiterer Wettkampf, den es zu gewinnen galt.

»Tut mir leid, doch da musst du mich wohl noch ein wenig mehr beeindrucken«, sprach sie und lächelte unschuldig.

»Also mich hat es allemal beeindruckt.«

Eine bekannte Stimme ließ Danielles Herz einen großen Satz nach vorne springen, wodurch ihr beinahe der heiße Becher aus der Hand geglitten wäre. Nur mit ganzer Willenskraft schaffte sie es, sich umzudrehen und musste gezwungenermaßen in die strahlend grünen Augen der Brauherrntochter blicken. Aurelies Haltung war kerzengrade, ihre Schritte schwebten beinahe über den Festplatz, während ihr dunkelblaues Kleid wie ein glänzender Edelstein aus der grauen Menge herausstach. Viele der anderen Frauen blickten ihr mit gemischten Gefühlen hinterher. Manche bewunderten sie, andere jedoch wurden von einem gewissen Neid ergriffen.

Sie alle träumten davon, einmal solch einen feinen Stoff zu tragen, doch keine von ihnen besaß auch nur ansatzweise das notwendige Vermögen dafür.

»Ich wusste gar nicht, was für einen starken Mann ihr in eurem kleinen Wirtshaus beschäftigt«, säuselte die Blonde und strahlte wie der helle Tag.

Danielle spürte, wie sich ihr Magen schmerzlich zusammenzog und ihre

Atmung schneller ging. Sie hatte dieses Zusammentreffen um jeden Preis vermeiden wollen, doch nun war es zu spät.

»Danielle, meine Liebe, stell uns doch bitte vor.«

Aurelies Worte glichen Peitschenhieben, Danielle verspürte augenblicklich den Wunsch, ihr den heißen Würzwein über das teure Kleid zu schütten. Doch sie durfte sich nicht auf ihr Niveau herablassen. Sie musste Stärke beweisen und zwang sich, eine weitestgehend neutrale Miene aufzusetzen.

»Brix, das ist Aurelie, die Tochter unseres Brauherrn«, sprach sie und versuchte, ihre Stimme so gleichgültig wie möglich klingen zu lassen. Sie versagte auf ganzer Linie.

»Aurelie, das ist Brix, unser Jäger und Angestellter.«

»Oh, ein Jäger«, trällerte die Blonde, »es freut mich ungemein, eure Bekanntschaft zu machen.«

Mit einer übertriebenen Geste streckte sie ihm die Hand entgegen und wartete auf ein Zeichen seiner Anerkennung. Brix zog belustigt eine Augenbraue hoch, nahm ihre Hand in die seine und deutete einen Handkuss an.

Danielle überkam bei diesem Anblick eine brennende Wut, die sich mit einer ausgedehnten Übelkeit vermischte. War es Eifersucht oder purer Zorn? Sie wusste es nicht genau, wahrscheinlich war es eine Mischung aus beidem. Wie konnte diese arrogante Kuh es nur wagen? Sie war mit Lucas verheiratet, ihrem einstigen Verlobten, was also sollte dieses Getue?

»Ich hoffe, ihr konntet euch mit den einfachen Gegebenheiten im Hause Durand abfinden«, sprach Aurelie und setzte eine betretende Miene auf, »wir alle wissen ja, wie schwer es die Familie in den letzten Jahren hatte.«

Danielle drohte, innerlich zu zerspringen. Wie konnte diese lächerliche Person es fertigbringen, sie und ihren Vater derart bloßzustellen? Ihre Mutter hatte ihr zwar stets eingebläut, immer das Gute im Menschen zu sehen, doch Aurelie bildete eindeutig eine Ausnahme. Sie verspürte den starken Drang, sich und ihre Familie zu verteidigen, die Blonde vor allen Leuten anzuschreien und ihr an den falschen Locken zu ziehen, doch sie brachte keinen einzigen Ton heraus. Sie fühlte sich wie gelähmt.

»Ich danke euch für die besorgten Worte, doch sie sind völlig unbegründet.

Ihr könnt versichert sein, das es mir im Hause Durand an nichts fehlt, ganz im Gegenteil sogar«, erwiderte Brix und richtete seine Augen unerwartet auf Danielle. Diese erwiderte den Blick mit einem verdutzten Gesichtsausdruck und versuchte seine Worte zu verarbeiten.

Aurelies Augen hefteten sich ebenfalls auf Danielle und begannen wilde Funken zu sprühen.

»Nun, das freut mich natürlich sehr. Falls ihr dennoch Interesse an einer etwas gepflegteren Unterhaltung hegt, wäre ich für den nächsten Tanz noch nicht versprochen«, sprach die Blonde mit süßer Stimme und ließ ihre langen Wimpern einmal zu oft aufschlagen. Brix sah von Danielle zu Aurelie und musste abermals grinsen.

»Vielen Dank für das reizende und überaus schmeichelnde Angebot, doch ich habe bereits meine Partnerin für diesen Tag gewählt und tanze darüber hinaus nur recht ungern mit verheirateten Frauen«, antwortete er mit einem Augenzwinkern und legte der Wirtstochter absichtlich einen Arm um die Schulter.

»Das gibt am Ende nur zu viele Tränen.«

Mit einem breiten Grinsen nickte Brix Aurelie zum Abschluss zu, zog Danielle noch enger an sich heran und führte sie aus dem Sichtfeld der Brauherrntochter.

Tausend Gedanken schossen der Wirtstochter durch den Kopf, sie wollte nur zu gern etwas sagen, doch es kam abermals kein Wort über ihre Lippen.

Hatte Brix gerade allen Ernstes die reichste Frau im Dorf abgewiesen? Zu ihren Gunsten? Aurelie wollte mit ihm tanzen, wahrscheinlich hätte er daraufhin sogar den restlichen Abend mit ihr verbringen können, doch er entschied sich einfach so dagegen.

Noch immer lag sein kräftiger Arm auf ihrer Schulter und zog sie in Richtung ihrer Freunde, doch bevor sie Cedric und Catia erreichten, brauchte sie dringend eine Antwort.

»Wieso hast du das getan?«, fragte sie unverblümt und sah zu ihm auf. Noch immer umspielte ein Lächeln seine Lippen.

»Ich weiß nicht, was du meinst.«

»Hör auf, den Dummen zu spielen«, entgegnete sie und zog seinen Arm zurück. Jetzt, da seine körperliche Nähe nicht mehr allgegenwärtig war, fiel ihr das Denken umgehend leichter.

»Weißt du, in der Regel suche ich mir die Frauen aus, mit denen ich tanze und nicht umgekehrt«, sprach er amüsiert und grinste verschmitzt.

»Das ist alles?«, fragte sie im Gegenzug und war beinahe ein wenig getroffen. Es ging ihm also lediglich um ein Machtspiel?

»Wieso? Wäre dir denn ein anderer Grund lieber?«

Danielle spürte erneut die Röte in ihrem Gesicht und nahm einen großen Schluck ihres mittlerweile abgekühlten Würzweins. Dieser Mann war unausstehlich, seine Art und Weise bescherte ihr zunehmend Kopfschmerzen.

Dereck

Dereck konnte nur mit Mühe ein Lachen unterdrücken.

Danielle war unheimlich leicht aus der Reserve zu locken, doch ihm gefielen ihre kleinen Auseinandersetzungen. Sie war wahrlich eine Frau, die es mit ihm aufnehmen konnte.

Ihr Drang, sich durchzusetzen und ihm die Stirn zu bieten, imponierte ihm sogar ein wenig.

Sie scheute sich nicht davor, ihre Meinung offen und vor allem ehrlich auszusprechen. Sie spielte keine falschen Spiele wie diese Brauherrntochter oder die meisten Damen bei Hofe. Als einstiger Thronerbe hatte er rasch lernen müssen, geheuchelte Nettigkeiten von ehrbaren Absichten zu unterscheiden, und während Aurelie vor Falschheit regelrecht triefte, wirkte Danielle fast hoffnungslos ehrlich. »Aber falls es dich beruhigt, ich habe jedes Wort gegenüber dieser Frau ernst gemeint«, sprach Dereck aufrichtig und streckte ihr seine Hand entgegen, »und wer weiß, wenn wir beide den nächsten Tanz bestreiten, schaffen wir es vielleicht sogar, ihr die Zornesröte ins Gesicht zu treiben.«

Danielle blickte von seinen Fingern zurück in sein Gesicht und schien dort nach einem Anzeichen von Neckerei oder gar Schalk zu suchen. Dereck hielt ihren prüfenden Augen jedoch ohne Weiteres stand, denn zumindest diesmal verfolgte er rein ehrliche Absichten.

Bevor sie seine Geste erwiderte, sah er, wie Danielle ein letztes Mal tief Luft holte und anschließend lächelnd den Kopf schüttelte. Behutsam legte sie ihre zarten Finger auf seine raue Haut und entlockte seinem Herzen ein Gefühl, das ihm gänzlich unbekannt erschien.

Danielle

Allmählich begann sich die Sonne dem Horizont zu nähern und verlieh dem Himmel ein prächtiges Farbenspiel. Ein warmes Rot und zarte Gelbtöne vermischten sich mit dem hellen Blau des Tages und endeten in einem Meer aus berauschenden Farben. Die Luft war noch immer drückend schwül und wenn man genau hinsah, konnte man in einiger Entfernung bereits die ersten herannahenden Wolken aus dem Norden erkennen. Überall im Dorf begannen die Menschen nun hölzerne Fackeln anzuzünden, dessen flackerndes Licht den Straßen und Gassen eine heimelige Atmosphäre verlieh. Die Musiker gaben auf der Bühne noch immer ihre schönsten Melodien zum Besten und verführten vor allem die jungen Dorfbewohner zum Tanze. Während die Schritte am frühen Nachmittag noch einer gesitteten Abfolge glichen, wichen diese am Abend einer eher offeneren und kontaktfreudigeren Art und Weise. Reihen- und Gesellschaftstänze rückten nun mehr und mehr in den Hintergrund, während die ersten Paartänze allmählich den Holzboden eroberten. Die Melodien wurden rhythmischer und zeugten von einem schnelleren Takt. Junge Männer wirbelten ihre Partnerinnen geschickt über die Tanzfläche und ließen deren Kleider schweben.

Ein helles Lachen glitt über Danielles Lippen, während sie sich im Kreise drehte. Sie wusste nicht mehr, wann sie das letzte Mal so viel Spaß gehabt hatte.

Brix stellte sich nach wie vor als ein hervorragender Partner heraus und führte sie sicher über den hölzernen Boden. In keinem Moment fühlte sie sich unwohl oder hatte gar Angst, zu stolpern. Seine starke Hand umfasste die ihre mit sicherem Griff, während die andere auf ihrer Taille ruhte. Langsam aber stetig vergaß Danielle die anderen Tanzpaare um sich herum. In diesem Augenblick gab es nur noch sie zwei und die wundervollen Klänge der Musikanten.

Dereck

Dereck ließ sich von Danielles Lachen bereitwillig anstecken. Sie derart strahlen zu sehen bewegte etwas in ihm, das er längst verloren geglaubt hatte. Ohne zu zögern ließ sie sich von ihm führen. Er spürte mittlerweile, dass sich an diesem Abend etwas zwischen ihnen zu ändern begann, doch er konnte es noch nicht genau in Worte fassen.

Am heutigen Tage durfte er Danielle erstmals fernab ihrer täglichen Routine und der harten Arbeit erleben.

Endlich entdeckte er die fröhliche junge Frau, welche sich die ganze Zeit unter der zurückhaltenden Oberfläche verbarg. Dereck hatte in seinem Leben bereits mit vielen Frauen getanzt, doch keine davon war auch nur ansatzweise mit ihr vergleichbar.

Zum ersten Mal seit seiner Ankunft begann sich an diesem Abend eine leise Stimme in ihm zu regen. Ganz sanft, nur flüsternd, zog sie die Möglichkeit in Erwägung, einfach an diesem Ort zu bleiben und mit der Vergangenheit abzuschließen. Doch noch ehe er dieser zarten Stimme mehr Beachtung schenken und ihre Worte wahrhaftig erfassen konnte, riss ein lauter Donnerschlag die Tanzenden aus ihrem Takt. Sofort richteten sich alle Blicke gen Himmel, wo sich die Wolken bereits bedrohlich auftürmten.

»Oh nein, warum ausgerechnet jetzt«, stöhnte Danielle, während Dereck bereits erste Regentropfen auf seinem erhitzten Gesicht spüren konnte.

»Tja, wie war das? Man soll aufhören, wenn es am schönsten ist«, sprach er lächelnd, doch schwang ein leiser Wermutstropfen in seiner Stimme mit.

Binnen weniger Augenblicke wandelten sich die kleinen Tropfen zu einer dichten Regenwand, die voller Inbrunst auf die Festbesucher niederprasselte. Der Himmel verdunkelte sich zunehmend, während Blitz und Donner ihm auf dem Fuße folgten. Rasch verließen die Menschen den offenen Marktplatz und suchten Schutz vor dem aufziehenden Gewitter.

»Danielle, Brix, kommt schnell!«

Catia und Cedric flüchteten unter ein überdachtes Holzgestell, welches ursprünglich das Festbier vor den warmen Sonnenstrahlen schützen sollte.

Sie ließen sich auf den großen Fässern nieder und winkten ihnen einladend zu. Mit einem herzhaften Lachen rannten Danielle und Dereck durch den herabstürzenden Wolkenbruch und kamen völlig durchnässt unter dem sicheren Unterschlupf an.

»Na, das nenne ich doch mal einen Wetterumschwung«, rief Cedric grinsend, während der Regen lautstark auf die Planen über ihnen trommelte.

»So ein Jammer«, fügte Catia betroffen hinzu und richtete ihren Blick sehnsüchtig auf den leergefegten Tanzboden.

Ein gleitender Blitz erhellte die Umgebung und ließ Danielle sogleich zusammenzucken. Unbewusst trat sie einen Schritt näher an Dereck heran und blickte verstohlen gen Himmel.

»Angst?«

Danielle warf ihm daraufhin nur einen bösen Blick zu und erwiderte nichts.

»Hoffentlich zieht das Unwetter bald vorbei«, sprach Catia nachdenklich und blickte sich um.

»Ach, und wenn schon, zur Not bleiben wir einfach hier«, erwiderte Cedric schulterzuckend und lehnte sich gegen ein volles Bierfass, »wenigstens haben wir genügend Verpflegung, um uns den Abend dennoch schön zu trinken.«

»Untersteh dich, Cedric! Henry wird uns alle einen Kopf kürzer machen«, rief seine Verlobte und versetzte ihm einen leichten Stoß gegen die Brust.

»Tja, nun bleibt mir nur die Hoffnung, dass Aurelie wenigstens ordentlich nass geworden ist«, murmelte Danielle in sich gekehrt und ließ auch Dereck bei dieser Vorstellung heimlich schmunzeln.

Danielle

Den Blick auf das stürmische Gewitter gerichtet saßen sie alle eine Weile stillschweigend auf den Brauereifässern und hingen ihren Gedanken nach. Wäre das Trommeln der Regentropfen nicht derart laut gewesen, hätte man beinahe von einer romantischen Szenerie sprechen können, doch dann brach plötzlich ein außerordentlich lauter Schlag vom Himmel herab und ließ sogar die beiden Männer aufhorchen.

Dieser Laut war nicht vergleichbar mit den bisherigen Donnerschlägen, es klang beinahe so, als wäre der Blitz irgendwo eingeschlagen.

»Was war das?«, fragte Catia und blickte verängstigt zu Danielle.

»Ich weiß es nicht, aber es klang nach nichts Gutem«, erwiderte diese und sah sich erneut um. Weder auf dem Festplatz, noch auf den umliegenden Gassen konnte sie eine Menschenseele erblicken.

Für einige Momente wurde die Luft ausschließlich durch den prasselnden Regen und das unheilvolle Heulen des aufkommenden Sturms erfüllt, bis sich mit einem Mal ein neuer Ton daruntermischte. Er gewann mit jedem Augenblick an Stärke und verlieh Danielle eine unangenehme Gänsehaut.

»Hilfe, wir brauchen Hilfe, schnell!«

Eine aufgebrachte Person hastete durch eine naheliegende Gasse direkt auf den Marktplatz zu.

»Claude, was ist los? Was ist passiert?«, schrie Cedric dem schlaksigen Mann hinterher, der als Fischer im Dorf arbeitete.

»Die alte Ruine, das Haus von Blaise, es wurde vom Blitz getroffen! Es steht ganz und gar in Flammen!« rief dieser gehetzt und rannte eilends weiter.

»Du meine Güte«, flüsterte Danielle und vernahm einen schlagartigen Impuls, der durch ihren gesamten Körper jagte. Den anderen schien es ähnlich zu ergehen, denn ohne ein weiteres Wort zu sagen, rannten sie gemeinsam in das tobende Gewitter hinaus. Umgehend wurden sie von Wind und Regen in Empfang genommen, sodass ihre Sicht sofort verschwamm.

Dennoch konnte Danielle erkennen, dass nun immer mehr Menschen ihrem Beispiel folgten und ebenfalls in den prasselnden Regen stürmten.

Blaises Haus befand sich am Rande des Dorfs. Es handelte sich um eine alleinstehende Ruine in der Nähe eines staubigen Trampelpfads.

Doch noch ehe Danielle das Ausmaß der sich anbahnenden Katastrophe erahnen konnte, hörte sie es bereits.

Hilferufe drangen an ihr Ohr und wurden mit jedem Augenblick lauter. Frauen schrien aus Leibeskräften, sie glaubte sogar das Weinen von Kindern zu vernehmen.

Während ihre Lunge bereits brannte, ging ihr Atem nur noch stoßweise. Der Stoff ihres Kleides hatte sich bereits vollständig mit Wasser vollgesogen und klebte schwer auf der nassen Haut. Es schränkte sie in ihrer Bewegung ein und drückte unangenehm auf ihren Körper.

Doch nichts von alledem war vergleichbar mit dem Schrecken, der sie nach der letzten Straßenbiegung heimsuchte.

Danielle hielt schockiert inne und musste sich die Hände vor den Mund schlagen, um nicht loszuschreien.

Die Ruine stand komplett in Flammen. Das Feuer schlug entsetzlich hoch und wurde durch den starken Wind zusätzlich angefacht. Eine unsagbare Hitze ging von den lodernden Flammen aus, die das hölzerne Gerüst des einstigen Hauses bedrohlich knacken ließen. Viele Dorfbewohner waren bereits vor Ort und sahen die Katastrophe. Einige Kinder weinten und Frauen schrien erschrocken auf, während mehrere Männer vergeblich versuchten, dem Feuer Einhalt zu gebieten.

Danielle sah sich händeringend um, sie wollte etwas tun, sie musste helfen, doch dann fiel ihr Blick auf eine am Boden kniende Frau, die aus Leibeskräften schrie. Sie hielt drei kleine Kinder in ihren Armen.

»Oh nein«, flüsterte sie und rannte gefolgt von ihren Freunden auf die Frau zu.

»Marie, Marie, sieh mich an«, rief Danielle und kniete sich auf den aufgeweichten Sandboden.

Es handelte sich um Blaises Frau, die Mutter seiner fünf Kinder. Mit vor Schock geweiteten Augen sah Marie der Wirtstochter entgegen und schrie erneut hysterisch auf.

Mit Mühe versuchte Danielle ihre Worte zu verstehen, irgendetwas herauszuhören, doch sie konnte sich keinen Reim darauf bilden.

Es war schließlich Cedric, der als Erster zu begreifen schien und die Frau sofort bei den Schultern packte.

»Marie, wo sind Blaise und die anderen beiden Kinder?«, rief er mit fester Stimme und sah ihr eindringlich in die verstörten Augen. Erneut schrie sie wie von Sinnen auf und richtete den Blick auf das brennende Haus.

Danielle glaubte, den Boden unter den Füßen zu verlieren. Das blanke Entsetzen breitete sich in ihrem Gesicht aus, während sich ihre Gedanken überschlugen.

Und dann ging alles furchtbar schnell.

Es waren nur wenige Augenblicke, doch sie kamen ihr wie eine halbe Ewigkeit vor. Ohne noch einmal darüber nachzudenken, riss sich Cedric von der aufgelösten Frau los, sah ein letztes Mal zu Catia hinüber und rannte auf das brennende Gebäude zu. Die Küchenmagd schrie entgeistert auf und wollte ihrem Verlobten nachlaufen, doch Danielle zog sie an ihrem Kleid zurück und drückte sie mit aller Kraft an sich.

Sie musste um jeden Preis verhindern, dass ihre Freundin ihm nachlief.

Das Letzte, an was sie sich später erinnerte, waren Brix' blaue Augen. Sie brannten sich in ihr Gedächtnis ein und blieben dort für immer haften. Sie wirkten so wachsam und zeugten von einer erschreckenden Entschlossenheit.

»Ich hole ihn!«

Immer wieder hallten diese drei Worte in ihren Ohren wider, während sie hilflos mitansehen musste, wie die Silhouetten der beiden Männer sich mit den Flammen vermischten und schlussendlich von ihnen verschlungen wurden.

12. Inferno

Dereck

Das Herz schlug Dereck bis zum Hals und trommelte wild in seiner Brust. Obwohl Regen und Wind ihm kalt ins Gesicht schlugen, wurde er dennoch von einer inneren Hitze erfüllt. Sein schwarzes Haar hatte sich längst aus dem Knoten am Hinterkopf gelöst und fiel ihm nun offen über den Nacken. Immer wieder musste er sich einzelne Strähnen aus dem Gesicht wischen, die aufgrund der Nässe unliebsam auf seiner Haut klebten.

Doch all dies war nicht länger von Bedeutung.

Er sah die tosenden Flammen, die mit jedem verstrichenen Augenblick an Kraft gewannen und wie Peitschenhiebe durch die Luft wirbelten. Sie durchbrachen die einstigen Fenster, schlängelten sich von dort aus die Fassade hinauf und fraßen sich Stück für Stück durch das marode Holz.

Das Feuer war bereits im Begriff, den oberen Dachstuhl in die Knie zu zwingen und breitete sich von da aus weiter im Erdgeschoss aus.

Das unheilvolle Knacken von Balken und Giebeln wurde beständig lauter und kündete davon, wie kurz das Haus vor dem völligen Zusammenbruch stand.

Niemals hätte Dereck auch nur ansatzweise daran geglaubt, Teil dieses flammenden Infernos zu werden, doch das Schicksal spielte wie so oft sein eigenes makabres Spiel mit ihm. Er fasste seine Entscheidung aus einem inneren Impuls heraus. Es fühlte sich an wie ein Stoß, ein unerklärlicher Antrieb, der mit einem Mal Besitz von ihm ergriff. Er sah die tosende Feuerbrunst, hörte das hysterische Geschrei der am Boden kauernden Frau und das Weinen ihrer drei kleinen Kinder. Der Geruch von verbranntem Stoff und beißendem Rauch durchdrang seine Sinne und versetzte seinen Geist in hellen Aufruhr.

Das Letzte, was er bewusst und mit haarsträubender Fassungslosigkeit wahrnahm, war Cedrics überstürzte Handlung. Ohne jegliche Vorwarnung rannte der Schmied den lodernden Flammen entgegen und ließ seine hilflos schreiende Verlobte zurück. Wieso um alles in der Welt tat der das?

Was bewegte ihn nur zu solch einer verrückten und völlig selbstlosen Tat?

Dereck spürte eine gewisse Wut in sich aufsteigen, am liebsten hätte er Cedric für seine naive Entscheidung geohrfeigt, doch dies war nichts im Vergleich zu der unerwarteten Angst, die ihn wie eine geifernde Welle erfasste und pulsierend mit sich riss.

Ja, auch wenn er es sich nicht eingestehen wollte, so wurde ihm doch widerwillig bewusst, dass er sich um das Wohlergehen dieses dummen Schmieds sorgte. So sehr er ihn auch für diese Tat verfluchte, so wollte er dennoch nicht, dass ihm ein Leid geschah.

Und plötzlich, wie von einem Sog erfasst und unbarmherzig zurückgeschleudert, befand sich Dereck erneut auf dem Schlachtfeld. Er erinnerte sich an das eingetriebene Pflichtgefühl und die damit einhergehende Bürde eines Heerführers. An den auferlegten Zwang, seine Untergebenen zu leiten, sie zu beschützen und sie sicher zu ihren Familien zurückzubringen. Ihm allein oblag die Entscheidung über Sieg oder Niederlage, Leben oder Tod.

Die Erinnerungen durchdrangen ihn bis ins Mark, sie zerschlugen die Pfeiler der Verdrängung und durchbrachen die Oberfläche seines Bewusstseins. Dereck überkam das Gefühl, als würde er aus einem Traum erwachen, als würde er zum ersten Mal seit langer Zeit bewusst die Augen öffnen. Endlich erkannte er, was er nun zu tun hatte, er sah den Weg klar und deutlich vor sich.

Mit dieser Gewissheit wandte er sich zu Danielle und suchte ihren Blick. Er sog ihr Antlitz regelrecht in sich auf und verwahrte es sicher im Geist, bevor er sich in Bewegung setzte und dem vermaledeiten Schmied in die Flammen folgte.

Dereck verspürte ein stechendes Ziehen in der Brust, er war derart angespannt, dass seine angeschlagenen Rippen erneut zu schmerzen begannen. Doch als die Flammen mit jedem seiner Schritte näherkamen und die unerträgliche Hitze auf seiner Haut zu Brennen begann, geriet alles andere in Vergessenheit.

Sobald er den Eingang passierte, wurde er von Rauch und Glut empfangen. Sie schlugen ihm brennend ins Gesicht und ließen ihn zurücktaumeln. Seine Augen begannen heftig zu tränen, während er keinen tiefen Atemzug mehr nehmen konnte.

Alles in seinem Körper schrie danach, dieses Gebäude so schnell wie möglich zu verlassen und sich in Sicherheit zu bringen, doch er musste sich zwingen, diesen Instinkt vorerst zu ignorieren. Mit verengten Augen versuchte er sich zu orientieren und Cedric ausfindig zu machen, doch sein Blick war verschleiert. Der dunkle Rauch schränkte seine Sicht weitestgehend ein, während er über sich bereits das ächzende Knacken und Poltern herabfallender Holzbalken hörte. Es war wahrlich nur noch eine Frage der Zeit, bis das Gebäude gänzlich über ihnen einstürzen würde.

»Cedric!«, schrie Dereck mit ganzer Kraft, doch seine Stimme war kratzig und ging mit einem heftigen Hustenanfall einher. Das Einatmen wurde zur reinsten Qual und Panik suchte seinen Körper heim. Rasch zog er sich den nassen Hemdärmel vors Gesicht und setzte sich in Bewegung. Er wusste weder, wohin er laufen, noch wo er den Schmied innerhalb dieser Feuersbrunst finden sollte.

Der erste Raum, den er betrat, befand sich zur Linken des Hauseinganges. Sämtliches Mobiliar hatte bereits Feuer gefangen. Die Flammen griffen unaufhörlich nach ihm und warteten nur darauf, seine Haut mit ihren heißen Zungen zu verbrennen.

»Verflucht, Cedric!« brüllte Dereck erneut und hörte mit einem Mal ein lautes Knacken über sich. Instinktiv schnellte er nach vorne und schlug sich im selben Moment die Hände über den Kopf. Ein brennender Balken krachte lautstark durch die Decke und fiel hart zu Boden. Glut und Funken sprühten augenblicklich durch den Raum, sie fraßen sich durch Derecks Ärmel und verbrannten ihn am Oberarm. Ein glühender Schmerz raste durch seinen Körper und ließ ihn aufkeuchen.

Das alles hier war falsch, er würde in diesem Inferno sterben, doch egal, wohin er danach auch käme, er würde Cedric finden und ihn dafür einen Kopf kürzer machen.

Von Wut und Verzweiflung getrieben, kämpfte sich Dereck weiter durch die Flammen. Während er sich mit der einen Hand den dünnen Leinenstoff gegen Mund und Nase presste, schob er mit der anderen umgekippte Stühle und allerhand Gegenstände zur Seite. Er kam nur langsam voran, immer wieder musste er sich Tränen und Schweiß aus dem Gesicht wischen und sich abermals orientieren, bis er schließlich innehielt.

Dereck war unsicher, doch er glaubte, zwischen all dem Knistern und Knacken einen bekannten Laut vernommen zu haben. Vielleicht spielten ihm seine Sinne mittlerweile einen Streich, doch dann hörte er erneut die dumpfe Stimme des Schmieds irgendwo aus dem hinteren Bereich des Hauses. Schweißgebadet setzte er sich erneut in Bewegung und betete innerlich, dass er in die richtige Richtung lief.

Er durchquerte einen weiteren Raum, der vermutlich einst als Küche gedient haben musste und trat danach in eine Art Kammer. Der Rauch war an dieser Stelle besonders dicht und glich einem undurchdringlichen, alles verschlingenden Nebelschleier. Dereck konnte so gut wie nichts mehr erkennen, sein Blick war völlig verklärt. Je stärker er sich zu konzentrieren versuchte, desto schlimmer wurde er von einem heftigen Schwindel heimgesucht. Er wusste wahrlich nicht, wie lange er noch bei Besinnung bleiben würde.

»Brix, hierher, schnell!«

Ein schmaler Durchlass führte von der Kammer in einen kleinen Vorratsraum und dort, im hintersten Winkel, erkannte er endlich Cedrics stämmige Silhouette.

»Ich brauche deine Hilfe, schnell«, hustete der Schmied und drehte sich ihm zu.

»Verflucht nochmal«, schimpfte Dereck und erblickte ein kleines Mädchen, das sich verängstigt an Cedrics Brust drückte. Ihr Gesicht und das einst blonde Haar waren über und über mit Ruß bedeckt, einzig die vielen zarten Tränenspuren stachen auf ihren geschwärzten Wangen hervor.

»Da hinten muss noch eins sein«, rief Cedric atemlos und deutete auf einen weiteren Raum, der hinter der engen Kammer lag.

Nun bahnten sie sich gemeinsam einen Weg durch die flammende Hölle, doch schien der Wind sich gegen sie verschworen zu haben. Unnachgiebig zog er durch die zerstörte Fassade und ließ das Feuer wütend nach oben schnellen.

Dereck spürte mit jedem verstrichenen Augenblick die Schwere seines Körpers, er konnte nicht mehr atmen. Er glaubte, ein ungewöhnliches Rasseln in seiner Brust zu spüren, während sein Blick zunehmend verschwamm. Alles in ihm brannte und schrie vor Schmerz. Seine Hoffnung, dieses Gebäude jemals wieder lebendig zu verlassen, schwand mit jedem Moment.

Am liebsten wäre er zu Boden gesunken und hätte sich seinem vermeintlichen Schicksal ergeben, doch dann erstarrte er fast vor Schreck. Er glaubte inmitten des lodernden Chaos die Gestalt eines kleinen Jungen zu erkennen, der eingepfercht in einer Ecke neben einem brennenden Schrank hockte und bitterlich weinte. Die schmalen Händchen hielt er verkrampft um seinen hageren Körper geschlungen, seine Kleidung war völlig zerfetzt. Dereck konnte sich nicht erklären warum, doch er hätte dieses Kind unter tausenden wiedererkannt.

»Yanis«, brachte er angestrengt hervor und hustete erneut. Entschlossen und allem Schmerz zum Trotz, rannte er auf den Kleinen zu und hob ihn ruckartig auf seine Arme. Er konnte ihn nicht zurücklassen, er durfte ihn nicht dem flammenden Inferno ausliefern, ganz gleich, was es auch kostete.

»Wo ist Blaise?«, rief Cedric verzweifelt, als Dereck erneut an seine Seite trat, doch er konnte nichts mehr erkennen. Der dunkle Rauch war mittlerweile zu dicht.

»Cedric, wir müssen sofort hier raus!« schrie Dereck mit letzter Kraft und hörte seine eigene Stimme viel zu weit entfernt. Er spürte, wie die erlösende

Ohnmacht immer stärker nach ihm griff, wie ihn die angenehme schmerzlose Dunkelheit allmählich umfing, doch er durfte nicht nachgeben … noch nicht. Würde er fallen, würde er den Jungen mit sich reißen und diese Schuld konnte er nicht ertragen. Auch nicht im Tode.

Danielle

Danielle fühlte sich wie betäubt. Sie hielt ihre Augen einzig auf das brennende Haus gerichtet, die Geräusche um sie herum nahm sie kaum wahr. Alles, was sie in diesem Moment spürte, war ausschließlich Catia, die völlig aufgelöst in ihren Armen lag. So gern wollte sie ihrer Freundin Trost spenden, ihr Hoffnung schenken, doch sie brachte keine Silbe heraus.

Sie verspürte den innerlichen Drang, zu weinen, ihren Tränen freien Lauf zu lassen und dem Druck nachzugeben. Sie wollte schreien, sie wollte toben, sie wollte Cedric und Brix verfluchen, doch ihr Körper gehorchte nicht.

Er war wie gelähmt.

Mittlerweile waren die meisten Dorfbewohner aus Montelans am Ort der Katastrophe angekommen und versuchten sich irgendwie nützlich zu machen. Einige Frauen hatten sich Marie und ihren Kindern angenommen und versuchten sie erfolglos zu beruhigen, während andere noch immer darum kämpften, dass Feuer einzudämmen. Sie schlugen mit nassen Decken darauf ein. Sie versuchten sogar, Wasser durch die zerstörten Fensterscheiben zu schütten, doch nichts konnte das Flammenmeer aufhalten.

Es verging inzwischen kaum ein einziger Augenblick, in dem nicht ein weiteres Stück des Hauses tosend in sich zusammenfiel. Glut und Funken schossen aus den Einbruchstellen hervor und stiegen flackernd in die kalte Nachtluft auf.

Danielle wollte, nein, sie konnte nicht glauben, dass es so enden sollte. Noch vor wenigen Stunden war sie gemeinsam mit Brix frei und unbeschwert über den Tanzboden geschwebt.

Wie konnte dieses einzigartige Hochgefühl nur derart schnell zerschmettert werden? Sie hatte bereits zu viel in ihrem Leben entbehren müssen, sie durfte nicht noch einen geliebten Menschen verlieren.

Erneut fiel ein Stück des brennenden Dachstuhls in sich zusammen und stürzte unter schrecklichem Lärm ins Erdgeschoss hinab. Danielle ballte verzweifelt die Hände zu Fäusten, sie grub ihre Nägel so tief in die Haut, dass das Blut bereits unter ihren Fingern hervortrat. Hilflos mit ansehen zu müssen, wie ihre Freunde von den Flammen gefressen wurden, glich einer nicht zu beschreibenden Qual.

Immer wieder warf das heimtückische Feuer tänzelnde Schatten voraus und gaukelte ihr die Silhouette eines Menschen vor. Auf jeden hoffnungsvollen Herzschlag folgte eine ernüchternde Erkenntnis, die Danielle allmählich in den Wahnsinn trieb. Sie konnte den Anblick nicht länger ertragen, sie hielt es keinen Moment länger aus. Sie musste den Blick abwenden und ihre Augen unter Tränen zusammenkneifen. Sie zog ihre Freundin noch fester an sich heran und spürte das Beben, das sowohl von ihr als auch von Catia ausging.

Danielle wusste nicht genau, wie lang sie in dieser Position ausharrten, jegliches Zeitgefühl schien verloren, bis sie mit einem Mal eine merkwürdige Veränderung feststellte. Catia hörte plötzlich auf zu zittern, während zeitgleich ein ungewöhnliches Geräusch die Luft erfüllte.

Es klang beinahe wie ein erstauntes Raunen.

Verängstigt und mit pochendem Herzen hob Danielle den Kopf und richtete den Blick erneut auf die wütende Feuersbrunst. Sie versuchte den Anblick zu realisieren, zu begreifen, was sie mit eigenen Augen sah, während Catia sich bereits von ihr losriss und laut zu schreien begann.

Das Blut schoss durch ihre Venen und das Atmen geriet in Vergessenheit. Wollten die Flammen sie abermals täuschen? Schickte ihr das lodernde Feuer weitere Trugbilder, um sie an den Rand der Verzweiflung zu treiben?

Nein, die Umrisse erschienen mit jedem Moment deutlicher. Sie wuchsen und wurden klarer, bis sie schlussendlich die Silhouetten zweier Männer preisgaben, die taumelnd aus dem Gebäude stürzten.

Mehrere Dorfbewohner rannten unvermittelt los und wollten den beiden zur Hilfe eilen. Die Rufe nach Wasser und einem Arzt verbreiteten sich rasend schnell.

Sowohl Dereck als auch Cedric konnten sich nicht länger auf den Beinen halten. Sobald die klare Abendluft an ihre Lungen drang, brachen sie keuchend auf dem schlammigen Erdboden zusammen. Rasch wurden ihnen die geretteten Kinder aus den Armen genommen, um ihnen mehr Freiraum zum Atmen zu gewähren.

Wie vom Wahn getrieben rannte Danielle auf Brix zu, sie fiel vor ihm auf die Knie und nahm sein rußverschmiertes Gesicht in ihre Hände. Bäche von heißen Tränen brachen sturzartig aus ihr heraus. Sie wusste wahrlich nicht, ob sie lachen oder schreien sollte.

Brix' Haut roch nach Rauch und verbranntem Fleisch.

Er schien unsäglich schwer Luft zu bekommen, denn bei jedem Atemzug bäumte er sich angestrengt auf und begann zu keuchen. Seine Augen waren blutrot unterlaufen und unnatürlich geweitet. Danielle wusste nicht genau, ob er sie überhaupt vollends wahrnahm.

»Brix, geht es dir gut, bist du verletzt?«

Sie sah, wie er zu einer Antwort ansetzen wollte, doch es kam lediglich ein kratziger Laut über seine aufgeplatzten Lippen. Schmerzverzerrt verzog er das Gesicht und kniff die Augen zusammen. Mit Entsetzen erblickte Danielle die offenen Brandwunden an Arm und Bein, sah das rohe, mit Blasen übersäte Fleisch und spürte, wie sich ihr Magen umgehend zusammenzog.

»Wir brauchen einen Wundarzt! Schnell!«, rief sie den umstehenden Gaffern panisch entgegen.

»Wieso hast du das nur getan?«, fragte sie ungehalten und wischte ihm eine schwarze Strähne aus dem Gesicht.

Sie konnte ein Schluchzen nicht unterdrücken.

Endlich trafen sich ihre Blicke und auch wenn Danielle vermutete, es sich bloß einzubilden, glaubte sie dennoch, den Hauch eines Lächelns zu erkennen. Erneut versuchte er zu sprechen, doch das einzige, was sie unter den kratzigen Lauten heraushören konnte, war das Wort »Held«.

Dereck

Dereck glaubte, innerlich zu verbrennen. Obwohl er endlich wieder an der frischen Luft war und der Regen seine heiße Haut wohltuend kühlte, fühlte es sich an, als würde er verglühen. Sein rechter Arm und der linke Oberschenkel brannten wie die Feuersbrunst selbst. Er wusste zwar, wie qualvoll Brandwunden waren, doch er wäre in diesem Moment froh darüber gewesen, lediglich diese Art des Schmerzes erdulden zu müssen, denn die Krämpfe in seiner Brust übertrumpften alles. Er konnte weder Ein- noch Ausatmen, jeder Luftzug brachte seine Lunge dazu, sich stechend zusammenziehen. Er glaubte, zu ersticken.

Mit letzter Kraft versuchte er sich auf Danielles Hände zu konzentrieren. Sie ruhten sanft auf seinen brennenden Wangen und brachten ihn dazu, erschöpft die Lider zu senken. Niemals hätte er gedacht, dass sich eine einzige Berührung derart gut anfühlen konnte. Sie zu spüren und ihre Stimme zu hören, bewirkte, dass sich die Anspannung in seinem Inneren langsam, aber stetig auflöste.

Er war dem Inferno entkommen, er hatte es geschafft, er war hier ... bei ihr.

Erneut öffnete er die Augen, er wollte sie ansehen, er wollte sich abermals ihrer Anwesenheit vergewissern, doch er konnte nichts mehr erkennen. Unzählige Lichter tanzten flackernd vor ihm auf, alles begann sich zu drehen. Angestrengt zog er die Stirn in Falten, während ihn ein ungeahnter Schwindel ins Wanken brachte. Die Dunkelheit legte sich über seinen Geist und zog sich wie ein schützender Mantel über ihn. Er konnte sich nicht mehr dagegen wehren, er konnte sich lediglich fallen lassen.

Das Letzte, was Dereck wahrnahm, war Danielles helle Stimme, die aufgeregt seinen falschen Namen rief.

Danielle

Danielle starrte unumwunden auf die helle Maserung der hölzernen Tischplatte, während ihre Gedanken an einem gänzlich anderen Ort verweilten. Gemeinsam saß sie mit ihrem Vater im Gastraum des Wirtshauses und wartete darauf, dass Abel, der Wundarzt des Dorfes, aus Brix' Zimmer trat.

Eine erdrückende Stille erfüllte die Atmosphäre, welche nur durch vereinzelte Regentropfen gestört wurde, die leise an die Fensterscheiben klopften.

Der Sturm war vorübergezogen und auf das prasselnde Gewitter folgte ein seichter Landregen.

»Du solltest dich hinlegen, Kleines«, sprach Maxime gedämpft und betrachtete seine Tochter besorgt. Mit knappen Worten hatte er ihr berichtet, wie er im Laufe des Abends durch heimkehrende Gäste über die verheerende Tragödie informiert worden war und ohne zu zögern seinen alten Wagen angespannt und sich auf den Weg gemacht hatte. Mit seiner Hilfe konnten sie Brix auf schnellstem Wege zurück ins Gasthaus bringen, wo Abel bereits auf sie wartete.

»Nein, auf gar keinen Fall«, erwiderte Danielle leise und blickte noch immer ins Leere. Nur unter Zwang gelang es dem Wirt, sie dazu zu bringen, sich ihrer nassen Kleider zu entledigen und sich eine wärmende Decke über die Schultern zu legen.

Danielle konnte nicht leugnen, dass sie sich hundeelend und maßlos erschöpft fühlte, doch sie würde an Ort und Stelle verweilen. Selbst wenn es die ganze Nacht dauerte.

Sie musste wissen, wie es um Brix stand und wie schwerwiegend seine Verletzungen tatsächlich waren.

Noch immer konnte sie die panische Angst verspüren, als er plötzlich in ihren Armen zusammengebrochen war. Die Gefühle schienen nach wie vor allgegenwärtig und ließen sie von Neuem erschaudern. Auch wenn Abel ihr versicherte, dass solch eine Reaktion nach derartiger Anstrengung durchaus normal war, brauchte sie dennoch Gewissheit. Sie musste erfahren, wie sie Brix nach diesen Strapazen helfen konnte. Doch fürs Erste blieb ihr nur das lange zermürbende Warten.

Auch wenn Danielle sich dazu zwang, unter allen Umständen wach zu bleiben, fielen ihr im Laufe der Zeit die Augen zu. Sie wusste nicht, wie viel Zeit bereits verstrichen war, doch als der Wundarzt endlich die Stufen hinunterstieg, dämmerte bereits der frühe Morgen.

»Wie geht es ihm?«

Ihrer Müdigkeit zum Trotz sprang Danielle umgehend auf und strich sich die wärmende Decke von den Schultern.

Erschöpft fuhr sich Abel über die müden Augen und schüttelte langsam den grauen Lockenkopf.

»Euer Freund muss absolut verrückt gewesen sein«, sprach er tadelnd, »verrückt, aber dennoch heldenhaft. Es würden vermutlich nicht viele wagen, in ein brennendes Haus zu stürmen, nur um die Kinder eines Fremden zu retten«, fügte er anerkennend hinzu und lehnte sich gegen den Tresen.

»Ich habe seine Brandwunden mit einer Tinktur versorgt. Sie wird ihn im besten Falle vor einer Entzündung bewahren und die Hitze aus seinem Körper ziehen. Er hat allerdings sehr viel Rauch eingeatmet, weswegen ihm das Atmen in den nächsten Tagen schwerfallen wird. Achtet bitte darauf, dass er ausreichend trinkt und viel frische Luft bekommt. Wenn er Glück hat und sich vollständig erholt, kommt er lediglich mit ein paar Narben davon.«

Danielle konnte deutlich spüren, wie eine ungeahnte Schwere von ihr abfiel.

»Vielen Dank, Abel.«

Der alte Wirt ging auf den Wundarzt zu und hielt ihm ein paar Münzen entgegen, welche dieser jedoch mit erhobenen Händen ablehnte.

»Lass gut sein, Maxime. Dieser Mann hat das Leben eines Kindes gerettet. Für mich ist das Bezahlung genug. Solche Leute findet man heutzutage nicht mehr oft.«

Beide Männer schüttelten sich einvernehmlich die Hände, doch bevor Abel das Haus verließ, drehte er sich ein letztes Mal zu Danielle.

»Es wäre im Übrigen von Vorteil, wenn einer nach ihm sehen würde. Der Rauch in seiner Lunge kann bei Ohnmacht zu Krampfanfällen führen.«

Dereck

Dereck vernahm die unendliche Schwere seines eigenen Körpers. Es fühlte sich so an, als würden mächtige Gesteinsbrocken auf seinen Gliedern ruhen, die ihn gänzlich bewegungsunfähig machten. Es war merkwürdig, denn obwohl er die allumfassende Dunkelheit als durchaus angenehm empfand, begann ihn dennoch eine innere Unruhe heimzusuchen.

Er wollte sich bewegen, er musste die Kontrolle zurückerlangen und wieder Herr über seinen Körper werden.

Abermals versuchte er die Arme anzuheben, doch diesmal ließ ein plötzlich aufkommender Schmerz ihn innehalten. Was war passiert? Wieso konnte er sich nicht rühren und warum um alles in der Welt schmerzte sein Arm derart intensiv?

Es dauerte einige Augenblicke, doch schließlich begann sich Derecks Geist zu regen und aus seiner Ohnmacht zu erwachen. Erste Erinnerungen tauchten vor seinem inneren Auge auf und ließen ihn allmählich nervös werden.

Er vernahm den Klang rhythmischer Musik und blickte in das strahlende Antlitz einer jungen Frau. Danielle. Er erinnerte sich an das Fest, an ihre gemeinsamen Tänze und wie sie lachend durch den strömenden Regen gelaufen waren.

Doch dann veränderte sich die friedliche Szenerie.

Mit einem Mal sah Dereck einer tosenden Feuersbrunst entgegen. Er blickte in Cedrics aufgewühltes Gesicht und spürte die brennende Hitze auf seiner Haut.

Das Herz schlug wild in seiner Brust. Er versuchte den Blick abzuwenden, doch es gelang ihm nicht. Ein erstickender Schrei verließ seine Kehle als er glaubte, von den lodernden Flammen verschlungen zu werden und in die Dunkelheit zu stürzen.

Mit einem Ruck öffnete Dereck seine Lider und starrte einer hölzernen Zimmerdecke entgegen. Im ersten Moment wusste er weder, wo er sich befand, noch, wie er hierhergekommen war, bis schließlich ein rasender Schmerz durch seinen Körper jagte. Sein erster Instinkt wollte ihn zum Aufstehen bewegen, doch diesen Gedanken musste er rasch verwerfen. Ein unangenehmer Schwindel ließ alles vor seinen Augen verschwimmen, während er sich unsäglich benommen fühlte.

Er kannte dieses Gefühl, doch normalerweise suchte es ihn nach einer viel zu kurzen Nacht mit viel zu viel Alkohol heim. Erschöpft stöhnte er auf, während er versuchte, den Kopf langsam auf die Seite zu drehen, doch dann überrascht in seiner Bewegung innehielt. Ein seichtes, kaum erkennbares

Lächeln schlich sich auf seine Lippen, als er völlig unerwartet Danielle erblickte. Sie saß neben seinem Bett auf einem Holzstuhl und war völlig in sich zusammengesunken. Sie hatte ihre schlanken Beine angezogen, die Hände um ihre Knie gelegt, während ihr Kopf schlafend auf der linken Schulter ruhte. Obwohl Danielle tief und fest schlief, wirkten ihre Gesichtszüge dennoch angespannt.

Die langen dunkelbraunen Haare fielen ihr struppig über die Schultern und reichten ihr bis zur Mitte. Sie ließen ihre helle Haut noch ein wenig blasser wirken, als sie ohnehin bereits war.

Es war durchaus merkwürdig, denn je länger Dereck sie betrachtete, desto deutlicher wurde ihm bewusst, dass ihm all diese nichtigen Dinge vollkommen gleich waren. Er sah sie an, er studierte ihre Züge und musste sich eingestehen, dass sie in diesem Moment das Schönste war, was er jemals gesehen hatte. Er konnte es sich nicht erklären, doch ihre jetzige Anwesenheit bewegte ihn zutiefst. Danielle war bei ihm geblieben, freiwillig. Aus eigenen Stücken schlief sie nun an seinem Bett und wachte über ihn.

Sie ließ ihn nicht allein.

Nur zu gern wollte er sie berühren, doch leider war dieses Unterfangen weitaus leichter gedacht, als getan. Er schaffte es nur mit Mühe, seine rechte Hand auszustrecken, als er plötzlich innehielt. Verwirrt legte er die Stirn in Falten, doch als die Erinnerungen zurückkehrten, spürte er eine wohlige Wärme in sich aufsteigen. Sie umschloss sein Herz und ließ ihn etwas völlig Neues und gänzlich Unbekanntes fühlen.

Sein Handgelenk schmückte ein zartes rotes Stoffband.

13. Von neuen und alten Wunden

Danielle

Danielle fühlte sich wie gerädert. Sie spürte jeden einzelnen Knochen und ihren versteiften Nacken.

Langsam schlug sie die Augen auf und blinzelte zweimal.

Wieso um alles in der Welt schlief sie in einer derart unbequemen Position? Alles in ihr sehnte sich nach ihrem weichen Federbett und einem Bad mit dampfend heißem Wasser. Seufzend griff sie sich an den Hinterkopf und rieb ihre verhärtete Muskulatur, als ihr müder Blick endlich auf das Bett vor sich fiel. Zwei stechend blaue Augen betrachteten sie erwartungsvoll und brachten ihr Herz aus dem Takt.

»Na, ausgeschlafen?«

Brix' Stimme klang noch rauer, als es für gewöhnlich der Fall war und wurde von einem heftigen Hustenanfall begleitet.

»Du bist wach«, hauchte Danielle erleichtert und kehrte umgehend ins Hier und Jetzt zurück. Schwungvoll erhob sie sich von ihrem unbequemen Schlafplatz und griff nach einem braunen Tonbecher, den sie sogleich mit frischem Wasser befüllte.

Sie konnte sehen, wie schwer es ihm fiel, sich ein Stück aufzurichten, doch kein Ton des Schmerzes kam über seine aufgeplatzten Lippen. Einmal mehr wurde der Wirtstochter bewusst, wie viel ihm daran lag, keinerlei Schwäche zu zeigen.

Mit einem gequälten Lächeln nahm er den Becher entgegen und leerte dessen Inhalt in einem einzigen Zug.

»Wie geht es dir?«, fragte sie besorgt und schenkte sogleich ihm nach.

»Bestens«, log er und versuchte sein Lächeln zu einem Grinsen auszuweiten.

»Ach wirklich?«

Die Wirtstochter zog ungläubig die Augenbrauen hoch und schüttelte lächelnd den Kopf. Sie war unsagbar froh, dass er wieder bei ihr war.

Nachdem Brix auch einen zweiten Becher Wasser hinuntergestürzt hatte, ließ er sich langsam zurück in das weiche Kissen sinken.

»Ich habe schon viel Schlimmeres überstanden. Das war doch halb so wild.«

Danielle wusste nicht, ob sie aufgrund dieser Bemerkung auflachen oder lediglich genervt schnaufen sollte.

Der Stolz dieses Mannes kannte wahrlich keine Grenzen.

»Also Abel ist da schon etwas anderer Meinung «, erwiderte sie und rückte mit ihrem Stuhl ein wenig näher an sein Bett heran.

»Wer?«

»Der Wundarzt, der sich um dich gekümmert hat.«

»Ich wurde von einem Arzt versorgt?«

Brix zog verwirrt die Stirn in Falten und blickte ungläubig drein. Anscheinend hatte er keinerlei Erinnerungen an die gestrige Nacht.

»Du hast einige Brandwunden davongetragen und eine ganze Menge Rauch eingeatmet«, erklärte Danielle gedämpft und vernahm ein flaues Gefühl im Magen. Es hätte so viel schlimmer ausgehen können. Allein der Gedanke daran, dass Brix und Cedric um ein Haar gestorben wären, ließ ihr erneut die Tränen in die Augen schnellen. Sie konnte spüren, dass sich in der vergangenen Nacht etwas zwischen ihnen geändert hatte. Sie fühlte es tief in ihrem Inneren, doch konnte es nicht in Worte fassen.

»Abel meinte aber auch, dass du großes Glück gehabt hast. Wenn deine Wunden gut verheilen, kannst du in ein paar Tagen wieder aufstehen.«

Dereck

Dereck versuchte diese Informationen zu verarbeiten und blickte erstmalig an sich hinab. Er lag warm und sicher unter einer dicken Wolldecke, doch war sein linker Arm von der Schulter bis zum Ellenbogen mit weißen Leinen verbunden. Seine rechte Wade schien vom gleichen Schicksal betroffen zu sein, denn auch wenn er sie unter der Decke nicht sehen konnte, so spürte er dennoch den Verband auf seiner Haut.

»Wegen dieser jämmerlichen Kratzer soll ich nicht aufstehen?«, fragte er und sah Danielle verständnislos an. Er hatte im Laufe seines Lebens schon weitaus schlimmere Verletzungen davongetragen. Sein Stolz verbot es ihm, die nächsten Tage wie ein krankes Kind im Bett zu bleiben und sich in seinem kleinen Zimmer zu verkriechen.

»Diese jämmerlichen Kratzer sind ziemlich ernste Verletzungen. Und um deine Frage zu beantworten, ja, du wirst tun, was Abel dir aufgetragen hat.«

Dereck verzog empört das Gesicht und hätte am liebsten laut aufgelacht. Danielles Anblick war wahrlich amüsant.

Er konnte genau sehen, wie sehr sie sich dazu zwang, eine strenge, ja fast gebieterische Miene an den Tag zu legen. Nur zu gern hätte er ihren kleinen Disput vorangetrieben, doch ließ er es fürs Erste auf sich beruhen. Es gab in diesem Moment wichtigere Fragen zu beantworten.

»Und was ist mit Cedric? Geht es ihm gut?«

»Den Umständen entsprechend, würde ich sagen. Abel musste ihm einen langen Holzsplitter aus der Schulter ziehen und er hat ebenso viel Rauch eingeatmet wie du«, erwiderte sie und strich sich eine verirrte Strähne aus dem Gesicht.

Dereck nickte erleichtert. Er war wirklich froh, dass dieser Kerl noch lebte, denn nur so konnte er ihm gebührend für seine Verletzungen danken. Sobald er wieder halbwegs zu Atem kam, würde er ihm einen kräftigen Tritt in seinen Allerwertesten verpassen.

»Es war übrigens sehr mutig von dir, Cedric nachzulaufen«, sprach Danielle anerkennend.

»Mutig und dumm zugleich.«

Ein leises Lachen verließ Derecks Lippen, was er jedoch umgehend bereute.

»Du bist nie um ein Kompliment verlegen, was? Du kannst ruhig zugeben, wie heldenhaft ich bin.«

Danielle verdrehte theatralisch die Augen, doch konnte sie ein Lächeln nicht unterdrücken.

»Ein Held zu sein wird für dich wohl immer an erster Stelle stehen, nicht wahr?«

Dereck wollte ihr sogleich mit einer spitzen Bemerkung antworten, doch hielt er für einen Moment inne.

»Nur in den Augen der Menschen, die mir etwas bedeuten.«

Danielle öffnete den Mund, doch brachte sie kein Wort heraus. Er sah, wie ihre Wangen zunehmend Röte gewannen und sich ihre hellblauen Augen vor Erstaunen weiteten.

Augenblicklich musste sich Dereck räuspern und den Blickkontakt abbrechen.

Wieso um alles in der Welt sagte er sowas?

Wahrscheinlich hatte der gestrige Tag bleibende Schäden hinterlassen.

Er wurde nicht gefühlsduselig. Niemals.

Wenn er einer Frau ein Kompliment machte, dann war es schlagfertig und nicht zuletzt zweideutig gemeint.

Einer weiblichen Person zu schmeicheln, mochte bisweilen ein nettes Vergnügen sein, ein Zeitvertreib, um letztendlich seinen Willen zu erlangen, doch es geschah niemals zum Zweck der Selbstlosigkeit. Ein undefinierbares Gefühl breitete sich in ihm aus, doch noch ehe es Besitz von ihm ergreifen konnte, entschied er sich rasch, das Thema zu wechseln.

»Und wie geht es den Kindern? Haben sie es überstanden?« Sofort dachte er an Yanis und musste schwer schlucken.

»Sie haben es geschafft«, antwortete die Wirtstochter bedrückt und senkte den Blick.

»Danielle?«

Es brauchte nicht viel, um zu erkennen, dass sie ihm nicht die ganze Wahrheit sagte. Ihre Körpersprache verriet ihm weitaus mehr, als sie vermuten konnte.

»Es geht um Blaise ...«

Noch ehe sie weitersprach, wusste es Dereck bereits.

Er konnte es dem Klang ihrer Stimme entnehmen.

Frustriert sog er die Luft in seine schmerzende Lunge und fuhr sich mit der rechten Hand über die müden Augen.

»Verdammt.«

»Kaum wart ihr den Flammen entkommen, stürzte das Haus vollkommen in sich zusammen. Es blieb nichts außer Asche und Staub übrig.«, sprach Danielle stockend und konnte ein leises Schluchzen nicht unterdrücken.

Dereck wusste wahrlich nicht, was er daraufhin erwidern konnte. Bisher versuchte er stets, Mitgefühl oder Betroffenheit auszublenden. Solche Emotionen konnten gefährlich sein, vermochten sie doch wichtige Entscheidungen zu beeinflussen oder aber einen klaren Geist zu entschärfen.

Diesmal jedoch schien er regelrecht von ihnen erschlagen zu werden. Er konnte sich nicht dagegen wehren, er vernahm die traurige Nachricht und spürte sogleich eine tiefe Anteilnahme.

»Und die Mutter?«, fragte er mit belegter Stimme und dachte an die völlig aufgelöste Frau zurück. Wie sollte sie bloß jemals solch ein Schicksal verkraften?

»Sie ist bei Abel, doch ihr Zustand ist sehr schlecht. Momentan weiß niemand, wie es mit ihr und den Kindern weitergehen soll«, antwortete Danielle erschöpft und fuhr sich mit den Fingern durch das braune Haar. Sie sah ungemein müde, regelrecht ausgelaugt aus.

Danielle

Ein leises Klopfen durchbrach die bedrückende Stimmung und lenkte seine Aufmerksamkeit auf sich. Behutsam öffnete Maxime die Tür und lugte vorsichtig hinein, doch als er erkannte, dass Brix bereits wach war, trat er mit einem traurigen Lächeln ein.

»Gut, dass du wieder bei uns bist, Junge«, sprach er und schritt an Danielles Seite.

»Die Freude ist ganz meinerseits«, erwiderte Brix und richtete sich sogleich ein wenig auf.

»Das, was du und Cedric euch da gestern geleistet habt, schlägt bereits weite Kreise. Selbst Gäste, die nur für das Fest angereist sind, haben heute Morgen über nichts anderes gesprochen«, erklärte Maxime und nickte anerkennend.

»Und wo wir gerade bei diesem Thema sind, es wurde für morgen ein Dorfrat einberufen.«

»Ein Dorfrat?« wiederholte Danielle überrascht und blickte ihrem Vater entgegen.

»Ja, es führt kein Weg daran vorbei. Wir müssen darüber beratschlagen, was mit Maries Kindern passiert, sollte sie ...« Der alte Wirt seufzte und wischte sich mit der Hand über die glänzende Stirn.

»Oh Himmel«, flüsterte die Wirtstochter verstehend und schloss betroffen die Augen.

»Ist das denn tatsächlich notwendig? Ich meine, steht es bereits derart schlecht um sie?«, warf Brix nachdenklich ein.

»Leider sieht es ganz danach aus«, erwiderte Maxime und legte eine tröstliche Hand auf die Schulter seiner Tochter.

»Abel vermutet, dass ihr nur noch wenige Tage bleiben. Der Verlust von Blaise und die Zerstörung ihres Heims waren zu viel für Marie. Körper und Geist sind gebrochen.«

»Aber die Kinder, was soll denn dann aus ihnen werden?«, fragte Danielle und spürte ein Brennen in den Augen.

Sie waren zu jung, viel zu jung. Keines von ihnen war alt genug, um zu arbeiten, sie konnten allein nicht überleben, sie wären verloren.

»Dieser Frage wollen wir morgen nachgehen. Vielleicht befinden sich ja in Montelans ein paar hilfsbereite Menschen, die ein paar zusätzliche Hände gebrauchen können.«

Eine traurige Stille ergriff den kleinen Raum. Jeder schien seinen eigenen Gedanken nachzugehen, während ein Hauch der Melancholie sich sanft über die Gemüter legte.

»Ich würde morgen gern dabei sein, wenn es euch recht ist«, sprach Brix schließlich und blickte Maxime entschlossen entgegen.

Dieser besah ihn einen Moment lang stumm, doch nickte er schließlich zustimmend.

»Ich habe nichts dagegen. Doch ich weiß nicht, ob du dir diese Strapaze bereits zumuten solltest.«

»Ach was, spätestens morgen bin ich wieder ganz der Alte«, antwortete er, »und außerdem wette ich, dass Cedric ebenfalls zugegen sein wird.«

Danielle wollte daraufhin etwas erwidern. Eigentlich hätte sie es ihm ausreden müssen, doch was konnte sie gegen solch einen sturen Mann schon ausrichten? Sie wusste, dass er keineswegs auf sie hören und am Ende eh seinen Willen durchsetzen würde. Wenn er also unbedingt Schmerzen erleiden wollte, dann sollte er es eben tun. Sie musste ohnehin feststellen, dass er und Cedric sich in gewisser Weise recht stark ähnelten.

»In Ordnung, dann wäre das ja geklärt. Ich muss wieder hinunter. Catia ist noch nicht eingetroffen und Binette wird mit jedem Augenblick unleidlicher«, sprach Maxime und schnaufte missmutig.

Danielle überkam sogleich ein schlechtes Gewissen, sie durfte ihren Vater nicht so lange allein lassen.

»Ich komme gleich nach, Papa«, erwiderte sie rasch und schenkte ihm ein zaghaftes Lächeln.

»Ich weiß«, erwiderte Maxime und nickte Brix anerkennend zu.

»Wer hätte jemals gedacht, dass solch ein schöner Tag ein so schmerzvolles Ende nehmen könnte«, meinte die Wirtstochter betrübt.

»Ja, das Schicksal kann durchaus grausam sein«, erwiderte Brix bitter, doch war Danielle unsicher, ob er sich tatsächlich auf den gestrigen Abend bezog oder in einer anderen Erinnerung verweilte.

»Ach, und bevor ich es vergesse, Abel hat dir eine Salbe angerührt, die du auf deine Wunden auftragen sollst«, sprach sie pflichtbewusst und deutete auf eine kleine Silberdose, die sich auf dem Nachtisch neben dem Wasserkrug befand.

Brix betrachtete das kleine Gefäß einen Moment lang, während seine Mundwinkel verschwörerisch zu zucken begannen.

»Also, mein Bein kann ich durchaus selbst versorgen, bei meinem Oberarm könnte ich allerdings ein wenig Hilfe gebrauchen«, sprach er grinsend und zwinkerte ihr vielsagend zu.

Danielle musste sich ermahnen, ihn keinesfalls anzustarren. Sie war schließlich eine erwachsene Frau und es war wahrlich nichts Besonderes, einem verletzten Mann zu helfen.

Als Marcus früher mit allerhand Wunden nach Hause kam, kümmerte sie sich ebenfalls um ihn. Warum also sollte es bei Brix anders sein? Natürlich war ihr zweifelsohne bewusst, dass er sie lediglich reizen wollte. Er schien wahrlich Gefallen daran zu finden, sie mit seiner anzüglichen Art zu verunsichern, doch diese Genugtuung würde sie ihm diesmal nicht eingestehen. Oh nein, nicht am heutigen Tag. Entschlossen setzte sie eine gleichgültige Miene auf und zuckte lediglich mit den Schultern.

»Also gut«, sprach sie so beiläufig wie möglich und griff bereitwillig nach der Silberdose, »das sollten wir rasch erledigt haben.«

Dereck

Dereck konnte ein überraschtes Schmunzeln nicht unterdrücken. Er mochte diese resolute und willensstarke Seite an ihr. Langsam versuchte er, sich abermals aufzusetzen und den Rücken an die kühle Wand zu lehnen, während die Wolldecke von seinem Oberkörper glitt.

Schon zu früheren Zeiten war er recht stolz auf seinen ausgeprägten Körperbau gewesen. Die harten Kampfesübungen, sowohl mit Waffen als auch mit bloßen Fäusten, fungierten als ausgezeichnete Leibesertüchtigungen. Er erinnerte sich nur zu gut daran, wie streng und erbarmungslos seine Ausbilder mit ihm umgesprungen waren. Egal, zu welcher Tageszeit und Witterung, er und seine Kameraden mussten stets pünktlich und bereit auf dem Übungsplatz erscheinen. Doch all der Schweiß und die endlosen Mühen machten sich durchaus bezahlt. Sie ließen ihn stärker, mutiger und selbstbewusster werden.

Danielle

Zum zweiten Mal an diesem Tag musste sich Danielle ermahnen, diesen ungehobelten Kerl nicht anzustarren.

»Sieh auf seinen verdammten Verband«, dachte sie wiederholt und löste vorsichtig den weichen Leinenstoff von seinem Arm. Sie konzentrierte sich voll und ganz auf seine Wunde, noch niemals zuvor war eine Verletzung derart interessant gewesen.

Doch letzten Endes war auch sie nur ein Mensch, eine junge Frau, deren Neugierde bisweilen keine Grenzen kannte.

Viel zu oft ertappte sie sich dabei, wie sie trotz größter Verbissenheit verstohlen auf seinen Oberkörper hinunterblickte und sich angespannt auf die Innenseite ihrer Unterlippe biss. Seine ausgeprägte Muskulatur zeichnete sich deutlich unter der straffen Haut ab. Ein feiner dunkler Haarwuchs zog sich über seine Brust bis auf den Bauch hinab, doch konnte sie kleine Unregelmäßigkeiten darunter erkennen. Auch wenn sie sich eingestehen musste, durchaus fasziniert von diesem Anblick zu sein, so stellte sie dennoch fest, dass sie sich am meisten für die vielen Narben interessierte, die sich in unterschiedlich starker Ausprägung über seinen gesamten Oberkörper zogen. Einige von ihnen waren klein, fast unscheinbar, und ähnelten seiner Hautfarbe sehr. Andere wiederum waren von größerer Natur und zogen sich wie dunkle Furchen über seine Brust.

Der Anblick zog Danielle derart in den Bann, dass sie nicht bemerkte, wie ihre Hände allmählich die Arbeit einstellten und ruhig auf seiner Schulter verweilten.

»Die verdanke ich einer Splitterkugel«, sagte Brix amüsiert und folgte ihrem Blick.

»Wie bitte?« fragte Danielle ertappt und schallte sich augenblicklich für ihre viel zu hohe Stimmlage.

»Ich spreche von den Narben auf meiner Brust. Jetzt tu bloß nicht so, als ob du nicht hingesehen hättest«, erwiderte er und grinste schelmisch.

»Bilde dir bloß nicht zu viel ein«, entgegnete sie bissig, doch wurde sie durchaus hellhörig. Ein leises Lachen entsprang seiner Kehle, welches jedoch sofort verklang, als Danielle die letzte Schicht seines Verbandes abnahm.

Die frische Brandwunde hatte genässt und sich mit dem dünnen Leinen verbunden. Brix sog scharf die Luft ein, als sie versuchte, den verklebten Stoff von der verbrannten Haut zu lösen. Sie wollte sich nicht vorstellen, wie unangenehm und schmerzhaft diese Prozedur für ihn sein musste, doch anstatt zu jammern oder zu fluchen, vernahm sie lediglich ein leichtes Zucken.

Er war tapfer, das musste sie ihm lassen.

Mit fachkundigem Blick untersuchte sie die frische Wunde und biss sich abermals auf die Unterlippe. Sie verlief senkrecht über seinem Oberarm und war stark gerötet. Die Blasenbildung setzte bereits ein, doch einige Stellen nässten nach wie vor.

»Es tut mir leid«, hauchte sie betroffen und griff nach der kleinen Dose. Sie wollte die Behandlung so schnell wie möglich hinter sich bringen.

»Ach was, das ist doch wirklich halb so wild«, erwiderte er verbissen, doch sprachen die Schweißperlen auf seiner Stirn eine andere Sprache.

»Also, das wird jetzt etwas brennen«, sprach sie entschuldigend, griff nach einem sauberen Stück Stoff und tränkte es mit der übelriechenden Tinktur. Ein letztes Mal atmete sie tief ein, ermahnte sich, ihre Finger ruhig zu halten und strich zaghaft über die verletzte Haut.

»Oh verdammt«, presste Brix unter zusammengebissenen Zähnen hervor und ballte augenblicklich die Hände zu Fäusten.

»Sei doch vorsichtiger!«

Danielle hielt sofort inne und zog die Augenbrauen hoch.

»Ich bin vorsichtig, aber du darfst deinen Arm nicht einfach wegziehen.«

»Ich habe mich lediglich über deine grobe Art erschrocken«, gab er trotzig zurück und funkelte sie wütend an.

»Gib doch zu, dass es weh tut«, sprach sie genervt und verdrehte die Augen. Wie konnte ein Mann nur derart stur und eigensinnig sein?

»Es tut nur weh, weil du zu stark draufdrückst.«

»Möchtest du es vielleicht selbst zu Ende bringen?«, fragte sie schließlich und hielt ihm resigniert das Stück Stoff unter die Nase. Sie war mit ihrer

Geduld allmählich am Ende. Brix schien für einen Moment seine Möglichkeiten abzuwägen, bis er schließlich das Gesicht zu einer gequälten Miene verzog.

»Dann mach halt weiter«, murmelte er geschlagen und richtete den Blick stur geradeaus. Danielle blickte erst ungläubig drein, doch musste sie dann ein Lächeln unterdrücken.

Ging sie gerade wahrhaftig als Sieger aus dieser Auseinandersetzung hervor? Auch wenn sie diesen kleinen Moment des Triumphs wahrlich genoss, so entschied sie dennoch, ihn still und heimlich für sich zu behalten.

Sie wollte ihrer beider Nerven nicht gänzlich überstrapazieren. Ohne ein weiteres Wort legte sie schließlich erneut den Stoff auf seine offene Wunde und verteilte die Tinktur großzügig.

Sie konnte genau beobachten, wie sich der Glanz seiner Stirn allmählich auf dem restlichen Körper ausbreitete.

Immer wieder schloss er angestrengt die Augen und atmete beschwerlich aus. Er tat ihr unendlich leid. Nur zu gern wollte sie ihn von seinen Schmerzen ablenken und auf andere Gedanken bringen. Sie überlegte intensiv, welches Thema wohl sein Interesse wecken könnte, doch leider wusste sie nach wie vor viel zu wenig über ihn. Eigentlich fiel ihr nur ein einziger passender Gedanke ein.

»Ich wusste nicht, dass die Tenebrianer über solche Waffen verfügen«, sprach sie nachdenklich und hoffte, dass er darauf ansprang.

Dereck

Überrascht wandte Dereck den Kopf in ihre Richtung.

Er dachte einen Moment über ihre Worte nach, bevor die Erinnerungen seinen Verstand regelrecht überfluteten.

»Haben sie auch nicht. Die Splitterkugel kam aus unseren eigenen Reihen.«

Danielle legte das gebrauchte Stück Stoff zur Seite und sah ihm überrascht entgegen.

»Sie wurde von einem jungen Soldaten geworfen, der noch nicht lange beim Sturmheer diente. Es handelte sich um sein erstes Gefecht und er war so nervös, dass ihm der entscheidende Wurf misslang. Die Kugel flog nicht weit genug und schlug bereits vorzeitig auf«, erklärte Dereck und konnte den Augenblick des Unglücks klar und deutlich vor sich sehen.

»Entscheidend ist dabei wohl zu erwähnen, dass sobald eine Splitterkugel auch nur ansatzweise den Erdboden berührt, ihr Gehäuse zerschellt und sich hunderte von kleinen Stahlsplittern einen Weg durch die Luft bahnen.«

Danielle stockte der Atem.

»Wie konntest du solch ein fürchterliches Ereignis überleben?«

»Mithilfe einer guten Rüstung und ungeheurem Glück würde ich sagen«, erwiderte er und rang sich ein Lächeln ab.

»Cliffstahl ist zwar leichter als manch anderes Metall, doch es ist unglaublich hart und hält viel aus. Deshalb ist es in Tenebris auch so begehrt. Die Splitter schossen zwar durch meine Haut, doch drangen sie nicht tief genug ein, um mich letztendlich zu töten.«

Danielle schluckte schwer und betrachtete ihn nachdenklich. »Und was ist aus dem jungen Soldaten geworden? Wie hat sein Heerführer über ihn geurteilt?«

Ein Ruck schoss durch Derecks Körper und brachte seine Muskulatur zum Zucken. Rasch wandte er den Blick ab und spürte, wie sein Herz unweigerlich zu pochen begann.

Er konnte ihr nicht die Wahrheit sagen. Wie sollte er ihr auch erklären, dass er über das Schicksal des jungen Mannes geurteilt hatte? Dass er damals der befehlshabende Heerführer gewesen war?

Ein Teil von ihm wollte es ihr erzählen, sich ihr offenbaren und dem Schwindel ein für alle Mal ein Ende setzen. Doch die Angst saß zu tief, während die Last der Lüge beständig anwuchs. Nein, er konnte es nicht. Irgendwann würde er weiterziehen und all dies hinter sich lassen. Es war besser für Danielle, seine wahre Identität nicht zu kennen.

»Er setzte eine Bestrafung aus, da er wusste, dass der junge Soldat bereits genug mit seinem eigenen Gewissen gestraft war. Immerhin wurden viele seiner Kameraden aufgrund seiner Unachtsamkeit verletzt. Er schickte ihn zurück in die Heimat und erlaubte ihm, in einem der Ausbildungslager zu arbeiten.

So konnte er seine Schuld abarbeiten und lernen, Verantwortung für sein Handeln zu übernehmen.«

»Tatsächlich?«, fragte Danielle erstaunt.

»Das ist wirklich eine großmütige Entscheidung. Dabei erzählt man sich immer, dass die Befehlshaber des Sturmheeres recht kalt und unbarmherzig sein sollen.«

»Ach, ist das so?« fragte Dereck mit einem Hauch Sarkasmus. Es war durchaus interessant zu erfahren, wie das einfache Volk über ihn und seine Männer dachte.

»Nun ja, ich habe noch keinen von ihnen kennengelernt«, erwiderte Danielle mit einem entschuldigenden Lächeln, »doch ich bin der Ansicht, dass man niemals voreilig über einen Menschen urteilen sollte. Immerhin lastet auf diesen Männern große Verantwortung und Gerüchte verbreiten sich heutzutage unheimlich schnell. Wer kann schon sagen, was daran wahr oder erfunden ist?«

Dereck betrachtete Danielle aufmerksam, während sich ein sanftes Lächeln auf seine Lippen schlich. Sie war wirklich klug und trug eine unglaublich reine Wesensart in sich. Danielle hörte nicht auf das dumme Geschwätz der Leute, sondern bildete sich ihre Meinung aufgrund eigener Beobachtungen und gab jedem die Möglichkeit, sich zu beweisen. Eine Eigenschaft, die man nur noch selten fand.

Danielle

Danielle spürte Brix' intensiven Blick auf sich ruhen. Es fühlte sich an, als könnte er abermals bis in die Tiefen ihrer Seele blicken. Von einer unerwarteten Nervosität befangen griff sie kurzerhand nach sauberem Verbandzeug und nahm ihre Arbeit wieder auf.

»So, das hätten wir«, sprach sie abschließend und schloss die weichen Leinenbinden mit einem sicheren Knoten.

»Für den Rest bist du nun selbst verantwortlich.«

Brix betrachtete seinen Arm und nickte anerkennend.

»Und was erhalte ich für mein tapferes Verhalten?«, fragte er gewohnt verschmitzt und schenkte ihr ein überhebliches Lächeln.

»Meine Einwilligung, dir trotz deiner anstrengenden Art nochmals den Verband zu wechseln«, gab sie gekonnt zurück.

»Das ist alles?«

»Das ist mehr als genug.«

»Und was ist dann mit meiner gewonnenen Wette?«

»Wovon sprichst du? Welche Wette?«

Ohne ihr eine Antwort zu geben, hob er seine linke Hand und deutete auf das dünne rote Band, welches sein Gelenk umschloss.

Danielle wurde schlagartig heiß und kalt zugleich. Die Röte schoss ihr ins Gesicht. Er hatte es also doch bemerkt. Natürlich stand es außer Frage, dass er das Band nach dem gestrigen Abend verdiente, dennoch war sie still und heimlich davon ausgegangen, dass er es erst später bemerken würde. Viel später.

»Mir scheint, als hätte ich eindeutig gewonnen«, meinte er grinsend und blickte von seinem Handgelenk zurück zu ihr.

»Also gut. Meinetwegen hast du gewonnen, doch wir haben keinen weiteren Einsatz bestimmt«, lenkte Danielle rasch ein und wusste genau, wie kläglich sich diese Worte anhörten. Umgehend begann sie ihre Entscheidung zu bereuen, niemals hätte sie sich auf solch eine dumme Wette einlassen dürfen. Sie hätte von vornherein wissen müssen, dass er daraus eine viel zu große Sache machen würde. Er war eben ein arroganter Kerl, der sich und seine Eroberungen stetig in den Vordergrund stellen musste.

»Eine Wette kann nicht ohne Einsatz existieren. Du hast dich darauf ebenso eingelassen wie ich. Wir wissen beide, dass ich nun durchaus etwas einfordern kann«, sprach Brix amüsiert und ergötzte sich zufrieden an ihrem fassungslosen Gesichtsausdruck.

»Schade, dass wir dieses Gespräch nicht vor dem Verbinden deiner Wunde geführt haben, denn dann hättest du wirklich einen Grund zum Jammern gehabt«, erwiderte sie bissig und erhob sich flink von ihrem Stuhl.

»Ach, komm schon Danielle, sei keine schlechte Verliererin.«

»Du bist ein richtig mieser, selbstverliebter Gockel, weißt du das eigentlich?«, antwortete sie erzürnt und griff nach der Türklinke.

»Und wir beide wissen, dass du mich genau deswegen magst«, erwiderte er und zwinkerte ihr vielsagend zu.

Danielle ließ die Tür mit einem Ruck ins Schloss fallen und stapfte die knarrenden Stufen hinunter. Wenn ihr das Glück hold war, würde er es darauf beruhen lassen und nie wieder über ihren ausstehenden Wetteinsatz sprechen. Allerdings schien diese Hoffnung verschwindend gering. Brix war nach wie vor unausstehlich, ganz gleich, wie viele Kinder er auch aus brennenden Häusern rettete.

Das schlimmste an dieser Misere war jedoch, dass er wohl oder übel Recht behielt. Möglicherweise war sie eine schlechte Verliererin, vielleicht fürchtete sie sich sogar ein wenig vor seiner gewünschten Forderung, doch sie musste sich eingestehen, dass sie ihn wirklich mochte. Wahrscheinlich sogar mehr, als sie es sich zu diesem Zeitpunkt eingestehen wollte.

14. Der Dorfrat

Danielle

»Und du bist dir auch wirklich sicher, dass du das schaffst?«, fragte Danielle und beobachtete Brix skeptisch.

»Du unterschätzt wie immer meinen starken Willen und meinen noch stärkeren Körper«, erwiderte dieser mit einem Augenzwinkern und stieg mühsam auf den alten Wagen, der sie auf direktem Wege ins Dorfzentrum bringen sollte.

Eigentlich gehörte Brix nach wie vor ins Bett.

Abel verordnete ihm schließlich nicht ohne Grund ausreichend Schlaf und Ruhe, doch was konnte man gegen solch einen Sturkopf schon ausrichten?

Danielle verdrehte resigniert die Augen und nahm neben ihrem Vater auf dem vorderen Sitz Platz.

Am heutigen Tag sollte mithilfe eines einberufenen Dorfrats über das Schicksal der fünf Kinder entschieden werden, welche Marie im Falle ihres Todes zurücklassen würde.

Die letzte Versammlung lag schon mehrere Monate zurück, weswegen Danielle mit dem Erscheinen vieler Menschen rechnete. Leider vermutete sie jedoch, dass es den Leuten eher darum ging, ihre ungestillte Neugierde zu befriedigen, als wahrhaftig zur Lösung des Problems beizutragen.

Die meisten Bewohner von Montelans verlebten einen schweren und arbeitsamen Alltag. Nur so vermochten sie ihre Familien zu ernähren und den Hausstand aufrechtzuerhalten.

Willige Arbeitskräfte waren zwar gern gesehen, doch nicht, wenn es sich dabei um zusätzliche Mäuler handelte, die es folglich zu stopfen galt.

Marie und Blaise besaßen drei kleine Mädchen und zwei Jungen. Das älteste Kind zählte fünf Sommer, das jüngste gerade einen. Keines konnte bisweilen schwere Arbeiten verrichten oder tatkräftig im Haushalt anpacken.

Danielle wusste, dass es überaus schwer werden würde, den Kindern ein neues Heim zu vermitteln. Wenn sich ihnen keiner annahm, brachte man sie ins nächstliegende Waisenhaus, welches sich einige Wegstunden von Montelans entfernt befand.

Dereck

Der Himmel erschien an diesem Nachmittag in einem trüben grau und die Luft roch nach dem frischen Duft eines herannahenden Sommerregens.

Während Danielle gedankenverloren auf den Sandweg vor sich blickte, konnte er unterdessen jede noch so kleine Bewegung des unbequemen Wagens spüren.

Bereits jetzt, kurz nach ihrem Aufbruch, begann jede Faser seines geschundenen Körpers unsäglich zu schmerzen.

Am liebsten hätte er frustriert aufgestöhnt und seinen Unmut laut kundgetan. Vielleicht wäre es tatsächlich klüger gewesen, im Bett zu bleiben und auf den Rat des Arztes zu hören, doch wann handelte er schon jemals vernünftig? Er wollte unbedingt anwesend sein, wenn über das Schicksal der Kinder geurteilt wurde. Er konnte es sich nicht genau erklären, doch nach allem, was geschehen war, fühlte er sich ihnen in gewisser Weise verbunden.

Vor allem zu Yanis.

Nein, es war richtig, dem Rat beiwohnen zu wollen. Er hätte es ohnehin nicht den ganzen Tag allein in dem alten Wirtshaus ausgehalten. Wahrscheinlich wäre er spätestens nach einer Stunde selbst aufgebrochen.

Danielle

Während der gesamten Fahrt blieben die Münder aller Anwesenden geschlossen. Jeder hing seinen eigenen Gedanken nach, lediglich die Hufe der Pferde und das Klappern der Räder durchbrachen die schweigsame Stille.

Danielle war am heutigen Morgen bereits sehr früh aufgestanden, um mit Maxime über die mögliche Aufnahme eines der Kinder zu beratschlagen. Der Wirt mochte zwar nicht der geselligste Mensch in Rokarien sein, doch trug er ein gutes Herz in seiner Brust. Selbstverständlich ließ auch ihn das Schicksal dieser bemitleidenswerten Familie nicht unberührt, doch ihre Möglichkeiten waren äußerst begrenzt. Es gab nur wenig Platz in ihrem Heim, ihre Vorräte verbrauchten sich rasch und Maxime befand darüber hinaus, dass ein Gasthaus wohl kaum der richtige Ort für ein heranwachsendes Kind sei. Jeder von ihnen schuftete tagtäglich von früh bis spät. Wer sollte da die zusätzliche Zeit finden, um sich der Erziehung eines jungen Menschen anzunehmen? Nein, es gab sicherlich bessere und vor allem geeignetere Plätze in Montelans, als ein Haus, in dem jeden Abend betrunkene Gäste ein- und ausmarschierten.

Je näher sie dem Marktplatz kamen, desto mehr Leute kreuzten ihren Weg. Betrübt richtete Danielle ihren Blick auf die vielen hölzernen Hausfassaden, die so charakteristisch für die Silvaron Region schienen. Ihr Herz wurde schwer beim Anblick der übriggebliebenen Festgirlanden, von denen viele nur noch halbherzig an ihrer einstigen Befestigung hingen. Ihre bunten Banner waren vom Regen völlig durchnässt und an einigen Stellen sogar gerissen.

Die aufgemalten Symbole standen im Zeichen von Hoffnung und Zuversicht, doch nun vermittelte ihr Anblick lediglich Schwermut und Trauer. Nichts erinnerte mehr an den Glanz und die Herrlichkeit des Erntefestes.

Der Dorfrat wurde in einem Nebenraum der örtlichen Brauerei abgehalten. Das Gebäude zählte zu den größten im gesamten Umkreis und bot genug Platz, um alle Einwohner unterzubringen. Bei ihrer Ankunft standen bereits viele Leute davor versammelt und warteten auf baldigen Einlass. Maxime zügelte die Pferde am Rande des Zentrums und zog mit einem kräftigen Ruck die Bremse des Wagens an.

Mit Wehmut blickte Danielle zum leeren Festplatz hinüber und seufzte innerlich auf.

»Ich weiß, was du denkst«, sprach Brix und folgte ihrem Blick. Sein sanfter, beinahe liebevoller Tonfall überraschte sie und ließ sie aufhorchen.

»Tatsächlich?«

»Du bist die beste Tanzpartnerin, die ich je hatte«, erwiderte er und rang sich ein trauriges Lächeln ab.

Dereck

Als sie sich schließlich zu der immer größer werdenden Ansammlung von Dorfbewohnern gesellten, spürte Dereck viel zu viele Blicke auf sich ruhen. Manche besahen ihn mit Misstrauen, andere wiederum nickten ihm anerkennend zu, doch sie alle sprachen hinter vorgehaltener Hand über ihn.

Sofort suchte ihn ein mulmiges Gefühl heim, das sich rasch mit der allzu bekannten Angst, entdeckt zu werden, vermischte. Es war allgemein bekannt, wie schnell sich Neuigkeiten in solch einem kleinen Ort verbreiteten.

Die Leute schienen nur darauf zu warten, jede noch so kleine Sensation auszuschlachten und auszuschmücken, um sie dann mit Feuereifer weiterzutragen.

»Nun, wie mir scheint, sind alle Augen heute ganz auf dich gerichtet«, sprach Danielle und blickte sich aufmerksam um.

»Es sieht wohl ganz danach aus«, erwiderte Dereck angespannt und wäre am liebsten auf der Stelle unsichtbar geworden.

Was wäre, wenn man ihn zu guter Letzt doch erkannte und sein Lügengerüst plötzlich in sich zusammenfiel?

»Ich hoffe doch sehr, dass wir nicht ewig hier draußen warten müssen. Man kommt sich ja vor wie ein Hund, der um Einlass bettelt«, brummte Maxime missmutig und sah zum Himmel hinauf.

»Wo ist er?«

Eine laute Stimme durchbrach die gedrückte Atmosphäre und noch ehe Dereck die Person wahrhaftig sah, wusste er bereits, um wen es sich dabei handelte. Er wollte sich gerade in dessen Richtung drehen, als ihn plötzlich zwei starke Arme umarmten und herzlich umschlossen.

Dereck erstarrte vor Schreck und spürte ein unangenehmes Ziehen in der

Lunge. Wann war er das letzte Mal derart umarmt worden? Er konnte sich nicht mehr daran erinnern, solche Freundlichkeiten erschienen ihm inzwischen völlig fremd.

Er wusste wahrlich nicht, was er in diesem Moment denken oder fühlen sollte.

Einerseits war es ihm durchaus unangenehm, von einem Mann in aller Öffentlichkeit umarmt zu werden, doch auf der anderen Seite löste dieser freundschaftliche Akt ein warmes wohliges Gefühl in seinem Inneren aus.

»Ich freue mich auch, dich zu sehen, Cedric«, brachte er angespannt hervor und klopfte seinem Freund zögerlich auf den Rücken.

»Und jetzt darfst du mich gern wieder loslassen.«

»Du bist ein echt tapferer Mistkerl, weißt du das eigentlich?«, erwiderte der Schmied anerkennend.

»Wie ich sehe hattest du wohl ebenso viel Glück wie ich.« Catia trat an Danielles Seite und betrachtete die beiden Männer kopfschüttelnd.

»Selbst wenn Cedric ein Bein verloren hätte, wäre er heute hierhergekommen. Er hat all meine Einwände schlicht und ergreifend ignoriert.«

»Nun, ich vermute, dass Mut und Dummheit recht nah beieinander liegen«, erwiderte Danielle und zuckte lediglich mit den Schultern.

»Wärst du mir nicht gefolgt, hätte ich es vermutlich nicht mehr aus der Ruine geschafft«, beteuerte Cedric und deutete auf seine verbundene Schulter.

»Tja, so wie es aussieht, haben wir wohl beide ein bleibendes Andenken erhalten«, erwiderte Dereck und zog eine Augenbraue hoch, »wofür ich mich übrigens noch gebührend revanchieren werde.«

»Wunderbar, ich kann es kaum erwarten«, erwiderte der Schmied und lächelte verschmitzt.

»Weißt du, auch wenn du ein ziemlich vorwitziger Knilch bist, kannst du dich ab dem heutigen Tage wahrlich zu meinen Freunden zählen«, fügte er hinzu und streckte ihm bedeutungsvoll die Hand entgegen.

»Also, wenn das meine Belohnung sein soll, hätte ich mir das Ganze wohl zweimal überlegt«, entgegnete Dereck spitz, doch erwiderte er die Geste.

Auch wenn er es sich nicht unbedingt eingestehen wollte, so musste er dennoch zugeben, dass ihn Cedrics Worte berührten. Zum ersten Mal seit langer Zeit erinnerte er sich an das Gefühl von Zugehörigkeit. Seit über einem Jahr war er es nun gewohnt, stets für sich allein zu sorgen und niemanden an sich heranzulassen. Unter diesen Umständen hatte er beinahe vergessen, wie gut es sich anfühlte, wirkliche Freunde zu haben.

Danielle

Kurz bevor sich aus den dunklen Wolken ein feiner Nieselregen ergoss, öffnete der Priester von Montelans endlich die hohe, mit feinen Schnitzereien verzierte Brauereitür und ließ die wartenden Dorfbewohner hinein.

Er führte sie in einen hohen Raum, dessen Decke eine aufwendige Holzverkleidung schmückte. Henry stand währenddessen am Ende des Saals und blickte den eintretenden Leuten mit gewohnter Herablassung entgegen.

Der Länge nach waren mehrere Bankreihen aufgestellt worden, die sich nun zunehmend zu füllen begannen. Am Ende kamen sogar so viele Teilnehmer zusammen, dass den letzten nichts weiter übrigblieb, als sich murrend einen Standplatz hinter den Bänken zu suchen.

Danielle, Dereck und Maxime saßen indes auf der linken Seite des Raumes, während Catia und Cedric nur eine Reihe vor ihnen Platz fanden.

Noch wurde der Raum von leisem Gemurmel erfüllt, welches an das Summen eines Bienenschwarms erinnerte.

Jeder wartete gespannt auf den Beginn der Sitzung, die gegenwärtige Ungeduld schien fast greifbar. Als der Priester, gefolgt von Abel, endlich an Henrys Seite trat, verklangen sämtliche Gespräche und alle Augen richteten sich neugierig nach vorne.

»Nun meine lieben Freunde, ich denke ihr wisst, welch trauriger Anlass uns heute zusammenführt«, sprach der Priester und sah betrübt in die Runde. Sein ergrautes Haar war ordentlich zurückgekämmt, doch lockerten sich mit jedem Wort einige Strähnen daraus und fielen ihm in das rundliche Gesicht.

»Wir wollen heute darüber beratschlagen, was geschehen soll, wenn tatsächlich der schlimmste Fall eintritt und die Kinder von Marie und Blaise zu Vollwaisen werden.«

Ein bedrückendes Schweigen hing in der Luft, einige tauschten verstohlene Blicke miteinander aus, doch dann wurden erste Stimmen laut.

»Aber Marie ist doch noch am Leben. Warum machen wir uns jetzt schon über eine Sache Gedanken, die möglicherweise überhaupt nicht eintritt?«, ertönte ein Ruf aus dem Hintergrund.

Sofort tauschten einige Bewohner leise Worte miteinander aus, doch verstummten sie, als Abel einen Schritt nach vorne trat. Er räusperte sich lautstark und fuhr sich mit der flachen Hand über die kahle Stirn.

»Sie mag zwar noch am Leben sein, doch ihr Zustand ist äußerst schlecht. Ich behandle sie seit nunmehr zwei Tagen, doch ich befürchte, dass sich keine Verbesserung einstellen wird. Sie hat keinen Lebenswillen mehr. Sie hat sich aufgegeben und lässt niemanden an sich ran. Ich kann es nicht mit Gewissheit sagen, doch ich vermute, dass sie in den kommenden Tagen ihrem Mann folgen wird.«

Danielle musste hörbar schlucken. So klar und deutlich über Maries bevorstehenden Tod zu reden, ließ sie erzittern.

Sie empfand es als durchaus makaber, derart über sie zu sprechen, obwohl sie zum jetzigen Zeitpunkt noch lebte.

»Momentan befinden sich ihre Kinder in der Obhut meiner Frau, doch wir müssen eine langfristige Lösung finden«, sprach Abel entschlossen und blickte auffordernd in das Gesicht eines jeden einzelnen.

Erneut legte sich Stille über den Raum. Niemand wollte den ersten Schritt wagen. Einige sahen betreten nach unten, während andere ihre ablehnende Haltung durch körperliche Gesten deutlich machten.

Es war einer jener bedeutungsvollen Momente, in denen mache Menschen die Gunst des Augenblickes erkannten., der ihnen genügend Spielraum bot, um sich in den Vordergrund zu drängen und alle Aufmerksamkeit auf sich zu ziehen.

Danielle glaubte es bereits zu erahnen, doch als Aurelies vermeintlich freundliche Stimme tatsächlich erklang, zog sich ihr Magen schmerzvoll zusammen. Am liebsten hätte sie laut aufgestöhnt und das Gesicht in den Händen vergraben.

»Meine lieben Freunde und Mitbürger«, sprach die Brauherrntochter mit klarer melodischer Stimme und erhob sich von ihrem Platz in der ersten Reihe. Ihre Erscheinung war unvergleichlich, sie stach wie gewohnt aus der Masse heraus. Böse Zungen könnten gar behaupten, dass sie genau auf diesen Augenblick spekuliert hat. Die Falten ihres grünen Kleides waren gestärkt und nahezu perfekt gebügelt. Ihre blonden Locken fielen ihr sanft über die Schultern und umrahmten ihr puppengleiches Gesicht.

Danielle konnte nicht anders, als genervt die Augen zu verdrehen. Die Brauherrntochter beherrschte ihr Handwerk wahrlich ausgezeichnet. Sie wusste genau, wie und wann sie sich in Szene setzen musste.

»Um mit gutem Beispiel voranzugehen, haben wir, das heißt mein Vater und mein geliebter Ehemann, uns dazu entschlossen, eines dieser armen bemitleidenswerten Kinder aufzunehmen. Wir möchten einem der Mädchen ein neues Heim und eine hervorragende Ausbildung zukommen lassen«, erklärte Aurelie demonstrativ und legte ein liebreizendes Lächeln auf ihre rosigen Lippen.

»Na, das ist ja wunderbar«, entwich es Danielle unter zusammengebissenen Zähnen. Auch wenn ihr durchaus bewusst war, dass eines der Kinder nun einer weitaus besseren Zukunft entgegenblicken durfte, glaubte sie dennoch nicht, dass weder Aurelie noch Lucas oder gar Henry einen großen Anteil dazu beitrugen. Wahrscheinlich überließen sie es einer Anstandsdame oder schickten es später auf eine höhere Mädchenschule. Danielle konnte sich wahrlich nicht vorstellen, dass Aurelie sich mit einem Kind beschäftigen oder geschweige denn ihm etwas beibringen konnte.

Dafür waren die Geschäfte ihres Mannes und sein Geld viel zu interessant.

»Vielen Dank Aurelie, das ist wirklich sehr aufopferungsvoll von dir und deiner Familie«, sprach der Priester anerkennend und nickte Henry wohlwollend zu.

»Gut gespielt, du dumme Gans«, flüsterte Danielle und konnte aus dem Augenwinkel sehen, wie Brix zu grinsen begann.

Sie wusste, dass es sich durchaus nicht schickte, in solch einer Art und

Weise zu reden, doch Aurelie verdiente es nicht anders. Es ging ihr nicht um das Wohl des Kindes oder darum, Marie zu helfen. Sie ging ihren ganz eigenen Absichten nach und diese waren weder gemeinnützig noch in irgendeiner Art und Weise ehrenvoll.

»Bleiben also noch zwei Jungen und zwei Mädchen übrig«, stellte der Priester mit hoffnungsvoller Stimme fest und trat zwischen die Bankreihen. »Bitte denkt an eure Nächstenliebe und welch gute Tat ihr damit vollbringen könntet.«

»Nächstenliebe? Was hat Blaise denn jemals für uns getan?«, ertönte eine tiefe Stimme aus dem Hintergrund.

Danielle glaubte, dass sie von einem der örtlichen Fischer kam.

»Genau! Er hat lediglich den Fang aus unseren Netzen gestohlen«, stimmte ein anderer mit ein, woraufhin sich eine lautstarke Diskussion aufbaute. Ein Wort fiel nun ins andere, alle redeten durcheinander und übertönten sich gegenseitig.

»Er war ein Säufer!«

»Aber denkt doch an seine arme Frau.«

»Die Kinder sind nicht verantwortlich für die Taten ihres Vaters!«

»Marie ist doch selbst schuld! Was nimmt sie sich auch so einen Taugenichts zum Manne!«

»Wir haben genug eigene Sorgen. Wer weiß, wie missraten die Kinder bereits sind!«

***

»Wie eine Horde ausgehungerter Wölfe«, flüsterte Maxime und schüttelte angewidert den Kopf.

»Das ist vollkommen absurd. Das führt doch zu nichts«, pflichtete Danielle ihm bei und sah sich nervös um.

Es brachte keinem etwas, sich gegenseitig zu zerfleischen und jemandem die Schuld in die Schuhe schieben zu wollen. Mag sein, dass Blaise kein ehrenvoller Mann war, doch weder Marie, noch seine Kinder konnten etwas dafür.

»Es dauert nicht mehr lange, bis die ersten handgreiflich werden«, bemerkte Brix und begann sich aufmerksam umzusehen. Wahrscheinlich, so glaubte Danielle, suchte er bereits nach einem geeigneten Fluchtweg, um sie im Falle einer Schlägerei schnell hinausbringen zu können.

»Jetzt ist es aber genug!«

Die Wirtstochter zuckte unweigerlich unter dem zornigen Schrei zusammen, dessen Wucht von den hohen Wänden widerhallte und die versammelte Menge überrascht aufhorchen ließ. Noch niemals zuvor hatte sie Abel in solch einer ungehaltenen Art und Weise erlebt, doch sie erzielte die gewünschte Wirkung. Für einen kurzen Moment hielten die streitenden Parteien inne und richteten ihre Aufmerksamkeit auf den schnaufenden Wundarzt.

»Hört euch doch nur reden. Jeder einzelne von euch sollte sich schämen«, sprach er anklagend und deutete mit dem Finger auf jeden von ihnen.

»Habt ihr euch jemals vorgestellt, wie es wäre, wenn euer Ehepartner plötzlich verstirbt? Würdet ihr nicht auch auf die Unterstützung eurer Nachbarn hoffen? Stellt euch nur vor, sie würden ebenso reagieren, wie ihr es jetzt tut.

Wir sind Menschen der Silvaron Region. Wir sind bekannt für unsere Gastfreundschaft, unser gemeinschaftliches Zusammenleben und unsere Güte. Doch ich sehe keine dieser Eigenschaften bei euch. Ihr seid eine Schande für die Region und dessen Schutzpatron.«

Stille. Ein betretendes Schweigen folgte und ließ Abels Worte laut und deutlich nachklingen.

»Niemand verlangt von euch, dass ihr eines der Kinder aufnehmt, wenn ihr dazu nicht in der Lage seid. Wir wissen, dass es für keinen von uns leicht ist. Wir bitten euch lediglich, darüber nachzudenken«, sprach der Priester besonnen und kehrte an seinen einstigen Platz zurück.

»Sollte sich niemand weiter dazu bereiterklären, werden wir die restlichen Kinder in ein Waisenhaus bringen.«

»Ich werde die beiden anderen Mädchen zu mir nehmen.«

Eine ältere Frau mit bereits ergrautem Haar erhob sich von einem der vorderen Plätze und blickte entschlossen drein. Ihr Name lautete Annett und sie war die Inhaberin der örtlichen Schneiderei. Danielle kannte sie bereits ihr Leben lang als strenge, aber dennoch liebenswürdige Frau, welche früh zur Witwe wurde. Annetts eigene Tochter verließ Montelans vor etwa zwei Jahren, um einer Anstellung als Dienstmagd auf einem der umliegenden Jagdsitze nachzugehen. Sie selbst hoffte derweil stets, dass Geschäft in Familienbesitz halten zu können. Möglicherweise sah sie nun eine zweite Chance, diesen Traum doch noch wahr werden zu lassen, selbst wenn es sich nicht um den leiblichen Nachwuchs handelte.

Dereck

Dereck verspürte ein unwohles Gefühl in der Magengegend.

Je länger er über das Schicksal der restlichen Kinder nachdachte, desto übler wurde ihm.

Es musste schrecklich sein, in einem Waisenhaus zu leben.

Er selbst war mit allen Vorzügen und Annehmlichkeiten eines Mitgliedes der Königsfamilie aufgewachsen. Als Knabe kannte er weder Not noch Leid, dessen Bedeutung lernte er erst im Mannesalter kennen.

»Was ist eigentlich mit euch, könnt ihr nicht einen der Jungen bei euch aufnehmen?«, flüsterte er an Danielle gewandt und dachte dabei selbstverständlich an Yanis.

Er war der älteste unter den Geschwistern, er würde sicher bereits die ein oder andere Arbeit auf dem Hof verrichten können.

Danielle biss sich nachdenklich auf die Innenseite ihrer Unterlippe und sah vorsichtig zu Maxime.

»Wir haben nur begrenzte Mittel. Unser Einkommen ist nie gesichert, sondern immer von der jeweiligen Saison abhängig. Außerdem ist ein Gasthaus wohl kaum der richtige Ort für einen kleinen Jungen«, entgegnete sie, doch war sich Dereck sicher, dass sie nicht ihre eigenen, sondern die Worte ihres Vaters benutzte.

»Es ist trotzdem allemal besser als ein Waisenhaus«, wiedersprach er nachdrücklich und beugte sich ein wenig vor, um den alten Wirt anzusehen. Er wusste dank seiner Ausbildung genau, wie er am besten vorgehen musste.

Es gab immer ein einschlägiges Argument, man musste nur gezielt danach suchen und es geschickt anwenden. Jeder besaß schließlich eine Schwachstelle.

»Und wenn ich erstmal weg bin, kann der Junge doch meinen Platz einnehmen.«

Danielle

Danielle spürte einen verräterischen Stich in der Brust.

Es war von Anfang an so abgesprochen, dass Brix sie verließ, sobald er genügend Geld für die Weiterreise besaß.

So war die Abmachung. Sie konnte schließlich nicht hoffen, dass er plötzlich all seine Pläne vergaß und dauerhaft bei ihnen blieb. Solche Gedanken waren naiv und völlig unangebracht. Sie durfte sie nicht zulassen, sie musste solche Hoffnungen umgehend im Keim ersticken. Selbst wenn ein Teil von ihr sie als Heuchlerin beschimpfte und ihr eine völlig andere Wahrheit offenbarte.

Nein, Brix würde sie früher oder später verlassen.

»Das ... das geht einfach nicht«, zischte Maxime und strich sich über die glänzende Stirn.

»Aber was ist, wenn Brix nicht mehr da ist? Sagtest du nicht selbst, dass wir jede helfende Hand gebrauchen können?« Danielle verspürte die Schwere, die in jenen Worten mitschwang.

Vielleicht behielt Brix tatsächlich Recht. Yanis war bereits fünf Jahre alt. Viele Kinder verrichteten in diesem Alter bereits erste Arbeiten auf den Höfen ihrer Eltern. Möglicherweise könnten sie alle von diesem Vorhaben profitieren.

»Danielle, ich habe bereits meine Entscheidung getroffen«, sprach Maxime und funkelte sie warnend an.

»Ich möchte wirklich nicht unhöflich sein, aber bei allem Respekt, Sie sind nicht mehr der Jüngste und was ist, wenn Eure Tochter eines Tages ihren eigenen Weg gehen will? Wollen Sie ihr diese Möglichkeit tatsächlich unterschlagen?«

Danielles Herz begann schlagartig zu rasen.

»Ich lasse meinen Vater nicht allein«, fauchte sie bissig und fühlte sich plötzlich in die Enge gedrängt.

»Willst du etwa ewig alleine bleiben?«, fragte Brix und zog eine Augenbraue hoch.

Danielle spürte, wie ihr unvermittelt die Röte ins Gesicht schoss. Sie wusste jedoch nicht, ob es an ihrer aufkeimenden Wut oder dem unterschwelligen Schamgefühl lag.

Es war ihr äußerst unangenehm, mit ihm über diese Thematik zu sprechen. Er durfte sie so etwas nicht fragen. Er war taktlos und anmaßend, mit einem Wort, unausstehlich.

»Ich entscheide allein über mein Schicksal. Alles andere geht dich überhaupt nichts an.«

Verärgert wandte sich sie von Brix ab und blickte stur geradeaus. Sie konnte lediglich aus dem Augenwinkel erkennen, wie ihr Vater nachdenklich die krummen Finger in seine alte Mütze grub und starr zu Boden sah.

Rasch formulierte sie gedanklich ein paar besänftigende Worte und wollte sich bereits zu Maxime umwenden, als dieser sich plötzlich ruckartig erhob und Danielle unweigerlich zusammenzucken ließ.

»Ich werde mich um den ältesten Jungen kümmern.«

Danielle klappte vor Verblüffung der Mund auf. Sie konnte keinen klaren Gedanken fassen. Was sprach ihr Vater da?

Was veranlasste ihn dazu, plötzlich seine Meinung zu ändern? Unfähig zu sprechen hörte sie lediglich mit an, wie der Priester ihrem Vater von Herzen dankte und ihn für seine selbstlose Tat lobte. Sie sah nur aus dem Augenwinkel, wie Catia und Cedric ihn ebenfalls völlig entgeistert ansahen. Keiner konnte glauben, was der Wirt soeben von sich gab.

Dereck

Dereck musste sämtliche Selbstbeherrschung aufbringen, um sich ein Grinsen zu verkneifen.

Seine Rechnung ging voll und ganz auf. Er wusste schließlich genau, welches Argument dem Wirt am meisten zusetzte.

Egal, wie mürrisch und eigensinnig Maxime auch war, er liebte seine einzige Tochter dennoch mehr als alles andere und würde es niemals zulassen, dass sie nur wegen ihm den Rest ihres Lebens blieb.

Dereck rutschte so nah an Danielle heran, dass sich ihre Knie trafen. Langsam beugte er sich zur Seite, sodass seine Lippen beinahe ihr Ohr berührten.

Er vernahm ihren einzigartigen Duft, der ihn an Lavendel und den letzten Hauch des Sommers erinnerte.

»Du kannst dich später bei mir bedanken.«

Danielle

Danielle wollte ihn auf der Stelle erwürgen.

Nein, eigentlich wollte sie ihn erst anschreien und dann erwürgen. Sie erblickte Brix' selbstgefälliges Grinsen und glaubte beinahe, den Verstand zu verlieren.

Er hatte es geplant.

Die Worte über seine baldige Abreise und ihre mögliche Zukunft waren ganz gezielt über seine Lippen gekommen.

Er wollte von Anfang an, dass Yanis zu ihnen kam und dieses Ziel konnte er nur erreichen, indem er ihren Vater mit seinem Gewissen konfrontierte.

Wie konnte er nur derart durchtrieben sein? Woher nahm er die Zeit, um sich solch einen gerissenen Plan auszudenken?

Danielles Gedanken überschlugen sich, während sie ungläubig zu ihrem Vater sah.

Nun würden sie also ein Kind bei sich aufnehmen.

Einen kleinen Jungen, der mit viel Glück irgendwann ein vollwertiges Mitglied ihrer Familie werden könnte.

Danielle begriff in diesem Moment nur schwerlich, was dies für sie bedeutete. Wollte Brix ihr tatsächlich ein Stück Freiheit schenken? Gab er ihr die Hoffnung zurück, später einmal ein anderes Leben zu führen?

Niemand wusste, was die Zukunft für sie bereithielt. Möglicherweise würde sich Yanis niemals in ihre Familie einfügen, vielleicht bescherte er ihnen sogar mehr Kummer als gedacht. Doch es konnte sich ebenso alles zum

Guten wenden. Möglicherweise war Brix im Begriff, ihr etwas zu geben, was sie längst verloren glaubte.

Die Aussicht auf ein anderes, selbstbestimmtes Leben.

15. Gefühle

Danielle

Himmel, was war heute nur geschehen?

Immer wieder stellte Danielle sich diese Frage, während sie energisch einen Krug nach dem anderen ausspülte.

Der Abend war bereits vorangeschritten und das Wirtshaus »Zum goldenen Hirsch« füllte sich nach und nach mit hungrigen und noch viel durstigeren Mäulern.

Jeder von ihnen ging nun seinen gewohnten Tätigkeiten nach. Die Ratssitzung vom heutigen Mittag rückte immer mehr in den Hintergrund und wurde von der alltäglichen Arbeit verdrängt.

Doch nicht für Danielle.

Sie verweilte gedanklich noch immer in Henrys Brauerei und dachte an die Gespräche, die hitzigen Diskussionen und letztendlich über die gefällten Entscheidungen nach. Zugegeben, der Rat nahm einen besseren Verlauf, als sie jemals zu träumen gewagt hätte.

Sollte Marie tatsächlich sterben, würden all ihre Kinder eine Zuflucht finden. Die Dorfschneiderin wollte sich um zwei ihrer Mädchen kümmern, während Aurelies Familie sich dazu bereiterklärte, dem jüngsten Kind Unterschlupf zu gewähren. Schlussendlich war sogar die Bäckersfamilie aufgestanden und verkündete, einen der Jungen bei sich aufzunehmen, jedoch nur unter der Vorrausetzung, dass er mit anpacken und sich künftig im Geschäft mit einbringen würde.

So blieb am Ende nur der älteste Sohn übrig.

Yanis. Das neue potentielle Mitglied ihrer Familie.

Der bloße Gedanke daran wirkte so überraschend wie absurd, dass Danielle den Drang verspürte, freudlos aufzulachen.

Auch wenn sie wusste, dass ihr Vater ehrliches Mitleid für den Jungen empfand, so fiel seine Entscheidung dennoch aus einem völlig anderen Grund. Es geschah allein wegen ihr.

Sie war der Grund seiner impulsiven Entscheidung.

Der Wirt wollte ihr so ermöglichen, einmal ein anderes Leben zu führen, zu heiraten und irgendwann dem Gasthof, ihrem Zuhause, den Rücken zu kehren. Wahrscheinlich war sein Gewissen dafür verantwortlich, er schien verhindern zu wollen, dass sich die damaligen Ereignisse wiederholten.

Vor knapp zwei Jahren hatte sie die Vermählung mit Lucas zugunsten der Wirtschaft ausgeschlagen. Sie hätte ihren Vater niemals mit all der Arbeit allein lassen können, schon gar nicht, nachdem Marcus und ihre Mutter so plötzlich gestorben waren.

Sollte sich Yanis jedoch tatsächlich als lehrfreudig erweisen, könnte er später einmal Haus und Hof übernehmen. Sie wäre dadurch entlastet und müsste sich nicht mehr verpflichtet fühlen, ihren Vater bis ins hohe Alter zu unterstützen.

Natürlich waren all dies reine Gedankenspiele.

Marie war noch immer am Leben und so sollte es bleiben. Einerseits war es frevelhaft, sich derartigen Vorstellungen hinzugeben, während sie noch unter ihnen weilte, doch andererseits klangen Abels Worte mehr als deutlich.

Danielle stieß einen langen Atemzug aus und wischte sich mit dem nassen Handrücken über die erhitzte Stirn.

Es fühlte sich wahrlich merkwürdig an, nach so langer Zeit der Resignation über die Zukunft nachzudenken.

Doch nun entflammte er plötzlich wieder, dieser winzige Funken Hoffnung, ausgelöst durch einen Mann, den sie erst seit Kurzem kannte. Was bewegte ihn dazu? Tat er es, um Yanis ein neues Zuhause zu geben? Dies wäre durchaus ein plausibler Grund, doch wieso interessierte es ihn dann, ob sie den Rest ihres Lebens allein blieb? Nachdenklich kaute Danielle auf der Innenseite ihrer Unterlippe und richtete den Blick ins Leere. Solch eine Frage stand ihm wahrlich nicht zu, allein der Gedanke daran machte sie verlegen.

Es brauchte ihn nicht zu kümmern, es konnte ihm völlig gleichgültig sein, ob sie sich dem nächstbesten Kaufmann an den Hals warf oder als alte Jungfer starb. Schließlich sagte er doch selbst, dass er sie ohnehin bald verlassen würde und spätestens dann ging ihn ihr Schicksal absolut nichts mehr an.

»Danielle, der Krug ist längst sauber.«

Eine amüsierte Stimme riss die Wirtstochter aus ihren Grübeleien. Catia beobachtete sie mit einer Mischung aus Belustigung und Neugierde, während ein breites Lächeln ihre Lippen umspielte. Erst jetzt fiel Danielle auf, wie lange sie das Gefäß bereits säuberte. Ihre Finger waren bereits ganz aufgeweicht und sahen aus wie die Schale einer überreifen Tomate.

Ohne Catia eines ertappten Blickes zu würdigen, stellte sie den vorbildlich gesäuberten Krug auf ein Tablett und seufzte leise. Langsam, aber stetig bereiteten ihr all diese Hirngespinste Kopfschmerzen.

»Es wird alles gut werden, Liebes. Mach dir nicht so viele Sorgen«, sprach die Küchenmagd mitfühlend und ergriff die aufgeweichte Hand ihrer Freundin.

»Du hast leicht reden«, erwiderte Danielle mit einem gequälten Lächeln.

Sollte Marie sich nicht wie durch ein Wunder erholen, würde der Junge bereits in zwei Tagen hier eintreffen. Es sollte eine Art Probe darstellen, damit Abels Frau entlastet wird und sich Yanis an sein mögliches neues Heim gewöhnen konnte.

»Wir werden das schon schaffen. Ihr seid immerhin nicht allein.«

Danielle wusste, dass Catia jedes Wort ehrlich meinte.

Sie, Cedric und Binette unterstützten ihre kleine Familie seit jeher. Sie ließen sie und ihren Vater niemals im Stich.

»Und außerdem kann sich doch Brix tagsüber um Yanis kümmern und ihm die Arbeiten auf dem Hof näherbringen.«

Danielle schnaufte und verdrehte die Augen.

»Ja, natürlich. Und nebenbei zeigt er ihm zusätzlich, wie man allerhand Unfug treibt und waschechte Heldentaten vollbringt.«

Dereck

»Heldentaten? Also wenn du gerne mehr von mir wissen möchtest, kannst du mich auch direkt fragen.«

Dereck stieg die knarrenden Stufen zum Gastraum hinunter und trat an den Tresen heran. Ihm wurde zwar aufgetragen, sich den Rest des Tages auszuruhen, doch sein Ehrgefühl sprach eine gänzlich andere Sprache. Es verbot ihm geradezu, sich den ganzen Abend in seinem kleinen muffigen Zimmer aufzuhalten.

»Von dir habe ich heute wahrlich genug gehört«, antwortete Danielle bissig, wandte ihm den Rücken zu und verschwand kurzerhand in der Küche.

Dereck verzog daraufhin verdutzt das Gesicht und sah fragend zu Catia hinüber.

»Vielleicht solltest du dir deinen Verband heute lieber selbst wechseln.«

Dereck ahnte bereits, warum Danielle derart abweisend reagierte, zumal sie nach dem Verlassen der Brauerei kaum mehr ein Wort mit ihm wechselte. Wahrscheinlich war er tatsächlich ein wenig zu weit gegangen, man stellte einer alleinstehenden Frau keine derartigen Fragen, schon gar nicht vor ihrem Vater, doch welche Möglichkeit war ihm geblieben?

Gerade wollte er Danielle in die Küche folgen, vielleicht ließ sie noch einmal mit sich reden, als er beinahe mit ihr zusammengestoßen wäre. Schwungvoll stieß sie die beiden Flügeltüren zur Seite und trat mit zwei leeren Eimern an ihm vorbei. Schweigend und mit erhobenem Kinn verließ sie das Gasthaus. Allem Anschein nach wollte sie frisches Wasser aus dem Brunnen ziehen.

»Frauen«, murmelte Dereck und seufzte leise.

Danielle

Mit flinken Schritten überquerte Danielle den Hinterhof und war bereits am Brunnen angekommen, als sie Brix' tiefe Stimme vernahm. Ein gequältes Stöhnen verließ ihre Lippen, sie hatte es bereits geahnt.

»Was soll denn das, Danielle?«

Ohne ihn eines Blickes zu würdigen, befestigte sie den Henkel des leeren Eimers an einem dicken Tau und ließ ihn in die Tiefen des Brunnens sinken. Ein kalter Wind fegte über ihre rosigen Wangen und forderte das braune Haar zum Tanz auf. Einige Strähnen lösten sich aus ihrem geflochtenen Zopf und kitzelten ihre zarte Haut in Gesicht und Nacken.

»Ist es wegen der Sache in der Brauerei?«

Danielle stellte den zweiten Eimer auf den sandigen Boden und atmete tief durch. Was sollte sie ihm antworten?

Was konnte sie preisgeben? Natürlich war ihr seine indiskrete Frage unangenehm, doch eigentlich steckte so viel mehr dahinter. So viele Gefühle durchströmten ihr Innerstes und es fiel ihr ungemein schwer, auch nur einen Bruchteil davon in Worte zu fassen. Sie wollte sich nicht vor ihm entblößen. Auch sie besaß einen gewissen Stolz und versuchte ihre empfindsame Seele unter einer trotzigen Oberfläche zu verstecken.

»Du hast meinem Vater mit voller Absicht ein schlechtes Gewissen eingeredet. Du wusstest genau, was deine Worte bewirken«, sprach sie und sah in anklagend an.

Brix schluckte, doch hielt er ihrem Blick stand.

»Ja, das habe ich.«

Danielle legte irritiert die Stirn in Falten. Sie hatte nicht mit solch einer klaren Antwort gerechnet, sie empörte sie beinahe ein wenig.

»Warum?«

Dereck

Danielles Frage war so einfach und doch so schwer zu beantworten. Ja, warum? Natürlich wäre es vernünftiger gewesen, sich aus ihren Familienangelegenheiten rauszuhalten und sich nicht einzumischen, doch alles in ihm wehrte sich dagegen.

Es fühlte sich falsch an und die Erfahrung lehrte ihn, dass sein Instinkt meist Recht behielt. Er wollte Yanis helfen. Aus unerklärlichen Gründen fühlte er sich für den Jungen verantwortlich. Er sollte in gute Hände kommen, er brauchte eine Familie, die ihn liebevoll und fürsorglich behandelte. Der Junge wäre hier gut aufgehoben.

Doch Dereck musste sich ebenso eingestehen, dass es ihm gleichermaßen um Danielle ging. Ihre einzige Aussicht auf ein anderes, ein besseres Leben, bestand allein darin, diesen Hof frei und ungebunden verlassen zu können.

Vielleicht war dies seine Art, sich bei ihr zu bedanken, denn auch wenn er es gern verleugnen wollte, so musste er dennoch zugeben, dass er ohne ihre Hilfe nicht weit gekommen wäre. Sie hatte sich als einzige für ihn eingesetzt, nur dank ihr war er wieder auf die Beine gekommen. Sie ließ sich weder von Vorurteilen noch von Äußerlichkeiten blenden und dafür war er dankbar. Sehr dankbar. Doch wie um alles in der Welt sollte er solche Gefühle in Worte fassen?

Er konnte so etwas nicht. Er war verdammt nochmal ein Heerführer, ein Mann des Nordens. Vielleicht mochten die Männer Silvarons ja gefühlsbetonter und empfindsamer veranlagt sein. Möglicherweise konnten sie über ihre Emotionen reden und sich sentimental aufeinander einzulassen.

Doch nicht Dereck de Roux. Er verstrickte sich nicht in irgendwelches Geplänkel.

Aufgewühlt fuhr er sich mit beiden Händen durch das schwarze Haar und ließ seine Finger im Nacken ruhen. Vielleicht sollte er diese Unterhaltung hier und jetzt beenden und zurück in sein Zimmer gehen. Ganz gleich, ob er ihr noch eine Antwort schuldete oder nicht.

Doch er konnte sich nicht rühren. So gern er es auch wollte, er bewegte sich nicht. Da war etwas in ihren hellen Augen, das ihn schier nicht losließ. Es fesselte ihn an Ort und Stelle und brachte seine Standhaftigkeit ins Wanken.

»Ich habe es getan, weil ich euch helfen wollte«, antwortete er schließlich, doch wirkte seine Stimme nicht so kräftig, wie eigentlich beabsichtigt.

»Irgendwann werde ich nicht mehr hier sein, dann kann der Junge meinen Platz einnehmen und euch im Gasthaus helfen. Und wer weiß, vielleicht gefällt es ihm ja hier und er tritt die Nachfolge deines Vaters an. Dann kannst du …«

»Ich kann was?«, unterbrach Danielle ihn plötzlich.

Dereck hielt einen Moment inne und suchte nach den richtigen Worten. Es machte ihn beinahe wütend, derart mit sich ringen zu müssen.

»Du kannst deinen eigenen Weg gehen. Frei. Ungebunden. Und mit wem du willst.«

Danielle

Da waren sie. Zum ersten Mal hörte Danielle diese für sie so wichtigen Worte und saugte sie regelrecht in sich auf.

Sie bedeuteten Freiheit oder zumindest die Hoffnung darauf. Ein ungeahntes Beben suchte ihren Körper heim, sie konnte es nur schwerlich unterdrücken.

»Ich habe dich nicht darum gebeten«, sprach sie stockend und begann, ihre Finger zu kneten.

»Nein, das hast du nicht. Aber anstatt mir aus dem Weg zu gehen, könntest du dich auch einfach darüber freuen und mir danken.«

Danielle öffnete den Mund, doch kein Ton kam über ihre Lippen. Dieser Mann war schier unglaublich. Er war anmaßend, dreist und nach wie vor unausstehlich, kurzum, er brachte sie völlig aus der Fassung.

»Ich kann es nicht«, hauchte sie und spürte die Hitze in sich aufsteigen.

»Was kannst du nicht? Mir danken?«, fragte er und trat einen Schritt näher an sie heran.

»Nein ... ich kann ... mich nicht freuen.«

Sobald die Worte ihren Mund verließen, traf sie die Erkenntnis wie ein Schlag. Sie spürte es in ihrem Inneren, in jeder Faser ihres Körpers. Es raubte ihr jedwede Zuversicht und ließ sie augenblicklich zurückschrecken.

»Warum nicht, Danielle?«, fragte Brix und trat so dicht an sie heran, dass sie seinen heißen Atem auf ihrer Haut spüren konnte.

»Weil ... weil ich Angst habe«, flüsterte sie unter gesenkten Lidern und begriff erst im Nachhinein, dass sie diese Worte wahrhaftig laut ausgesprochen hatte.

Ja, sie fürchtete sich. Vor den nächsten Tagen und Monaten. Alles schien im Begriff sich zu verändern. War es denn falsch, sich vor dem Unbekannten zu fürchten? Vor der Ungewissheit? Vermutlich nicht.

Dereck

Dereck sah stumm auf Danielle hinab und war fasziniert und ergriffen zugleich. Er hatte sie als eine starke junge Frau kennengelernt, doch in diesem Moment wirkte sie verletzlicher denn je. Nur zu gern wollte er etwas erwidern, ihr Vertrauen schenken und die Angst verscheuchen, doch ihm fehlten die passenden Worte.

Für einen kurzen Moment ballte er nervös die Hände zu Fäusten. Sein Instinkt verriet ihm den nächsten Schritt, doch er war so unsicher. Seit Elrics Tod trat er keinem mehr zu nahe. Er versteckte seine Unsicherheit hinter einer Maske aus gespielter Arroganz und Selbstsicherheit. Oh, wie sehr er doch sich selbst und alle anderen um sich herum belog. Dereck wollte gewiss niemanden verletzen, seine Pflicht war es zu beschützen, doch seit jener Nacht war alles verworren und verkehrt.

Und dennoch. Nun war er hier, an diesem kleinen Ort im Nirgendwo, fernab der Heimat und weit weg von all den unliebsamen Gedanken. Der Drang in ihm wuchs mit jedem Augenblick. Er musste nur auf seinen Instinkt vertrauen, auf sich selbst, so wie früher. Dem Zittern seiner Hände und der zögernden Hemmung zum Trotz tat er schlussendlich das, was seine innere Stimme ihm gebot. Behutsam hob er seine starken Arme und strich mit einer fließenden Bewegung über ihren Rücken. Er zog Danielle sanft an sich heran, spürte ihren Herzschlag, roch ihren unverkennbaren Duft und vergrub sein Gesicht in ihrem weichen Haar. Er vergaß alles um sich herum. Da war etwas zwischen ihnen, das er nicht beschreiben konnte, etwas, das sein zweifelndes Herz berührte und ihn zur Ruhe brachte. Sie begann ihm Gefühle zu entlocken, die ihm gänzlich unbekannt waren.

Danielle

Danielle konnte nicht atmen, ihre Muskulatur versteifte sich und erlaubte keine einzige Bewegung. Seine muskulösen Arme berührten ihre Schultern, strichen über ihren Rücken und endeten an ihrer Taille. Sie glaubte, ihre Haut ginge in Flammen auf. Erst heiß, dann kalt und dann wieder brennend heiß. Sie konnte seinen Atem auf ihrer Stirn spüren, er ging schwer und stoßweise. Langsam schloss Danielle die Augen und legte den Kopf an seine harte Brust. Sie konnte das laute Pochen seines Herzens hören und fragte sich, ob es wohl im gleichen Takt wie das ihre schlug. Brix war wahrlich ein beeindruckender Mann. Er überraschte sie jedes Mal aufs Neue. Woher wusste er nur, dass es genau das war, was sie in diesem Moment so dringend brauchte? Seine innige Umarmung fühlte sich nicht an, als ob er sie besitzen oder einengen wollte, nein, sie war genau das Gegenteil davon.

Danielle fühlte sich so sicher und beschützt, wie seit langem nicht mehr. Er gab ihr mit dieser Geste einen Ort der Zuflucht, ein Stück Zuversicht und das Gefühl, nicht allein zu sein.

Dies war der Augenblick, in dem sich etwas zwischen ihnen veränderte. Danielle konnte es nicht beschreiben, vermutlich gab es für einen derartigen Zustand kein passendes Wort oder eine plausible Erklärung. Es war einfach da und es fühlte sich gut an.

In dieser Nacht saßen sie noch lange zusammen. Die Gäste waren längst gegangen, während alle Angestellten noch um einen Tisch versammelt saßen und sich ungezwungen unterhielten. Selbst Cedric hatte es sich nicht nehmen lassen und war trotz seiner verletzten Schulter zu ihnen gestoßen, um seine Verlobte sicher ins Dorf zu geleiten. Seine galante Begründung »Wer in brennende Häuser laufen kann, kann auch des nachts sein Weib abholen«, löste bei Catia allerdings weniger Frohsinn aus. Und dennoch, auch wenn es nicht unter den besten Voraussetzungen geschah, so waren schlussendlich doch alle froh, dass sie nun vollzählig beisammensaßen.

Es gab vieles zu besprechen, so vieles würde sich nun ändern, doch merkwürdigerweise wirkte die Stimmung weder schwermütig noch bedrückt. Nun, da sich alle allmählich mit den kommenden Veränderungen abfanden, entstand ein völlig neues Gefühl der Gemeinschaft.

»Also schön, auch wenn ich unsere Runde nur ungern auflösen möchte, denke ich dennoch, dass wir uns langsam auf den Heimweg machen müssen«, sprach Catia und konnte ein Gähnen nicht unterdrücken.

»Wir können gleich aufbrechen«, antwortete Cedric und erhob sich rasch von seinem Stuhl.

»Doch bevor wir uns auf den Weg machen, würde ich gerne noch kurz mit Brix planen, wie wir es zukünftig mit unseren Ausflügen in den Wald halten«, fügte er geschwind hinzu und wirkte dabei ungemein geschäftig.

»Aber Abel hat doch klar und deutlich gesagt, dass ihr euch mindestens noch drei weitere Tage ausruhen sollt«, entgegnete Catia beharrlich und zog die Stirn in Falten.

»Und das werden wir natürlich auch. Niemals würde ich die Worte eines Arztes missachten«, erwiderte ihr Verlobter amüsiert und bemühte sich um eine ernste Miene.

»Aber wie mein Vater stets zu sagen pflegt, es geht doch nichts über eine gute Vorausplanung.«

Mit diesen Worten richtete er seine Aufmerksamkeit auf Brix und neigte den Kopf in Richtung Tür. Dieser zog lediglich die Augenbrauen hoch und erhob sich träge.

Dereck

Wahrlich, nur Cedric konnte auf die glorreiche Idee kommen, zu solch einer späten Stunde über die Arbeit sprechen zu wollen. Einmal mehr kam Dereck zu dem Entschluss, dass Catia ihn wahrlich nicht genug auslastete.

Kaum hatten sie das Gasthaus verlassen, spürte er den kalten Nachtwind auf seiner Haut und begann zu frösteln.

Er fühlte sich müde und ausgelaugt und wollte eigentlich nur noch in sein warmes Bett.

»Ist es wirklich dein Ernst, mitten in der Nacht über dein dämliches Holz sprechen zu wollen?«, fragte er genervt und trat von einem Fuß auf den anderen.

»Ach was, vergiss das Holz«, erwiderte der Schmied nervös.

Dereck zog verwirrt die Stirn in Falten. Also war dies hier nur ein Vorwand? Was hatte dieser Kerl jetzt schon wieder vor? Diesmal würde er ihm jedenfalls nirgendwohin folgen, so viel stand fest.

»Ich ... ich habe etwas vor und ... naja ... ich wollte eigentlich nur deine Meinung dazu hören«, stammelte Cedric und strich sich mit den groben Fingern über die blonden Bartstoppeln.

»Und das wäre?«, fragte Dereck belustigt und verschränkte die Arme vor der Brust. Sollte er sich nun geschmeichelt fühlen? Mit aufkeimender Neugierde beobachtete er, wie Cedric in einer seiner Westentaschen zu wühlen begann und schließlich einen zierlichen silbernen Ring herauszog.

Dereck konnte nicht leugnen, dass er nun wahrlich überrascht war. Im ersten Moment fühlte er sich ein wenig überrumpelt, doch dann konnte er ein Grinsen nur schwerlich unterdrücken.

»Cedric, ich weiß wirklich nicht, was ich dazu sagen soll. Hätte ich geahnt, dass du bereits so vernarrt in mich bist, hätte ich mir längst ein feines Kleid besorgt.«

»Das hättest du wohl gern«, konterte der Schmied und lächelte schief.

»Nein, ganz im Ernst. Ich habe dir doch erzählt, dass ich auf eine große Hochzeit hin spare und Catia etwas bieten will, bevor ich mit ihr den Bund fürs Leben eingehe«, erklärte er nervös und drehte das glänzende Schmuckstück in seinen Fingern.

»Doch nach allem, was in den letzten Tagen passiert ist, habe ich meine Meinung geändert. Die letzten Ereignisse haben mich wirklich nachdenklich gestimmt. Möglicherweise kommt es nicht darauf an, ob man nun arm oder reich heiratet. Jeder Tag könnte der letzte sein. Wer weiß, was in der nächsten Zeit auf uns zukommt. Das einzige, was zählt ist doch, dass man mit dem Menschen zusammen ist, den man liebt und mit dem man eine gemeinsame Zukunft aufbauen will. Oder?«

»Cedric, ich glaube kaum, dass ich der Richtige für solch ein Gespräch bin«, platzte es aus Dereck heraus, während er sich zunehmend unwohl fühlte. Er musste zugeben, dass ihn die Worte des Schmieds durchaus berührten und obendrein sogar ein wenig imponierten. Bisher ging er allerdings stets davon aus, dass Männer nicht über solche Themen sprachen und wenn doch, dann nur, wenn sie verweichlicht oder vollkommen betrunken waren.

Nun, Cedric war beides mitnichten. Er besaß lediglich mehr Herz als Verstand. Doch was wollte er nun ausgerechnet von ihm hören? Er wusste nicht, wie Cedric sich fühlte, er kannte solche Emotionen nicht. In seinem Leben gab es keinen Platz für Liebe, lediglich für Lust und Leidenschaft, doch dies war etwas völlig anderes. Hier ging es nicht um eine hitzige Nacht zwischen aufgewühlten Bettlaken, sondern um den Bund der Ehe.

Vielleicht beneidete er Cedric sogar ein wenig für solch tiefgründige Gefühle.

»Ach was, nun mach dich nicht kleiner als du bist. Das passt nicht zu dir«, erwiderte der Schmied und winkte kurzerhand ab.

»Also, was meinst du, soll ich es wagen oder ist das alles ein einziges Hirngespinst?«

Dereck sah seinem Freund verunsichert in die Augen und richtete dann seinen Blick auf ein naheliegendes Fenster, durch welches er ins Innere des Gasthauses blicken konnte. Er sah Danielle, die sich in diesem Moment von Catia verabschiedete und sie herzlich umarmte. Erneut erinnerte er sich an ihren gemeinsamen Moment am Brunnen, woraufhin sich sein Magen unweigerlich zusammenzog.

»Vielleicht solltest du auf dein Bauchgefühl vertrauen.«

»Ha, genau das wollte ich von dir hören«, erwiderte der Schmied euphorisch und schlug ihm beherzt auf den gesunden Oberarm.

»Dann haben wir das ja jetzt geklärt«, entgegnete Dereck rasch und wollte so verhindern, dass sein liebestoller Freund zu einem neuen, gefühlsduseligen Thema überging.

»Ich hätte da allerdings noch eine Bitte an dich.«

»Und die wäre?«, fragte Cedric und blickte amüsiert drein.

»Frag mich sowas ja nie wieder.«

Epilog

Ein metallisches Klirren zerschnitt die Luft und hallte von den hohen, mit feinen Wandteppichen verkleideten Wänden wider.

Das darauffolgende Keuchen zeugte von einem heftigen Schmerz, doch keine Wunde war zu sehen, nichts deutete auf eine äußere Verletzung hin.

Mit glasigen Augen blickte Varian auf den goldenen Kelch, welcher ihm soeben aus der Hand geglitten war. Sah, wie sich der dunkelrote Wein über den glänzenden Holzboden ergoss und sich in feinen Rinnsalen bis zu den teuren Teppichen ausbreitete.

Verkrampft griff er sich mit der linken Hand an die Brust und presste seine Finger gegen den weichen Stoff seines Hemdes.

Noch immer konnte er die Ausläufer des stechenden Schmerzes spüren. Wie Wellen jagten sie durch jede Faser seines Körpers und trugen die schreckliche Befürchtung bis in seinen Verstand.

Panisch presste er die Lider aufeinander und versuchte seine Atmung zu beruhigen. Varians Gedanken begannen zu rasen, sie überschlugen sich in Windeseile, doch so sehr er sich auch vom Gegenteil überzeugen wollte, so ließen sie dennoch nur eine einzige bittere Erkenntnis zu.

»Nein. Nein, das darf nicht sein«, hauchte er fassungslos, während er den Blick über das Mobiliar seines Arbeitszimmers schweifen ließ.

Ruckartig setzte er sich in Bewegung, stieß hektisch einen Stuhl zur Seite und durchquerte den Raum in wenigen Herzschlägen. Er trat an einen massiven, aus Nussbaum gefertigten Schrank heran, dessen tiefe Fächer vor Büchern und Pergamentrollen nahezu überquollen.

Ohne die empfindlichen Objekte auch nur eines Blickes zu würdigen, riss der König sie kurzerhand heraus und warf sie achtlos zu Boden.

Vergilbte Seiten fielen aus den Einbänden, alte Schriften zerrissen an ihren aufgedrückten Siegeln, während Schmutz und Staub wie unzählige Insekten durch die Luft wirbelten.

Alldem schenkte Varian jedoch keinerlei Beachtung.

Seine Sinne waren einzig und allein auf einen bestimmten Gegenstand gerichtet, auf etwas, dass er seit über einem Jahr sicher verbarg und von dem er so gehofft hatte, es niemals wieder in Augenschein nehmen zu müssen.

Das Herz trommelte wild gegen seine Brust, als er dem Ziel mit jedem unwirschen Griff näher kam. Er zog einen letzten Stapel uralter, in Leder gebundener Bücher heraus und ließ sie polternd zu Boden fallen.

Und dann sah er es.

Endlich erblickte er das längliche, aus reinem Silber gefertigte Kästchen, dessen Oberfläche mit glänzenden Edelsteinen verziert war.

Angespannt sog er die Luft ein, spürte, wie ihm die feinen Staubkörnchen in der Nase piekten und ergriff die wertvolle Schatulle mit zittrigen Fingern.

Für einen kurzen Augenblick betrachtete er lediglich ihre kunstvolle Oberfläche, wog das Gewicht in seinen Händen und betete innerlich, dass all dies nur einem schrecklichen Traum entsprang.

Dieser Wunsch blieb ihm jedoch verwehrt.

Kaum hatte Varian den Deckel des Kästchens geöffnet, spürte er, wie die blanke Panik seinen Verstand verzehrte.

Er konnte nicht atmen, er konnte nicht denken, er konnte nur auf die schimmernde Klinge des Dolches starren.

Dies war kein gewöhnlicher Glanz, er reflektierte weder das Tageslicht noch das wärmende Feuer des Kamins. Diese Waffe strahlte von innen heraus, während ihr kupferfarbener Griff sich ungewöhnlich warm in seinen kalten Fingern anfühlte.

Dies war ein Zeichen.

Ein unheilvolles, schreckliches Omen, das ihn bis ins Mark erschütterte.

Varians Kiefernknochen drohten zu zerbersten, als er den Blick auf die grazil eingearbeiteten Initialen richtete, welche von zwei dunklen Rubinen umrahmt wurden.

D. und R. Dereck de Roux.

Ein erstickender Schrei glitt über seine Lippen, Wut und Hass durchfuhren ihn wie der Einschlag eines Blitzes und brachten seinen Körper zum Beben.

Das konnte nicht sein. Es durfte einfach nicht sein.

Sein verfluchter Neffe, dieser elende Kriegstreiber, durfte seine Kräfte nicht zurückgewinnen. Er sollte in der Gosse verenden, sich im besten Falle selbst das Leben nehmen, doch er sollte keinesfalls erstarken.

Dies war nicht der Plan. Dieser Umstand war nicht Teil der Abmachung.

»Varian, wo bleibst du denn, die Fürsten warten längst auf …«

Die Tür seines Arbeitszimmers wurde mit einem lauten Knarren aufgeschoben. Eine zierliche Person in einem prachtvollen dunkelblauen Gewand betrat den Raum, doch blieb sie bei seinem Anblick abrupt stehen. Verunsichert besah sie das Chaos um ihn herum und schnappte hörbar nach Luft.

»Varian, Liebling, ist alles in Ordnung? Was ist geschehen?«

Ertappt schlug der König den silbernen Deckel zu und presste die Schatulle eng an seinen Körper. Mit wütendem Blick sah er in das besorgte Gesicht seiner schönen Frau.

»Raus!« schrie er aufgebracht, doch vernahm er im selben Moment einen leisen Stich in der Brust.

Er liebte sie doch so sehr. Louise war seit jeher sein Leben, doch nun, nun war alles anders.

Nun hatte er nur noch Gefühle für … sie.

»Aber was ist mit der Ratssitzung? Varian, es ist deine Pflicht …«

»Erzähl du mir nichts von meinen Pflichten, Weib! Schicke einen Berater an meiner statt, tue, was du für richtig hältst und lass mich endlich allein«, fuhr er sie zornerfüllt an und musste jedwede Selbstbeherrschung aufbringen, um sie nicht eigenhändig vor die Tür zu setzen.

»Ich habe andere Dinge zu erledigen.«

Varian sah, wie sich die grünen Augen seiner Frau durch einen Tränenschleier verklärten. Mit einem knappen Nicken senkte sie den Blick, schritt würdevoll zur Tür und ließ sie leise ins Schloss fallen.

Tief in seinem Inneren wusste er, wie falsch es war, Louise so schändlich zu behandeln. Trotz allem was in den letzten Monaten geschehen war, stand sie dennoch zu ihm, blieb an seiner Seite und liebte ihn.

Er jedoch vergaß mit jedem verstrichenen Tag die Bedeutung dieser Gefühle.

Alles was er tat, alles woran er denken konnte war, war sie.

Und er musste sie so schnell wie möglich aufsuchen.

Sie musste ihm helfen, ihm sagen, wie er nun vorzugehen hatte.

Ganz gleich, was es auch kostete, Dereck durfte seine Ängste und Zweifel nicht besiegen.

Sie sollten ihn zerfressen, ihn in den Wahnsinn treiben, doch vor allem sollten sie ihn daran hindern, jemals wieder einen Fuß nach Cliffhall zu setzen.

Varian durfte keine Zeit verlieren.

Sie war seine einzige Hoffnung.

ENDE von Band 1

Danksagung

Sich in zahlreichen Tagträumen zu verlieren und sich dabei von einer fantastischen Geschichte in die nächste zu stürzen, zählte bereits in meiner Kindheit zu meinen absolut liebsten Beschäftigungen. Geprägt durch die Märchen der Gebrüder Grimm, den mythologischen Heldengeschichten von Homer und der fantastischen Welt Tolkiens entwickelte ich eine blühende Fantasie, in der ich später meine ganz eigenen Helden auf viele abenteuerliche Reisen schickte.

Mit »Sturmwanderer« ist für mich ein Traum in Erfüllung gegangen, den ich bis vor einigen Jahren niemals wirklich zu träumen wagte. Es war ein langer, harter, aber auch gleichzeitig wunderschöner Weg, den ich ohne den Zuspruch meiner Familie und Freunde wohl niemals bestritten hätte.

Ich danke meinen Eltern für ihre unglaubliche Unterstützung, denn ohne euch wäre all das niemals möglich gewesen!

Ich danke meinem Freund Thomas, der stets hinter meinen verrückten Projekten steht und mich auffängt, wenn ich zu fallen drohe.

Auch möchte ich mich ganz herzlich bei meiner besten Freundin Theresa sowie Mandy und Merve bedanken, die mich bei diesem Projekt so liebevoll unterstützt und unermüdlich motiviert haben. Mädels, ihr seid großartig!

Ein weiterer großer Dank gilt meiner lieben Ute, die mir viele hilfreiche Tipps gegeben hat und mein Interesse für Kunst und Literatur so leidenschaftlich teilt.

Außerdem möchte ich mich ganz herzlich bei Dark Diamonds und ganz speziell bei Kerstin Kopper bedanken, die mir von Beginn an mit Rat und Tat zur Seite stand und dafür sorgte, dass Danielle und Dereck ihren Platz bei den funkelnden Juwelen des Verlags fanden.

Darüber hinaus gilt mein Dank meiner lieben Lektorin Loretta Chaikaoporng, die mir dabei half, das Beste aus »Sturmwanderer« herauszuholen.

Zum Schluss gilt mein besonderer Dank all den wunderbaren Menschen, die diese Geschichte gelesen haben und nun hoffentlich neugierig sind, wie es mit Danielle und Dereck weitergeht.

Lebt, liebt und lacht und hört niemals auf zu träumen!

DARK
DIAMONDS
Jeder Roman
ein Juwel
fantastisch
romantisch
faszinierend
sinnlich
dramatisch
Das Imprint für New Adult Fantasy
www.darkdiamonds.de

Von Elfen, Drachen und Phönixen ...

Finde den Elfenprinzen und werde zur Königin ...

Eine Liebe, die stärker ist als die Gesetze der Natur

Wie der Phönix aus der Asche ...

Jess A. Loup
Elfenspiel
(Enchanted 1)
Softcover
ISBN 978-3-551-30114-7

Eyrisha Summers
Wenn Tag und Nacht sich finden
Softcover
ISBN 978-3-551-30133-8

Christina M. Fischer
Durch Magie erwacht
(Die Magie-Reihe 1)
Softcover
ISBN 978-3-551-30113-0

www.darkdiamonds.de

Dark Diamonds
Jeder Roman ein Juwel.

Dark Diamonds
Ein Imprint der CARLSEN Verlag GmbH
September 2019

Lektorat: Loretta Chaikaoporng
Umschlagbild: shutterstock.com / © Irina Alexandrovna / © Nejron Photo / © Shtonado
Umschlaggestaltung: formlabor
Satz und Umsetzung: readbox publishing, Dortmund
Druck und Bindung: CPI Books GmbH, Birkach
ISBN 978-3-551-30200-7
Printed in Germany
www.carlsen.de/darkdiamonds

Alle Bücher im Internet: www.carlsen.de